일본문학 속의 기독교 X

편자 한국일본기독교문학회

제이앤씨
Publishing Corporation

책머리에

이번에도 한국일본기독교문학회 회원 여러분들의 협조로 『일본 문학 속의 기독교』를 발간할 수 있게 됨을 감사드립니다. 제반사정으로 인하여 발간이 늦어지게 된 것은 대단히 송구스러운 일입니다만, 전통을 이어갈 수 있어서 다행스럽고 감사한 일이라고 하지 않을 수 없습니다.

작년 2014년에는 저희 학회가 조금은 특별한 형식으로 정기학회를 개최할 수 있었습니다. 일본의 가톨릭 작가인 엔도 슈사쿠(1923~1996)의 문학세계를 중심으로 하여 일본의 <엔도 슈사쿠 학회> 소속 연구자들과 공동으로 학회를 개최하였던 것입니다. 이러한 모임이 가능하게 된 것은 재언의 여지 없이 양국의 기독교 문학 연구자들의 적극적인 의지와 노력 덕분입니다. 학회의 기획단계에서부터 실행에 이르기까지 기도와 협력을 아끼지 않으신 양국의 연구자들에게 이 자리를 빌어 다시 한 번 심심한 감사를 드립니다. 특히 학회의 장소를 제공해 주시고 여러 면에서 협조해 주신 인천대학교와, 준비에 힘써 주신 인천대학교의 조사옥 교수님에게 이 자리를 빌어서 심심한 감사를 드립니다.

학회를 공동 진행하면서 절실히 느낀 것은, 역시 기독교와 기독교 문학을 중심으로 한국과 일본의 연구자들이 활발하게 교류하는 것이 무엇보다도 중요하다는 사실이었습니다. 이러한 형식의 연구 모임은 우선 연구자들 스스로가 자신의 입장이나 생각을 객관화해 볼 수 있다는 점에서 학문 연구에 있어서는 불가결한 과정입니다. 일본에 소개된 한국의 기독교 문학과 한국에 소개된 일본의 기독교 문학을 상호 연구한다는 것은 이러한 객관화를 도래하는 절호의 기회라고 하겠습니다.

또한 위와 같은 상호 연구를 진행함으로써 저희들은 한국과 일본의 기독교 문학의 위상과 의미에 대해서 한 번 더 고찰해 볼 수 있었습니다. 그뿐만 아니라 앞으로 양국의 기독교 문학에 대한 상호이해가 보다 깊어져야 한다는 당연한 사실이 한 번 더 자각된 것은 커다란 수확이었습니다. 이번 모임을 계기로 하여 한국 기독교 문학이 일본에 더욱 소개되고 연구되며, 일본 기독교 문학에 대한 한국 연구자들의 연구가 더욱 활발해지기를 기도합니다. 또한 엔도 슈사쿠에 한정되지 않고 앞으로도 이러한 상호 연구의 모임이 더욱 활성화되기를 기대합니다.

다시 한 번 학회의 연구물이 간행됨을 기뻐하면서 발간을 위해 수고해 주신 모든 분들께 감사드립니다. 특히 제이앤씨출판사의 모든 분들께 감사를 드리는 바입니다.

2015년 4월
한국일본기독교문학회 회장 김승철

목 차

한국일본기독교문학연구총서 【No.10】
일본문학 속의 기독교 X

『파계』에 나타난 도손의 피차별 인식
―기독교적 고백과 구원을 중심으로―

최 순 육

1. 들어가며

1906년에 출판된 시마자키 도손의 최초 장편소설로, 출판 기념 108년을 맞이한 『파계』는 일본 자연주의 소설의 효시로 평가받고 있다. 소설 『파계』는 부락 문제의 역사가 밀접하게 연관되어 있다. 또한 이 소설은 영화화되고 드라마로 제작되어 많은 관심을 불러일으켰다. 이를 통해서 작가는 사회 해부의 자연주의 소설로 선보였으나, 그 시대의 부조리와 싸우기보다는 작가 자신의 내면적 부조리에서 해방을 보여주는 것으로 내적 갈등을 마무리짓는 아쉬움이 남은 소설로도 평가를 받는다.

그러나 도손이 1906년 당시 부조리 사회에 던진 돌멩이 하나가 자신이 생각지도 못한 파문을 일으켰으며 사회적 반향을 일으켰다는 점은 평가할 만하다. 차별 사회의 일면을 지닌 근대 일본사회에 대한 새로운 인식과 함께, 기독교의 사회 참여 계기를 마련한 점은 일본의 진정한 근대화 정신에 기여하는 바가 크다고 할 수 있다.

주지하는 바와 같이, 주인공 우시마쓰(丑松)는 피차별 부락 출신의 청년교사로서 자신의 신분을 '감추었다'가 '밝히는' 것에서 해방감을 얻고 자유를 얻었다고 생각하며 마친다. 본고에서는 주인공 우시마쓰가 사회의 부조리와 맞서 싸우는 게 아니라 자신의 내면적 자아의 고뇌를 고백하는 행위로써 구원을 체험하는 기독교적 관점에서 고찰하고자 한다. 개인의 문제 해결과 구원을 맛보는 것으로 끝나버리는 결말 때문에 프랑스의 자연주의 소설로 평가되기 보다는 사소설로 평가되어 왔다는 사실은 분명하다. 그러나 동시에 일본 근대사회의 문제점을 날카롭게 지적하면서 당시 문제점 중에서도 가장 불합리한 사회적 부조리의 하나인 피차별 부락 문제를 정면에서 다룬 점은 당시 사회 문제를 해부한 것이므로 사회소설로서의 자연주의 작품이라고도 평가할 만하다. 때문에 이러한 양면성의 평가를 받아온 작품을 분석하기에 앞서 먼저 작가의 기독교적 환경 속에서 자라난 성장 과정을 살펴보는 것도 의미 있는 일이라 생각한다.

도손은 메이지학원을 졸업한 후 1892년에 메이지여학교의 영어 교사가 되었고, 약혼자가 정해져 있던 제자 사토 스케코에 대한 사랑의 번민이 발단이 되어 다음 해에 학교를 사직하고 간사이 지방과 도호쿠 지방으로 방랑의 길에 들어섬과 동시에 교회교적부 제적계를 내고 기독교를 떠났다. 결국 그가 교인으로 있었던 것은 17세부터 21세까지 약 4년 반의 기간이었던 셈이다. 자서전적 소설 『버찌가 익을 때』에 의하면, 그가 교회에 제출한 교회 제적 청원서의 내용은 뜻한 바 있어 이번에 교회 회원으로서의 교적(敎籍)을 떠나고자 하니 제명을 바란다는 내용이었다. 도손이 기독교를 떠난 이유는 크게 두 가지로 보아 그의 여성 문제, 그리고 당시의 기독교 교회의 엄격한 가르침에 대한 자신의 부적응이었다. 도손이 교회를 떠난 것은 하나님을 부정하였기 때문이 아니라 불가해 하고 모순에 가득 찬 인간성을 긍정하기 위한 깊은 고뇌를 극복하고 살아가려는 인간 긍정, 이른바 휴머니즘으로의 방향으로의 전환이라고 본다면, 역으로 도손의 이교에 숨겨진 기독교성을 읽어내는 것 역시 가능할 것이다.

2. 도손이 받은 기독교적 영향

작가 시마자키 도손(島崎藤村, 1872~1943; 이하 도손이라 칭함)은 현재의 기후 현 나카쓰가와 시의 마고메에서 4남 3녀의 막내로 태어났다. 국학자의 아들로 태어난 도손은 1881년에 도쿄로 상경하여 1887년 9월 16살에 미션스쿨인 메이지학원에 입학하였는데, 이 학교는 보통 다른 학교와는 달리 성서강독이나 예배 및 기독교 행사를 많이 치르는 일본에서 가장 오래된 기독교 대학이다. 메이지학원 재학 중의 도손은 다이마치 교회 일기나 당시 교회 기록에 의하면 이듬해인 1888년 6월 17일 다이마치 교회(현재의 다카노와 교회)에서 기무라 구마지(木村熊二, 1845~1927)[1] 목사에게 세례를 받았음을 알 수 있다. 사실 도손은 메이지학원 입학 전부터 간다(神田)의 교리쓰(共立) 학교에서 다카노와다이(高輪台) 교회의 구마지 목사로부터 영어를 배우고 있었기 때문에 그 시점부터 이미 어느 정도 기독교의 영향을 받았다고 생각된다.

1890년 여름 메이지학원에서 개최된 여름성경학교에서 기독교의 전도자이며 사상가이며 학자인 오니시 이와이(大西祝)의 강연을 듣고 다음과 같이 감동을 받았다고 한다. 도손의 자서전적인 소설인 『버찌가 익을 무렵』에 다음과 같이 술회하고 있다.

> 청아하고 온화하면서도 힘 있는 목소리를 통해서 스테키치의 가슴은 떨리기 시작했다. 그러한 설레임은 스테키치에게 두 뺨이 뜨거워졌다가 차가워졌다가, 알 수 없는 흥분을 가져다주었다.[2]

이 문장에서도 알 수 있듯이 도손은 "간음하지 말라"는 성경 말씀에 근거한 오니시 전도사의 설교를 듣고, 이미 약혼자가 있는 스케코에 대한 사랑은 죄를 짓는 것이라고 깨닫기 시작한 것이었다. 이때부터 도손은 죄의식을 인식하기 시작했다고 할 수 있다.

> 지금까지 자신이 생각하고 있었던 것들은 피상적인 것들에 불과하다고 생각했으며, 문학이라든지, 종교라든지, 그런 쪽으로 마음을 두게 되었다. (중략) 기독교의 세계관, 우주관 등에 대해서 상당히 고민하게 되었다. 그 후로는 엄숙한 청교도적인 종교사상과 자유분방한 예술 사상 등이 유치할 정도로 뇌리를 떠나지 않고 갈등을 일으키던 시절도 있었다.[3]

고 고백하듯이 정치에 대한 야심을 버리고 기독교의 영향을 받고 정신과 육체의 진정한 자유를 찾게끔 된 것이다. 도손은 메이지학원을 졸업한 후에 기독교 신앙에 근거한 일본의 여성 교육을 목표로 하는 참신하고 자유로운 여성 교육을 표방하는 메이지 여학교에 교사로 취직했다. 또한 메이지 여학교를 그만둔 후에 방랑 생활을 거듭하는 가운데서도 성경 한 권만은 계속 들고 다녔다는 사실에서 도손에게 있어서의 기독교 영향은 컸다고 생각할 수 있다. 도손의 표현을 인용하여 분석해 보고자 한다.

너는 기독교인인가라고 누군가 묻는다면 스테키치는 아무래도 이전에 아사미 선생에게 교회에서 세례를 받았을 때와 동일한 자신이라고는 대답할 수 없었다. 일요일마다 정해진 교회에 출석해서 설교를 듣고 찬송가를 부르지 않으면 안 된다고 생각하는 신자의 성품과는 이미 거리가 먼 상태였다. 스테키치는 하루 세 번 드리는 식사 기도조차 하지 않았다. 그렇다면 너는 신을 믿지 않는다는 말인가라고 또 어떤 사람이 묻는다면, 자기는 유치하지만 신을 찾고 있는 사람들 중 하나라고 대답하고 싶었다. 잘못해서 자신은 세례를 받았지만 만일 진실로 세례를 받는다면 지금부터라고 대답하고 싶었던 것이다.[4]

위의 도손의 고백은 타율적으로 받아들였던 그리스도에 대한 이해가 참되고 자율적인 그리스도 이해로의 이행을 의미한다는 점에서, 그리고 내용적으로는 기독교 이해를 벗어나 휴머니즘적인 기독교 이해를 위한 출발점이 된다는 점에서 도손의 '신앙적' 결단으로 받아들일 수 있을 것이다.

스테키치의 어린 마음 저 깊은 곳에 있는 신은 많은 목사들이나 전도자들이 가르치는 아버지와 아들과 성령의 삼위일체로서의 신은 아니었다. 신은 모르는 것이 없고, 능하지 않는 것이 없으며, 우주를 창조하고 섭리해서 좌우지하고도 남을 정도의 큰 힘의 발현이라고는 해도, 신의 본질을 그와 같이 이해하는 것은 지극히 유치한 지식에 의할 뿐, 스테키치의 마음 깊은 곳에 있는 신앙의 대상은 반드시 그리스도의 몸에 실제로 체현되고, 그리스도의 인격에 합치된 것과 같은 것은 아니었다. (중략) 절반은 인간이고 나머지 반은 신이라고 하는 심상에 스테키치는 구약적인 인물을 상상시키는 풍모를 부여하였다.[5]

도손은 1909년 5월에 루소의 『고백』을 처음으로 읽고, 그 솔직한 고백에 강한 감동을 받았었다. 도손은 자신이 받은 감동을 회상하면서 루소에 의해서 '자기 자신이라는 존재를 밖으로 끌어낼 수 있게 되었다'고 느꼈으며, 자기 자신을 표현하는 방법을 알게 되었으며, 루소의 『고백』이라는 책을 통해 근대인의 사고를 깨달음과 동시에 근대인이 가야 할 길이 어떠한 길이라는 것을 이해했다고 회상했다.[6] 도손에게 있어서 루소의 『참회록(고백)』이라는 책은 자신의 마음속에서 끓어오르는 죄의식을 표출하는 최선의 방법이었다고 할 수 있다. 『파계』에 있어서도 도손은 동서양의 위대한 종교 정신은 똑같은 감동으로 사람의 마음을 흔들었다는 평가를 받았는데 이것 또한 의미 있는 비평이라고 할 수 있다.[7] 이러한 내용은 도손의 작품을 읽어보면 종교적인 요소를 표현하는 언어가 많이 사용되고 있기 때문에 누구든 알 수 있는 사실이다.

본고에서는 『파계』 본문 속에 나타난 기독교적 요소를 찾아서 분석해 보고 도손이 받은 기독교적 영향이 구체적으로 어떠한 것인지를 밝히는 데 그 주안점을 두고자 한다. 이 작품을 사소설로 평가하는 경우, 주인공 우시마쓰의 부조리 사회에 대한 애매한 태도와 현실도피라는 구실을 가져다주는 비굴한 사회인식이라는 부정적 평가로 끝나버린다. 그러나 우시마쓰의 고백을 통해서 차별 사회의 잔혹함을 철저하게 심판하면서도 고백을 통해 자기 자신도 구원을 받고 사회와 마지막까지 대결해 나아가려는 자세를 가졌으며, 부조리 사회에 대해 대결할 수 있을 듯한 강한 자신감도 갖게 한 작품이라는 평가를 놓쳐서는 안 된다고 생각한다. 그렇다면 이 작품의 구조적인 면에서부터 기독교적 요소와 영향을 살펴보자. 무엇보다 이 작품의 제목이 '파계'이다. 이 언어는 기본적으로 종교적 영향을 나타내는 언어임에 틀림이 없다. 계율을 깨뜨린다는 의미의 이 '파계'는 처음부터 지켜야 마땅한 계명이나 계율을 받고 지키지 못했을 때 고백의 대상을 찾아서 용서받고자 하는 언어인 것이며, 계명을 부여하고 명령하는 자와 지키는 자의 관계성이 드러나기 마련이다.

주인공 우시마쓰는 자신이 부라쿠(部落) 출신임을 알리지 말도록 아버지에게 명령받았으나 마음속의 죄의식 때문에 학교의 교단에서 학생들에게 자신이 피차별 부라쿠의 출신임을 고백하고 학생들에게 사죄한다. 이 장면으로 인하여 도손의 작가 인식이 근대화되지 못하고 인권 존중 인식이 결여되었다고 비난받아 온 작품이다. 기독교적 입장에서 볼 때 아담과 이브가 하나님의 명령을 어긴 결과로 얻은 인간의 원죄는 예수 그리스도에 의해서 구원되며, 최후의 심판에 대한 준비인 참회와 그리스도에 의한 속죄는 기독교 신앙의 주제이며 근간을 이룬다. 그러므로 기독교적 입장에서 원죄를 짊어진 인간은 누구나 세상의 지식으로 구원을 얻으려고 하는 것은 어리석은 일로 여긴다. 여호와 하나님에게 의지하는 것만이 유일한 구원의 길이며, 하나님에 대한 신앙을 갖지 않고 자신의 이해와 노력을 의지하여 구원에 이르려고 하는 것은 올바른 방법이 아닌 것이다. 따라서 신분에 의해서 차별을 받는 사회는 불평등하지만 스스로의 투쟁보다는 하나님을 향한 고백과 순종에 의해서만 구원이 얻어지는 것이다.

그렇다면 어떻게 기독교에서는 이러한 원죄에서 해방이 가능하다는 것일까? 기독교에서는 창조주 하나님의 존재를 믿고 그 신앙을 표현함으로써 원죄로부터 해방되는 것이다. 원죄에서의 해방과 함께 회개와 회심과 하나님에 대한 헌신이 이어지는 것이 그리스도인의 길이다.

이러한 관점에서 볼 때 우시마쓰의 행동을 살펴보면 사범학교를 졸업한 선배 렌타로가 심혈을 기울여 쓴 『현대사조와 하층사회』, 『노동』, 『가난한 자들의 위로』, 『참회록』(『파계』 제16장 이하)을 공부하여 사회의

불평등에 대한 편견을 타파하는 지식을 습득하는 과정이 그려져 있음을
알 수 있다. "이 선배의 손에 이끌리어 새로운 세계로 나아가는 것 같다.
에타로서의 슬픈 깨달음은 나도 모르는 새에 내 머리를 숙이게 한다."(『파
계』 3-4)

깨달음의 다음 단계는 회심과 전향이다. 우시마쓰는 고백이야말로 구원
의 길이라는 생각에서 "몇 번이나 우시마쓰는 렌타로에게 자신의 출신에
대해서 이야기하려고 생각했다."(『파계』 8-4) "오로지 그 선배에게만 고
백하는 거야."(『파계』 9-4)라는 식으로 몇 번이고 렌타로에게 고백하려고
결심하는 장면에서 우시마쓰의 절실함을 알 수 있는 것이다. 이러한 관점
에서 우시마쓰가 추구하는 구원 의식과 구원받기 위한 강한 행동 결심,
강한 자신감은 기독교적 영향에서 나온 것으로 봐야 한다고 생각한다.

3. 차별에 대한 투쟁의식

『파계』에 나타난 메이지 초기의 피차별 사회-부라쿠-가 받던 차별
적 피해는 천황제라는 정치적 구조와 맞물려 시대적 암울함을 극명하게
드러내고 있다. 천황제 체제 가운데 나타나는 작중 인물들의 양극 구도를
분석, 고찰해 보고, 그때 당시의 피차별 부라쿠의 양상과 주인공 우시마쓰
를 통해서 투쟁 의식을 나타낸 도손의 작가적 인식을 분석하고자 한다.

천황제란 사전적인 의미로는 "천황이 군주로 존재하는 통치 체제. 신성
불가침의 천황이 통치권을 총괄하여 천황에 직속하는 문무 관료가 그 권
력을 행사하는 절대주의적 정치 기구, 혹은 천황을 통치와 윤리의 중심으

로 하는 정치 사회 체제"이다.[8]

일본 근대의 천황제는 국가 구조로 볼 때 절대주의적 권력구조이며, 혈통적 세습이라는 점이 가장 큰 특징인 동시에 문제점이다. 절대주의적 천황제의 확립은 필연적으로 새로운 차별을 가져올 수밖에 없는 것이다. 이 점에 관하여 노마 히로시(野間 宏)는 다음과 같이 표현하고 있다. "천황의 신분이 최고의 존재로서 신격화되어 있는 그 대극점에 있는 존재가 바로 인간 이하의 인간으로 취급받던 부라쿠민이었다. 한편은 신으로 숭앙되고 한편은 끝없이 멸시당하고 있다고는 하지만 이 둘은 동질의 존재와 신분으로 볼 수 있는 것이며, 양쪽 모두 천황제에 의해 만들어진 것이다."[9]

부라쿠 문제와 천황제와의 관계는, 간단히 말해서 인간사회에는 존엄한 인간과 존엄하지 않은 비천한 인간이 존재한다는 일본사회의 전통적인 인식에서 비롯된 것이다. 따라서 천황제가 존재하는 한 부라쿠는 존재하지 않을 수 없다는 현실을 알 수 있다. 여기서 근대 메이지 사회에 남아 있는 신분이라는 면에서 볼 때, 천황과 부라쿠는 봉건제 잔재의 두 양극단이라 할 수 있다. 봉건 시대의 신분은 메이지 시대가 되고서는 거의 없어졌다. 물론 새로운 황족, 화족, 사족(士族), 평민의 신분이 형성되기는 했지만 전근대의 신분이 모두 없어진 상태에서 천황과 부라쿠만이 현실적인 신분으로 남아 있다는 의미이다. 등장인물들의 성격과 우시마쓰를 둘러싼 적대 관계를 통해서 천황제와 피차별 부라쿠 몰락 사족 등 하층사회와의 상관관계를 분명하게 알 수 있다.

특히 우시마쓰가 교편을 잡고 있는 학교의 교장은 부라쿠민 출신의 이노코렌타로(猪子蓮太郎)가 출판한 서적이 불건전하다고 하여 젊은이들이 읽지 못하게 맹렬히 비난하는가 하면(2장 2), 아직 퇴적 반년이나 남은 몰락 사족(士族) 출신 가자마 게이노신(風間敬之進)을 내쫓았으며, 암암 리에 우시마쓰를 내쫓으려 하다가 출신의 비밀이 확실히 드러나자 전교생 앞에서 "우시마쓰를 비난하면 평소 행동을 심하게 공격하기 시작하면서 오히려 이번 개혁은 학교의 장래에 매우 바람직하다"(23장 4)고 연설하는 비열하고 비정한 교육자인 것이다. 이 장면에서는 메이지 시대가 되어서 도 여전히 차별당하는 부라쿠민이 있으며, 차별받는 부라쿠민의 슬픔을 통해 일본의 천황제, 군국주의를 여실히 드러내고 있다. 왜곡된 사회를 상징하는 교장, 장학관, 권력쟁취를 위해서 권모술수를 아끼지 않고 부라 쿠(部落) 출신 자산가의 딸과 정략결혼하는 다카야나기(高柳), 인맥을 통 해서 출세하려는 교장의 조카 가쓰노 분페이(勝野文平), 그리고 이들과는 정반대 처지에 놓여 있는 가자마 게이노신(風間敬之進), 이노코렌타로(猪 子蓮太郎), 항상 따돌림당하는 고독한 소년 센타(仙太), 세상을 등지고 산 속에서 은둔 생활을 하는 우시마쓰의 부친 등을 보며, 바로 이 천장절 을 기념하는 현실 속에서 그들의 비참함을 안타까워하는 우시마쓰의 사회 의식은 더욱 분명해진다.

> 신평민 센타를 보자 다른 생도가 옆으로 뛰어와서 무리하게 테니스라 켓을 빼앗으려 했다. 센타는 손에 꼭 쥔 채 그런 억지가 어디 있나 하는 얼굴. 거기까지는 좋았으나 아무리 기다려도 같은 조가 되어 줄 생도가 아무도 나타나지 않는다. (중략) 아무도 이 에타의 아이하고는 함께 테니 스를 치고자 하는 사람은 없었다.10)   (5장 4)

이러한 상황에서 옷을 벗고 뛰어든 사람이 우시마쓰다. 그는 고독한 부라쿠 소년 센타에 대한 연민을 통감하여 한 조가 되어 분페이조와 승부를 겨룬다. 한낮의 강렬한 햇빛을 등 뒤로 한 분페이조와 햇빛을 정면에서 받아야 하는 우시마쓰와 센타 조와의 위치 관계 역시 사회의 차별구조를 보여준다. 우시마쓰는 "인종과 인종의 경쟁"(5장 4)으로까지 여기며 분투한다.

이상의 작중 인물과 우시마쓰와의 대립. 연대 관계는 국가주의와 인간주의, 사회의 모순에 가담하여 모순을 조장하는 측과, 희생을 강요당하는 측, 차별을 이용하는 측과 이용물이 되는 측과의 관계임을 알 수 있다. 이 사회란 금배지에 빛나는 청일전쟁 후의 군국주의 사회이며, 천장절 행사를 중심으로 매년 반복되는 교육칙어, 기미가요(君が代), 현인신(現人神)으로서의 천황에 대한 충군애국 사상을 다짐하게 하여 부국강병에 헌신하게 하는 사회인 것이다. 이와 같은 절대적 천황제의 확립은 필연적으로 새로운 차별의 구도를 가져오게 마련이다. 노마 히로시의 표현을 빌리자면 "최고의 존재로서의 천황과 그 대극점에 있는 부라쿠민"[11]의 구조를 가진 사회가 메이지 사회이며, 달리 말하면, 메이지유신 후 유일하게 남아 있는 신분으로는 천황과 부라쿠이다.

'에타(穢多)'는 이전부터 피혁 산업 발전을 위하여 심혈을 기울여 왔으나 해방령과 동시에 피혁의 독점 취급권이 해제되었기 때문에 한층 더 어려운 생활을 호소하게 되었다. 그중에서도 '히닌(非人)'은 매우 힘든 생활난에 허덕였으며, 굶어 죽거나 병들어 죽는 자들이 속출했다. 그들은 생산적 노동에 종사할 수 있도록 정부에 요청했으나 항상 무산되고 말았다. 결국 해방령은 근대적 국가에 걸맞는 지배 체제를 창출해 내기 위한 국가 권력의 의지 표명에 불과했을 뿐 그들에게는 전혀 무의미한 것이었

다. 동경의 피차별 부라쿠의 특징은 에타와 히닌 외에도 도시의 하층사회 역시 피차별 부라쿠에 속해 있다는 점이다. 자본주의 경제의 초창기에는 농민을 도시로 추방하면서 도시에는 방대한 빈민굴이 생기게 되었다. 당시 일본의 3대 빈민굴로 불리는 시타야만넨초(下谷万年町),12) 시바신아미초(芝新網町),13) 요츠야사메가하시초(四ツ谷鮫が橋町)14)의 이들 대부분의 직업은 공업으로 피혁 산업, 신발 제조업, 넝마주의, 우산살 수리공 등으로 직업선택이 제한되어 있었다.15) 막번 체제 당시 피차별 부라쿠를 정할 때에 입지 조건이 나쁜 곳을 지정해 주었으며, 그곳에서 벗어나지 못하도록 한 인습이 해방령 이후에도 그대로 남아 있었던 것이다.

『파계』에 나오는 신슈(信州)의 피차별 부라쿠의 양상을 살펴보면, 산 속에 있는 여러 부라쿠(部落)가 등장하는데, 각 부라쿠(部落)마다 직업이 전혀 다르다는 것을 알 수 있다.

먼저, 8장(4)에서 소개되는 부라쿠는 고모로(小諸) 에타 부라쿠이다. 이들은 기타사쿠(北佐久)의 고원에 분포되어 있는 신평민 종족으로 40가구 정도의 무리가 사는 동네로 우시마쓰의 부친이 여기의 우두머리였다. 이들은 구두나, 샤미센(三味線), 북 등 짐승의 가죽을 만지면서 하는 직업에 종사하고 있으며, 쓰러져 죽은 말의 매매를 하기도 한다. 이 지방에 대한 실제 기록에 의하면,16) 이 지방은 말의 산지였다. 산 속에 위치하므로 산 속의 목재 운반 도중 사고로 죽거나 다리 골절 등으로 처분되는 말이 많았다고 한다. 따라서 죽은 말을 처치하여 고기를 나눠먹기도 하고, 사고 당한 사람을 위해서 불전에 공양으로 바쳐지기도 한다. 이러한 사례는 본문 중에도 상세하게 나온다(10장 3 참조). 또한 여자들은 '나카누키'라고 하는 끈 달린 짚신을 짜는 일을 하기 때문에 동네의 담벼락마다 짚이 많이 널려 있다.

도살장이 있는 우에다(上田)의 근처에는 신슈에서 가장 오래된 에타 부라쿠인 아키하무라(秋葉村)가 있는데, 이곳의 부라쿠민들은 대부분이 산지기나 숯쟁이, 소몰이, 우에다의 도살장 바로 옆에서 도축업을 하며 생활하는 경우가 많다.

오늘날 신발 제조는 대부분이 부라쿠민들이 해내고 있는데 이러한 전통적인 직업이 계속해서 전수된 것이라 할 수 있다. 이 부라쿠는 산속에 자리잡고 있으므로 직업 양상을 살펴보면, 도축업자, 소몰이, 산지기, 숯쟁이, 사냥꾼 등이다. 우시마쓰의 숙부 가족들 역시 이 부라쿠에서 사는데, 부부가 소몰이를 한다(8장 4). 특히 '에타'나 '히닌' 신분이었던 사람들은 계속해서 천대를 받고 생활 조건도 악화되었지만 정부가 적극적인 강구책을 세우지 않았기 때문에 사회의 최하층 생활을 하게 되었다. 우시마쓰는 생도들을 향하여 '에타'라는 계급 이야기에서 시작하여, '1년에 한 번 인사'하러 오는 그들을 보았을 것이라고 이야기를 계속한다.

> 아시지요 이 에타가 여러분의 집에 오면 툇마루에 손을 얹고 다른 밥그릇 등으로 음식을 받아서 절대 안으로 한 걸음도 들어갈 수 없었던 것을.17) (21장 5)

> 만일 그 [에타]가 이 교실에 들어와서 여러분에게 국어와 지리를 가르친다면, 그때 여러분은 어떻게 생각하시겠습니까. 여러분의 어머니와 아버지는 어떻게 생각하실까요-실은 저는 그 비천한[에타]의 한 사람입니다.18) (21장 5)

차별은 내부로부터의 절대적인 배제이다. 그런 상황에서 안으로 들어오

는 '에타'가 한 사람이라도 있으면, 그 내부에 들어온 자가 바로 자신임을
생도들에게 알린다. 또한 이 본문에서 도입하고 있는 교과목은 국어와
지리이다. 이 두 과목이 결코 우연한 선택은 아니라고 생각한다. 여기에는
도손의 차별 사회를 세상에 알리고 싶은 의식이 들어 있다고 할 수 있다.
피차별 부라쿠는 언어에 의해서 차별당하고, 거주지 제한으로 차별받는
것임을 알리고 있는 것이며 이러한 발상은 도손의 기독교적 항쟁의식이라
고 할 수 있다. 언어와 지역이 차별의 수단임을 알리고 있으나, 차별과
박해의 존재를 현실적으로 움직이기 힘든 사실로서 세켄(世間)의 결정적
논리로 인정하고 있다. 따라서 그는 자연주의 수법19)으로 사실을 있는
그대로 기록하여 부라쿠민의 존재, 그들의 아픔, 그들의 실태, 그들의 모
습(像)은 충분히 그려내고 그들의 고통의 현실에도 동참하여, 그들의 차별
적 현실을 모를 때는 슬픔을 알 수 없지만, 깨달은 자만이 아는 아픔으로
보고 동병상련의 연민을 통해 아픔을 공유하는 단계까지 이루어간 점은
평가할 만하다. 현실적인 논리 앞에서 현실을 '깨달은 한 부라쿠민'이 궁
지에 몰려가는 어두운 숙명적 세계가 작품의 기저에 깔려 있는 것이다.
우시마쓰의 부친이 다름 아닌 소몰이로서 산속 깊은 곳에 숨어사는 대표
적인 부라쿠민이라 할 수 있다. 자식은 차별 받지 않고 살기를 간절히
바라는 마음으로 절대로 출신을 밝혀서는 안 된다고 명령한다. 그는 또한
자신의 무덤도 산 속에 두라고 유언을 남긴다. 마을에 새로운 소문을 두
려워하기 때문이기도 하고, 에타의 신분은 보통사람들의 묘지에 묻힐 수
없기 때문이기도 하다(7장 5).

습관이란 참 슬픈 것이다. 에타는 일반 묘지에 묻힐 수 없게 되어

있다. 부친은 그러한 내용을 잘 알고 있었다. 부친은 생전에도 자식을 위해서 산골에서 견뎌냈다. 사후에도 역시 자식을 위해서 이 목장에 잠들기를 원했던 것이다.[20]   (7장 5)

이 본문에서 알 수 있듯이 차별은 인식이 아닌 인습이며, 습속(習俗)임을 알 수 있다. 법적으로 철폐된 신분차별이 생활 속에서는 없어지기 힘든 현실을 안타까워 하지만 어쩔 수 없다고 좌절하고 마는 당시의 시대적 한계를 극복하고자 하는 주인공 우시마쓰의 절규에서 차별사회에 대한 항쟁 의식을 엿볼 수 있다.

4. 기독교적 고백을 통한 구원 의식

도손은 작품『파계』에서 주인공 부라쿠민 우시마쓰가 자기 자신은 "에타", "히닌"이라면서 더러운 죄인, 자신의 힘으로는 바꿀 수 없는 운명을 짊어지고 태어난 차별받는 부라쿠민의 삶이라는 고백을 만인 앞에서 무릎 꿇고 하게 만든다. 이러한 점에서 기독교가 주장한 인간의 원죄와 같은 맥락이라고 할 수 있다. 이러한 인식은『파계』의 창작에 있어서 기독교의 영향 관계를 추량할 수 있지 않을까 하여 기독교의 영향에 의한 부라쿠민 인식을 고찰해 보고자 한다.『파계』에 있어서 기독교의 영향은 두 가지로 나눌 수 있다. 첫째로, 고백이라는 행위를 들 수 있다. 기독교에서는 하나님으로부터 오지 않는 권위는 없고, 존재하는 모든 권위는 하나님에 의해서만 나타내지는 것이라는 인식이다. 그러므로 권위에 대항하는 자는 하

나님의 섭리에 거스르는 입장을 취하고 있다는 의미가 된다. 그러면 어떠
한 방법을 통해서 죄를 짓지 않을 수 없는 숙명적인 원죄를 해소할 수
있는 것일까. 창조자 하나님에 의지하고 간구하는 것이야말로 유일한 길
이므로 도손이 『파계』라는 작품에서 취하고 있는 우시마쓰의 고백은 오
히려 계명을 지키라는 하나님에 대한 믿음을 갖지 않고 인간의 이해를
구하는 데 열심을 다했던 것으로 이해할 수 있다. 근대 메이지 초기 일본
사회는 출신에 의해 차별받는 사회로서 1871년 사민 평등법이 공표되었
지만 인식의 전환이 되지 않았고 과거의 인습에 얽매여 있던 사회였다.
불평등하지만 불평등에 대한 스스로의 항쟁은 허락되지 않는 사회인 것
이다. 이러한 사회의 역학 관계 속에서 하나님에게 고백하고 따르는 행위
야말로 구원에 이르는 길일 수밖에 없는 것이다.

우시마쓰는 "자연"21)의 성질의 자기(20장 4)를 찾기 위해서 "자신을
감추는 기만의 행위"(20장 4)를 버리고 "나는 에타이다"라고 남자답게 사
회에 고백22)하는 것"(20장 4)이라고 결심했다. 자신을 감추는 삶은 거짓
된 삶이며, 은폐하려고 하면 할수록 본래의 자신의 성질이 닳아서 없어진
다. 그러므로 용기 있게 있는 그대로의 자신을 사회에 고백해야 한다.
작가의 인식을 따라서 우시마쓰는 고백의 여정을 떠나지만 좀처럼 목적지
고백이라는 종점까지 도달하지 못한다. 몇 번이나 기회를 놓치고 간신히
결심을 굳히게 된 동기는 그의 정신적 아버지인 렌타로의 죽음 때문이었
다. 도손의 인식대로 사회에 고백을 한 후에는 어떠한 결과가 오는가를
감안하여 현세의 즐거움을 포기해야 한다. 그의 인식에 있어서 고백은
행위이다. 따라서 실행하지 않으면 아무 의미가 없는 것이다. 실행하기
전에는 다시 한 번 과거를 되돌아본다. 과거의 자기와 고백한 후의 자기

가 대조를 이룬다. 부라쿠민에게 있어서 숨겨온 '과거의 자기'는 '죽은 것'이다. 본문을 빌리자면, "지금까지의 자기는 죽은 존재(今までの自分は死んだもの)"(20장 4)가 된 것인데, 이러한 표현을 기독교적 구원론의 입장에서 볼 때 지극히 신앙적이라고 하지 않을 수 없다. 도손의 구원 의식에 있어서 고백함으로써 자신은 원죄에서 해방되는 자유를 느끼고 자유인으로서의 자신을 발견하는 인식이다. 부라쿠민은 죄를 짓지 않았지만 아담과 이브가 지은 죄로 인해 이어받은 원죄와 같은 것이다. 이 원죄는 고백을 통해서만 자유함을 얻는 것이다. 자연 그대로, 있는 그대로의 존재를 밝히는 것으로서 내적인 해방의 자유인 것이다.

도손은 '세켄(世間)' 전체에 고백이라는 행위를 통해 도전하는 부라쿠민 우시마쓰를 통해, 부라쿠민과 '세켄'과의 관계를 규명하고 있다. 고민하고 갈등하며, 자신과 동료 부라쿠민에 대한 연민을 가진 부라쿠민은 '세켄'에 당당히 자신을 밝힘으로써 거대한 집단인 '세켄'에 그들로 인해 차별받고 있는 존재가 있다는 사실을 많은 사람들에게 알린다. 그럼으로써 일본사회에 차별적 구조와 차별이라는 사회문제가 존재하고 있음을 '세켄'에 전하는 것이다. 도손은 그렇기 때문에 고백이라는 행위를 통해 부라쿠민의 실태와 양상, 차별 문제를 차별의 주체인 '세켄'에 널리 알려야 한다고 인식하고 있다. 차별하고 추방하는 입장인 '세켄'의 강대한 배타적 논리와 용기 있게 고백하고 알리는 개개인의 부라쿠민의 관계로 도손은 일본 근대의 모순성을 우시마쓰를 통하여 끈질기게 규명하고 있는 것이다.

『파계』의 주인공 부라쿠민 우시마쓰가 교단에 무릎을 꿇고 있는 묘사가 나오는데, 주인공은 좌절한 자아인식 표출이라고 혹평돼 왔다. 하지만 고백을 통한 구원이라는 종교적인 인식에서 이해하지 않기 때문에 나오는 잘못된 해석 방법이다. 기독교적인 인식에서 볼 때, 고백이야말로 구원을 받고자 하는 유일한 길인 것이다. 구원이란 죄와 그 죄로부터 헤어나는 속죄의 상관관계이다. 인간은 어떻게 하면 죄에서 해방될 수 있는 것일까. 이러한 점을 고민하고 있던 도손은 루소의 작품『참회록(고백)』을 읽고, 고백을 함으로써 죄에서 빠져나올 수 있고 죄의식의 괴로움에서 해방될 수 있다고 깨달은 것이다.

사범 학교를 졸업한 우시마쓰는 사회운동가 렌타로가 읽고 있었던 사회비판서적과 루소의『참회록(고백)』(『파계』제 16장-3 이하)을 공부하고 사회의 불평등에 대한 잘못된 점을 설파하는 것은 지식의 힘이라고 생각하여 이러한 사회운동가들의 손에 이끌려 새로운 세계로 한걸음씩 나아갈 수 있을 것 같은 기대감을 갖고 있었다. 도손은 이러한 우시마쓰의 심정을 묘사하면서 천민으로서의 슬픈 자괴감을 한순간에 떨쳐버리게 되는 듯한 기대감에 참회의 마음을 품게 되었다고 기술했다.

도손은 고백이야말로 구원을 얻는 수단이라는 인식을 가지고『파계』라는 작품을 끌고 가고 있다고 할 수 있다. 몇 번이나 반복하면서 고백을 하려고 시도했던 우시마쓰의 갈등을 묘사하고 있는데, 이러한 묘사는 인간의 타고난 원죄를 용서하고 모든 불의에서 건져내고 더러움에서 깨끗해진다는, 청년 시절에 배운 성서의 가르침을 생각하면서 이 작품을 써가지 않았을까 생각할 수 있다.

이 고뇌의 깊은 내면에야말로 순수한 고백 기도가 들어 있는 것이다. 도손의 고백, 즉 고백을 희구하는 근저에는 단지 생활 사실이나 내심의 비밀을 드러내는 것뿐만 아니라, 그 고백을 통해서 자신의 삶을 전환시키려는 강한 욕구와 기대가 있다고 할 수 있다.『파계』의 우시마쓰에게 있어서 고백의 대상은 과연 신일까? 우시마쓰가 자신을 신 앞에(Coram Deo) 선 존재로서의 인간임을 인식하고 신에게 자신의 모든 것을 내놓는 고백이었을까? 이 부분은 독자의 해석에 따라서 논쟁의 여지가 있으리라 생각하지만 논자는 기독교 영향을 받은 도손이 세켄이라는 집단에 먼저 고백함으로써 자신의 자유와 해방을 얻고 신에게 감사하는 고백의 기도가 들어 있다고 생각한다.

5. 결 론

인간의 해방을 위하여 힘닿는 데까지 외치고 끊임없는 관찰로 사회를 해부하고자 한 도손은 메이지 유신 후에도 여전히 계속되는 피차별 부라쿠의 잔존과 차별 인습에 용기있는 도전을 보였다. 신슈 제1의 불교 지역인 이이야마(飯山)의 진종 연화사(蓮華寺)와 가장 문명개화되었어야 할 초등학교 교실을 부라쿠민 차별의 현장으로 설정하고, 불교 영향을 가장 많이 받고 있던 인간들의 피차별민에 대한 태도를 통해서 불평등 사회의 모순에 대항하면서 해방은 고백에서 기인한다고 주장한다.

하지만 고백이 세상을 향한 고백이라는 점에서 기독교적 인식의 고백이 아님이 분명하다고 할 수 있다. 도손은 이 작품을 통하여 근대 메이지 사회의 모순성을 구명하고자 당시의 피차별 부라쿠의 존재를 세상에 알리는 큰 역할을 하였다. 해방령이 공포된 후에도 남아 있는 신분차별은 일본사회의 구습 때문이며, 그 구습을 일반 사람들이 거의 의식하지 않는 것은 일본의 차별적 사고에 있었다.

일본은 개인보다 집단 공동체적 생활을 우선하는 사회로서 차별받는 집단은 그 집단대로 집단 의식이 강하며, 차별하는 측의 집단도 결속력이 매우 강하므로 다른 집단이 끼어들기 힘든 집단 사회이다. 실제로 도손 역시 부라쿠 문제를 조사하고 부라쿠를 실제로 답사하여 비로소 알게 되었다는 사실은 놀라운 것이다. 이『파계』에서 작가 도손은 폐쇄적 차별 사회에서 신분을 감추며 불안하게 사는 것보다 신분을 고백함으로써 자기 기만이라는 억압에서 자유를 얻어야 한다고 주장한다. 당시의 많은 부라쿠민들이 조금이라도 인간답게 살고 싶어서 신분을 감추고 보통 신분으로 살고자 했지만 발각이 되면 그 자리에서 추방당하는 현실이었다. 작가의 인간 평등 인식은 확고하지만 사회에 고백함으로 끝나는 도손의 구원 인식은 신에게 고백함으로써 진정한 해방감과 구원감을 느끼는 기독교 신앙의 관점과는 거리가 멀다고 생각한다.

【주】

1) 구마지는 유명한 정치가인 가쓰 가이슈(1823~1899)의 권유로 1879년 도미하여 12년 간 체재하면서 생리학과 신학 등을 공부하였으며, 선교사의 자격으로 일본에 돌아와 전도 활동에 전념하였다. 그는 메이지 학교(1885), 고모로의숙(1893)을 창설하는 등 일본의 근대 여성 교육에 크게 공헌한 인물이었으며, 우치무라 간조, 도쿠토미 로카 (1868~1929), 야마지 아이잔(1865~1917), 에비나 단조 등의 인사들과도 교분이 두터 웠다.

2) 島崎藤村, 「버찌가 익을 무렵(桜の実の熟する時)」, 『島崎藤村二』, 集英社, 1974, pp.233~234.

3) 島崎藤村, 「新片町より」, 『藤村全集』 第五巻, 筑摩書房, 1967, p.87.

4) 島崎藤村, 『島崎藤村二』, 集英社, 1974, pp.233~234.

5) 전게서, pp.233~234.

6) 전게서, p.10.

7) 山田晃, 「藤村と仏教·試論」, 『文学』 VOL.47, 岩波書店, 1979, p.45.

8) 新村 出 編著, 『広辞苑』, 岩波書店, 1991, p.1790.

9) 野間 宏, 『『破戒』について』, 岩波書店, 1957, p.344.

10) 「新平民の仙太と見て、他の生徒が側へ馳寄って無理無体に手に持つ庭球板を奪い 取ろうとする。仙太は堅く握ったまま、そんな無法なことがあるものかという顔 付。それはよかったが、何時まで待っても組のものが出て来ない。…(中略)… 誰 もこの穢多の子と一緒に庭球の遊戯を為ようというものは無かったのである。」(5장4)

11) 野間 宏, 『『破戒』について』, 岩波書店, 1957, p.344.

12) 下谷(したや) : 頭胸部台東區西部의 옛날 지명. 현재도 우에노 역을 포함하는 광범위한 지구명. 중소기업 밀집지역이며, 도매상점들이 밀집되어 있다.

13) 芝 : 東京部港區東. 南部의 옛 지명. 이 지명이 붙은 곳은 대부분이 동경 항만과 관계 있는 곳으로 창고나 공장 입지가 많다. 三省堂編修所[編], 『日本地名事典』, 三省堂, 1975, p.582.

14) 四谷(요츠야) : 도쿄 부 신주쿠(新宿區)의 남동부의 옛 지명. 신주쿠 남동부의 상업지구. 三省堂編修所[編], 『日本地名事典』, 三省堂, 1975, p.1263.

15) 秋定嘉和외 編著, 『近代の被差別部落』, 雄山閣出版, 1983, p.81.

16) 並木 張, 『[破戒]の牧場と悲話』, ほうずき書籍, 1994, p.107.

17) 「御存じでしょう、その穢多が皆さんの御家へ行きますと、土間もところへ手を突

いて、特別の茶椀で食物なぞを頂戴して、決して敷居から内部へは一步も入られ
なたことを。」(21章 5)

18) 「もしその穢多がこの教室へやって來て、皆さんに國語や地理を教えるとしました
ら、その時皆さんはどう思いますか、皆さんの父親さんや母親はんはどう思いま
しょうか一實はその私卑賤しい穢多の一人です。」(21章5)

19) 자연주의는 프랑스 문학 속에서 성장한 것으로 그 특징은 객관적 묘사, 즉 사실적묘사
가 근본적 창작 태도이다. 공상적보다 현실적, 주관적 보다 객관적, 정열적보다 이성적
인 특색을 지닌다. 도손의 자연주의에는 인간의 사랑의 외점은 우시마쓰의 인간상을
통하여 나타난다. 實方淸, 『島崎藤村文藝辭典』, 淸水弘文堂, 1979, p.163~165.

20) 「習慣の哀しさには、穢多は普通の墓地には葬る權利がないとしている。父は克く
それを承知していた。父は生前も子の爲に山奧に辛抱していた。死後もまた子の
爲にこの牧場に眠るのを本望としたのである。」(7章5)

21) 루소의 "자연으로 돌아가라"는 외침과 통하는 말로서 일본문예에 있어서도 상당히 중요
한 말이다. 특히 일본문예에서는 인간사와 재조적인 의미로 자연이라는 말이 사용된다.
도손 문예에서도 자연주의는 밀접한 관계 속에 있는데, 여기서 자연은 있는 그대로의
존재를 의미하며, 사물의 본성의 세계를 의미한다. 實方淸, 『島崎藤村文藝辭典』, 淸水
弘文堂, 1979, pp.161~162.

22) 告白(confession) : 인간의 진정한 마음을 표현하는 하나의 방법. 원어의 의미는 신에게
참회한다는 뜻이다. 루소의 참회록은 있는 그대로의 자기를 고백하는 문예, 도손은 루
소의 참회록을 읽고 고백 문학을 발상하게 되었으며, 근대적인 자아에 눈을 뜨게 되었
다 고 스스로 밝혔다(1909년). 이처럼 루소의 참회록 이 도손 문예의 발상의 근본이
되어 있다는 사실은 주목할 만하다. 實方淸, 『島崎藤村文藝辭典』, 淸水弘文堂, 1979, p.152.

아쿠타가와가 본 니토베의 '무사도'

하 태 후

1. 서론

아쿠타가와 류노스케의 작품 중에서 일본의 '무사도'와 관련된 작품을 고른다면 몇몇 작품을 꼽을 수 있을 것이다. 그중에서도 '무사도'라는 용어가 직접적으로 등장하는 작품은 『손수건』이 유일하다.

그러나 정신적으로는 거의 이렇다할 만한 진보도 인정할 수가 없다. 아니 오히려 어떤 의미에서는 타락했다. 그러면 이러한 현재의 상황에서 사상가가 시급히 해야 할 일로서 이 타락을 해결할 방법을 강구하려면 어떻게 해야 할까? 선생은 이에 대해 일본 고유의 무사도에 의해서만 가능하다고 단정했다. 무사도라는 것은 결코 편협한 섬나라 국민의 도덕을 기준으로 생각해서는 안 된다. 무사도 정신 속에는 오히려 구미 각국의 그리스도교적 정신과 일치되는 부분도 있다. 이 무사도에 의해서 현대 일본사조의 나아갈 방향을 알릴 수 있다면 그것은 일본의 정신적 문명에만 공헌하는 것이 아니다.

위의 인용은 『손수건』에서, 아쿠타가와는 사상가이자 교육자인 니토베

이나조를 서구 문화를 가르치는 도쿄제국대학 교수인 하세가와 긴조로 치환하여 그리고 있다. 이 하세가와 긴조 선생은 학자로서뿐만 아니라 교육자로서도 영명있으며, 크리스천이자 국제인으로서 최근 일본 문명의 정신적 타락을 걱정하고, 이것을 구하는 데는 일본 고유의 '무사도'에 의지할 수밖에 없다고 생각한다. 위의 『손수건』의 한 문단이 바로 하세가와 선생의 사상을 단적으로 나타내고 있다.

작품 『손수건』의 대체적인 흐름은 이러하다. 어느 초여름 오후에 스트린트베르크의 『Dramaturgie』를 읽고 있던 선생은 여성 손님의 방문을 받는다. 니시야마 아쓰코라는 여성은 선생이 가르치고 있는 학생의 모친으로, 그 학생이 간병의 보람도 없이 죽었다는 것을 이야기하는데, 그때 그녀는 그 이야기를 하면서도 마치 일상의 다반사처럼 입가에는 미소마저 띄우고 있는 태도에 선생은 우선 놀란다. 그러나 잠시 후 떨어뜨린 조선 부채를 주우려고 테이블 아래로 눈이 갔을 때, 전신의 슬픔을 손수건을 꽉 쥐고 참고 있는 부인의 모습을 발견하고 선생은 한 번 더 놀란다.

저녁 식사 후에 미국인인 부인에게 선생은 니시야마 부인의 모습을 '일본 여성의 무사도'라고 칭찬하고 만족하지만, 그 후에 다시 읽기 시작한 『Dramaturgie』속에서 얼굴로는 미소 지으면서 손으로는 손수건을 쥐어뜯는 유명한 여배우 하이베르크 부인의 이중연기를 '역겨움'이라고 단정하고 있는 것을 읽고 마음의 조화가 흐트러지는 것을 느껴 선생은 점차로 불쾌한 기분으로 빠져들어 간다.

그런데 이 작품에서 문제의 핵심은, 하이베르크 부인의 이중연기의 '역겨움'으로 인하여 "평온한 조화를 깨뜨리려고 하는 정체를 알 수 없는 그 무엇인가가 마음속에 있다.", "편안한 기분을 어지럽히려고 하는 무엇인가가 있다. 무사도와 그리고 그 고정된 틀과──"라는 작품의 마지막 부분이다. '무사도'가 일본을 구할 수 있는 유일한 도덕적 가치라고 생각하는 선생과, 이것이 오히려『Dramaturgie』에서는「고정된 틀」에 지나지 않는다는 상반된 견해가 이 작품이 이야기하고자 하는 핵심이다.

따라서 니토베 이나조는 '무사도'를 어떻게 파악하고 있으며, 또 작자 아쿠타가와는 '무사도'를 어떻게 인식하고 있는가. 이에 대한 검토를 통하여 아쿠타가와가 '무사도'를「고정된 틀」이라고 본 이유가 어디에 있었는가를 적시하고, 이「고정된 틀」이 과연 '무사도'에 대한 타당한 평가인가를 알아보고자 한다.

2. 본론

2.1. '무사도'와 니토베의『무사도』

아쿠타가와 류노스케의『손수건』에서는 일본의 정신적 문명의 타락을 구제할 일본 고유의 '무사도'가 더 이상 일본 국민의 도덕에 머물기보다는 구미의 그리스도교적 정신과 같은 보편적인 가치로 구현되어야 한다고 주장하는 하세가와 선생을 그리고 있는데 이 하세가와 선생의 목소리는 그대로 작가 니토베 이나조의 주장이라고 할 수 있다. 그렇다면 아쿠타가와의 작품『손수건』의 주인공인 니토베 이나조와 그가 저술한『무사도』에 관하여 그 개략을 알아둘 필요가 있다.

니토베 이나조는 1862년 9월 1일 이와테 현 모리오카 시에서 출생하여, 도쿄영어학교를 거쳐 16세 때 삿포로 농학교에 들어가 'W. 클라크'로부터 감화를 받고 그리스도교도가 되었다. 이때 일본의 대표적 그리스도교 지도자인 우치무라 간조와 돈독한 관계를 맺었다. 1884년부터 91년까지 유럽과 미국에서 공부하고 돌아와 삿포로 농학교의 교수로서 농정학, 농학사, 경제학을 강의했다. 그러나 병으로 사직하고 요양을 겸해 1898년부터 1901년까지 유럽과 미국을 여행했으며 그 사이 영문으로『Bushido : The Spirit of Japan』을 집필해 1899년 미국에서 출판하여 국제적인 명성을 얻었다.

그 후 타이완 총독부를 거쳐 1903년 교토제국대학 법과대학의 교수에 취임하였으며, 이때부터 학자이자 교수로서의 생애를 시작했다. 1906년에는 제일고등학교 교장이 되었고, 도쿄제국대학 교수를 겸임했다. 1913년에는 도쿄제국대학의 전임교수로서 식민정책 강좌를 담당했다.『손수건』에서는 '선생의 전공은 식민지 정책의 연구이다'는 문장이 나온다. 한편 1911년에는 최초의 미·일 교환 교수로서 미국의 6개 대학에서 강의했다. 1920부터 26년까지는 국제연맹 사무국 사무차장으로서 국제무대에서 큰 활약을 했다. 귀국 후에는 제국학사원 회원, 귀족원 의원으로 선임되었으며, 태평양문제조사회 이사장으로서 일본의 국제적 지위를 개선하는데 기여했다. 도쿄여자대학 초대 총장도 역임했다. 1933년 캐나다에서 개최된 태평양회의에 일본대표부의 위원장으로 출석했으나, 회의가 끝난 후인 10월 16일 병으로 쓰러져 빅토리아에서 객사했다.

그는 학자, 교육자, 국제인으로 다방면에 걸쳐 활동했고, 그의 활동에서 일관적으로 흐르는 정신은 동서양의 융화에 대한 신념과 실천이었다. 그

는 동서 문화의 융합으로 서양문명의 일방적 수입이 아니라 일본문화를
외국인에게 이해시키는데 역점을 두었으며, 영문 저서를 다수 집필하여
일본문화를 널리 소개하였다.[1] 작품 속에서 아쿠타가와가 언급한 '나아가
서는 구미 여러 나라의 국민과 일본 국민과의 상호 이해를 용이하게 한다
는 이점이 있다. 혹은 국제 간의 평화도 이제부터 촉진될 것이라고 말할
수 있다'는 언설은 이러한 니토베의 활동에 대한 평가로 볼 수 있다.

『무사도』는 니토베 이나조가 병 요양을 위하여 미국에 체재하고 있을
때 필라델피아에서 영문으로 "일본의 정신"이라고 부제를 붙여 1899년에
출판되었고 익년 일본에서도 출판되었다. 일본어 역은 1908년 출판된 사
쿠라이 오타이 역이 최초이며, 1938년 야나이하라 다다오에 의한 신역이
이와나미 문고에서 발행되었다. 제1판의 서문에 의하면 '봉건제도 및 무
사도를 이해하지 않으면 현대일본의 도덕관념은 결국 봉인되어져 두루마
리가 될 것을 알았다'는 것이 저술의 동기로 되어 있지만 여기에서 다루고
있는 '무사도'는 협의의 봉건제도에서의 무사의 도덕에 머물지 않고 부제
가 시사하는 것처럼 오히려 광의의 일본 정신 개설로 되어 있는 점을
놓쳐서는 안 된다.[2]

메이지유신 후에 '무사도'를 지탱해 나간 자는 무사계급으로서의 신분
적인 특권을 가지지 않은 '사족'으로 변모하지만, 이미 무사계급 전반에
에토스로서 정착했던 '무사도'는 엘리트의 인간 형성의 규범으로서 지속
적으로 생존하게 되었다. 그것은 서구의 그리스교적인 스토이시즘을 일본
에 이식하기 위한 토양의 역할도 연출하였다. 이 점은 우치무라 간조,
니토베 이나조의 인간 형성에 비추어 보아도 명확하다. 이와 같은 메이지
유신 이후에 '무사도'는 한편으로는 이질적 서구 문명을 마주 대하는 일본

의 엘리트의 정신적 지주 역할을 연출하지만 한편으로는 국가주의적 풍조의 태두와 더불어 천황제 아래 당연히 있어야 할 국민 도덕으로 재편성되어 반동적인 이데올로기의 역할을 연출하는 것이 되었다.3)

그러나 현대의 일본인에게 '무사도'라는 것은 구체적으로 체험할 수 있는 것은 아니다. 쇼와 시대까지만 하더라도 중학교에서 의무적으로 '하가쿠레'를 가르쳤지만 패전 후 교육제도의 개편과 더불어 그것마저 없어졌다. 현재 일본 학생은 "무사도는 구체적인 학문으로 성립될 수 없고 현재 일본에서 가르쳐 지지도 않는다"라고 하고 있다. 하지만 과연 그들의 '일본의 정신'은 구시대의 유물로 전락해 버린 것일까? 그렇게 보기는 힘들다. 과거 고도 성장기에 보여준 일본의 저력은 일본을 지난 10세기 동안 지배했던 무사들의 힘이라고 할 수 있다. 그들의 조직에 대한 헌신과 무조건적인 충성, 절제와 검약 등 일본이 보여주었던 많은 미덕들은 과거 일본인의 이상적인 인간형으로 생각했던 무사의 그것과 다를 바 없다.

이 점에 대하여 니토베가 『무사도』의 제일 마지막 장인 제17장 「무사도의 미래」에서 다음과 같이 예언하고 있다.

> 무사도는 하나의 독립한 도덕적 규칙으로서는 소멸할지도 모른다. 하지만 그 힘이 지상으로부터 사라지는 일은 없다.
> 그 무용과 문덕의 교훈은 해체됐을지도 모르지만 그 빛과 영예는 폐허를 넘어 소생할 것임에 틀림없다. 상징인 벚꽃과도 같이 바람에 날려진 뒤 인생을 풍요롭게 하는 향기를 실은 채 되돌아와 인간을 축복해 줄 것이다.
> 몇 세대가 지난 뒤 무사도의 습관이 무덤에 묻히고 그 이름이 잊힐 때가 온다고 해도 '길거리에 서서 바라보면' 그 향기는 멀리 떨어진 보이지 않는 언덕으로부터 전해져 올 것이다.4)

이것은 『무사도』 제1장 「도덕체계로서의 무사도」의 첫 문장과 호응하는 것으로, 니토베는 '무사도'의 장래에 대한 확고한 신념을 말하고 있다.

> 무사도는 일본의 상징인 벚꽃과 우열을 가리기 힘든, 일본이란 토양에서 피어난 고유의 꽃이다. 역사의 책장에 담긴 말라비틀어진 표본의 하나가 아니다. 지금도 일본인의 마음속에 간직된 힘과 아름다움을 겸비한 살아있는 대상이다. 그것은 손에 닿는 모습과 형태를 지니지 않았지만 현대 일본인들을 끌어들이기에 충분한 매력적인 존재다.
> 무사도를 양성해 온 과거의 사회적 조건이 사라진지 오래다. 하지만 봉건제도의 소산인 무사도의 빛은 그 어머니인 봉건제도보다도 오래 살아남아 일본인의 인류지도가 나아가야 할 길을 비추고 있다. 과거에 실재했으나 현재에 반짝이는 머나먼 우주 저편의 별처럼 지금도 일본인들의 머리 위에서 빛을 발하고 있다.

니토베가 왜 이 『무사도』를 쓰게 되었는가는 「서언」에서 "'일본의 이러저러한 생각이나 습관은 어떻게 전해 내려왔느냐'라고 끊임없이 질문해 대는 미국인 아내 때문"이라는 농담조의 이유를 대지만 사실은 '봉건제도와 무사도에 대해 알지 못하고서는 현대 일본의 도덕 관념을 이해할 수 없다는 것'이 그의 초지일관된 생각이다. 그뿐만 아니라 니토베는, 아쿠타가와가 『손수건』에서 말하고 있는 것처럼, 일본의 '무사도'를 『성서』와 함께 세계의 도덕 교과서로 하고자 의도하였다. 이러한 점이 '무사도'에 대한 니토베가 가지고 있었던 생각이었고, 서책으로 발간된 것이 바로 『무사도』라는 점을 감안 한다면 니토베의 '무사도'에 대한 자부심의 여하는 충분히 짐작이 가고도 남음이 있다.

2.2. 아쿠타가와가의 『손수건』에서 본 '무사도'

아쿠타가와는 니토베가 일고 교장 시절의 생도였다. 『손수건』의 하세가와 선생은 그를 모델로 하고 있다. 아쿠타가와는 1924년의 <제22회 전국교육자협의회>에서 "내일의 도덕"이라는 강연에서 니토베를 비판하여 '오늘날의 눈으로 보면 몹시 현실과 동떨어진, 혹은 매우 이상적인 실천 곤란한 도덕'이며 '충신, 효자, 열녀와 같은 이상적인 인물을 하나의 기준으로 삼아 그 전형적인 인물에 그것을 합치시키려고 노력하는 것'이라고 하고 있다. 그리고 그와 같은 봉건 도덕을 보존시킨 조건은 '비판정신의 결핍'이라고 역설한다.

따라서 아쿠타가와의 니토베에 대한 비판이 잘 나타나 있는 작품『손수건』에는 미즈타니 아키오의 지적과 같이 "아쿠타가와 특유의 우상기피"[5]가 매우 잘 작동하고 있다. 아쿠타가와의 몇 작품에는 이와 같은 "우상파괴, 영웅부정", "위선에 대한 혐오"[6]가 흐르고 있은 작품이 있다. 『장군』에서도 영웅의 옷을 벗긴 범인으로서의 N장군을 그리고 있다. 그리고 『이토조비망록』에서도 호소카와 부인의 가면을 벗기고자 하였다. 『손수건』도 이 범주에서 크게 벗어나지 않는 작품으로 '우상파괴'에 그 주제가 있다고 해도 과언이 아니다.

그러면 아쿠타가와는 『손수건』에서 무엇으로 니토베의 '무사도'를 비판하는가. 그것은 말할 것도 없이 스트린트베르크의 『작극술』즉 『Dramaturgie』중에서도「Manier」, 즉「고정된 틀」로써 '무사도'를 비판하고 있다. 이『Dramaturgie』는 "1) 배우는 무엇인가? 2) 말 3) 특징 4) 목록 5) 위치 6) 방식 7) 모양과 출발 8) 역할 지배 9)청중을 위해 연주하다 10) 관객의

취향 11) 스타 12) 초급 13) 무대감독 14) 지배인 15) 비평 16) 처분 17) 관례 18) 시간 19) 암기 20) 어떤 양식에 일치시키다"의 모두 20장으로 되어 있는데, 이는 아쿠타가와가 『손수건』에서 "스트린트베르크가 간결한 필치로 논평을 하고 있는 각종 작극술"이라는 대목과 마찬가지로 짧고 간결한 문체로 연출에 관한 그의 생각을 정리한 것이다.

특히 아쿠타가와가 인용한 부분은, 말을 바꾸면 하세가와 선생이 읽고 있었던 『Dramaturgie』의 부분은 「Manier」이다. 이를 '형'이라고 하는데, 보다 더 정확하게 번역하면 「고정된 틀」이 된다. 아쿠타가와는 『Dramaturgie』의 「Manier」, 즉 「고정된 틀」로써 하세가와 선생이 이상으로 품고 있던 도덕을 비판한다. 이는 바꾸어 말하면 결국 스트린트베르크의 『Dramaturgie』로써 니토베의 '무사도'를 비판하는 것이 된다.

「Manier」, 즉 「고정된 틀」의 첫 문단은 다음과 같다.

> 배우가 가장 일상적인 감정에 대하여 어떤 적절한 표현법을 발견하고 이 방법으로 성공을 거두었을 때 그 배우는 상황에 맞던, 맞지 않던 상관하지 않고 우선은 그 방법이 편해서, 한편으론 그 방법으로 성공을 거둘 수 있다는 점 때문에 자칫하면 그 방법에 의존하려고 한다. 그러나 그것이 바로 고정된 틀이라는 것이다.[7]   (번역 필자)

이것을 아쿠타가와는 작품 속에서 "그러자 마침 읽기 시작한 부분에 이러한 글이 쓰여 있었다"라고 하면서 이 문단을 그대로 인용한다. 이것은 말할 것도 없이 "구미 여러 나라의 국민과 일본 국민과의 상호 이해를 용이하게 한다"라는 선생의 '매우 이상적인 실천 곤란한 도덕'에 대한 아쿠타가와의 비판일 것이다.

그럼에도 불구하고『손수건』에서 하세가와 선생의 이러한 믿음은 기모노 정장을 차려입은 니시야마 부인과의 만남을 통해서 구체화된다. 어느 날 하세가와 선생은 자신이 가르치고 있는 학생의 어머니인 니시야마 부인의 방문을 받는다. 그리고 부인은 하세가와 선생에게 아들의 죽음을 마치 일상적인 평범한 얘기를 하는 듯이 알리면서, 얼굴로는 웃고 있었지만 실은 아까부터 전신으로 울고 있는 모습을 묘사한다. 즉 아들의 죽음에도 불구하고 얼굴에는 슬픈 내색도 하지 않는, 자신의 감정을 절제하려고 하는 니시야마 부인의 모습은 바로 전통적으로 일본 여성이 지켜 온 '무사도'의 한 전형이라고 보고 있다.

이 부인의 태도나 거동이 조금도 자기 아들의 죽음을 얘기하고 있는 것 같지 않다는 사실이다. 눈에는 눈물도 글썽이지 않았다. 목소리도 평상시 대로다. 게다가 입가에는 미소까지 띄고 있다. 얘기를 듣지 않고 외모만 보고 있으면 누구나 이 부인이 일상적인 평범한 얘기를 하고 있다고 생각할 것임에 틀림없다.

니시야마 부인의 이 같은 행동은 그녀가 얼마나 '무사도'의 정신에 철저했는가를 보여주는 단적인 한 예라고 할 수 있다. 이것은 '무사는 감정을 얼굴에 내보이지 않는다'는 니토베의『무사도』제11장「극기」에 잘 나타나 있다.

무사도에서는 불평불만을 늘어 놓지 않는 불굴의 용기를 수련하는 훈련이 행해진다. 다른 한편으로는 예의 교훈이 있다. 그것은 자신의 슬픔, 고통을 바깥으로 표현하여 다른 사람의 유쾌함이나 평온을 어지럽히지 않도록 하는 것이다.

이 같은 니시야마 부인의 행동은 하세가와 선생이 생각하고 있는 '무사도'에 비추어 보았을 때 무사의 처로서는 굉장히 바람직한 행동이라고 생각했을 것이다. 첫째는 감정을 얼굴에 내보이지 않았다는 점이고, 둘째는 과묵함이 미덕이라는 점이고, 셋째는 마음을 편안하게 유지하기 위해서 배려하는 점을 들 수 있다. 위의 『손수건』의 문장 끝에 "선생에게는 이것이 이상했다"라고 덧붙이고 있지만 선생에게는 정말 부인의 행동이 이상했을까?

이어서 하세가와 선생은 예전에 베를린에 유학했을 때에 일어났던 일을 소개한다. 그것은 빌헬름 일세가 승하하였을 때 하숙집 아이들의 태도에 대한 평가이다.

> 선생은 한 나라의 원수의 죽음이 어린아이까지 슬프게 하는 것을 기이하게 생각했다. 단순히 황실과 국민과의 관계라는 문제를 생각하게 되었을 뿐 아니라 서양에 온 이래 여러 번 선생의 눈과 귀를 자극한 서양 사람들의 충동적인 감정의 표백이 새삼스럽게 일본인이며 무사도의 신봉자인 선생을 놀라게 했던 것이다.

일본인이었다면, 아니 일본의 '무사도'를 조금이라도 이해하는 일본인이었다면 비록 천황이 죽었다고 한들 서양인들처럼 울고불고하는 '충동적인 감정의 표백'을 쉽게 나타낼 수 있었을까 하는 의문이다. "그때의 기이함과 동정을 하나로 묶은 것 같은 기분은 아직도 잊히지 않는다"라는 것이 하세가와 선생의 평가이다.

이것은 하세가와 선생이 생각하고 있는 '무사도'의 모순을 그대로 적시하는 것이라고 할 수 있다. 사랑하는 사람이 죽었을 때, 인간이 슬퍼하는 것은 자연스러운 감정의 발로이다. 빌헬름 일세가 승하하자 하숙집의 두 아이가 우는 것은 어쩌면 자연스러운 감정의 유로이다. 이를 하세가와 선생은 '충동적인 감정의 표백'이라고 한다. 이는 '무사도'가 인간의 감정의 유로를 막는 것임을 단적으로 나타낸다. '무사도'가 "편협한 섬나라 국민의 도덕을 기준으로 생각해서는 안 된다"라고 생각하는 하세가와 선생의 생각은 과연 보편성을 지니는 것일까 하는 의문을 갖게 한다.

다시 앞으로 돌아가서, 그러다가 선생은 떨어뜨린 부채를 주우려고 테이블 아래를 내려다보았을 때 놀라운 광경을 목격하게 된다.

> 그때 선생의 눈에는 우연히 부인의 무릎이 보였다. 무릎 위에는 손수건을 쥔 손이 얹혀 있었다. 물론 이것만으로는 발견도 아무 것도 아니다. 그러나 선생은 동시에 부인의 손이 격하게 떨리고 있는 것을 보았다. 떨면서 그것이 감동의 격동을 억지로 억누르려고 하는 탓인지 무릎 위의 손수건을 양손으로 찢어질듯이 꽉 쥐고 있는 것을 알았다. 그리고 나중에는 주름투성이가 된 비단 손수건이 가녀린 손가락 사이에서 마치 미풍에 나부끼기라도 하듯이 수를 놓은 테두리를 떨게 하고 있는 것을 깨달았다. 부인은 얼굴로는 웃고 있었지만 실은 아까부터 전신으로 울고 있었던 것이다.

이 광경을 목격한 하세가와 선생은 '경건한 기분'이 들었다는 것이다. 그것도 그럴 것이 자신이 주장하는 '무사도'의 정신을 바로 이 니시야마 부인이 전신으로 보여주고 있기 때문이다. 아마 하세가와 선생은 자기의 머릿속에서만 있던 '무사도'가 이렇게 현실적으로 나타날 줄은 생각지도 않았을 것이다. 『무사도』 제11장 「극기」에는 다음과 같은 표현이 있다.

무사에게 있어 감정을 얼굴에 드러내는 행위는 남자답지 못하다고 여겨졌다. 훌륭한 인물을 평가할 때 '기쁨과 분노를 겉으로 표현하지 않는'이라는 표현이 자주 사용되었다. 거기에선 너무나 자연스러운 감정이 억제되었다. 부친은 그 위엄을 희생하여 아이를 안을 수가 없었다. 남편은 그 처에게 입맞춤을 할 수 없었다. 사실이야 어찌 되었건 사람들 앞에선 하지 않았다.

그러면서 한편 하세가와 선생은 "그러한 의식에서 오는 어떤 만족이 다소의 연기로 과장된 것 같은 매우 복잡한 표정이었다"라고 하는 데는 니시야마 부인의 행동이 자기가 생각하고 있는 이상적인 '무사도'임에는 틀림없지만 어딘가 보편적인 인간의 감정과는 동떨어진 점을 다소간 느끼고 있었다는 것을 암시한다.

이 점은 두 시간 뒤에 선생이 목욕을 하고 저녁 식사를 한 후 다시 편안하게 베란다의 등나무 의자에 앉아 별로 읽을 마음도 나지 않는 스트린트베르크의 『Dramaturgie』에 우연히 눈이 갔을 때의 다음과 같은 문장에서 다시 촉발된다.

> 내가 젊었을 때 사람들은 하이베르크 부인이 지니고 있는 파리에서 온 것으로 보이는 손수건에 관해서 애기했다. 그것은 얼굴은 미소를 머금으면서 손은 손수건을 둘로 찢는다는, 이중의 연기였다. 그것을 우리들은 지금 계략이라고 한다.[8]

이 문장 역시 「Manier」, 「고정된 틀」의 몇 가지 예 중의 하나이다. 지금까지 니시야마 부인의 행동에서 '경건한 기분'마저 들었던 하세가와 선생이 『작극술』의 이 한 줄을 읽자마자, '스트린트베르크가 지탄한 연출법과 실천도덕상의 문제와는 물론 다르다'는 것을 충분히 알고 있으면서도 '편안한 기분을 어지럽히려고 하는 무엇인가'를 느낀다.

하세가와 선생은 다이쇼 시대에 들어와 일본이 서양 문명 덕분에 물질적 진보를 이룬 반면, 정신적으로는 타락해 있는 상황을 걱정하고 있다. 당시 다이쇼 시대의 사회상에 대해서 시마다 아쓰시가 "충분히 지식을 익혀 각종 자격을 가지고 사회를 활보하는 젊은 여성들이 속출하고 있다. 그녀들은 메이지 시대의 어머니들과 함께 외출하면 확실히 체격도 좋고 키도 크다. 그 태도도 시원시원하고 사람과 접할 때도 자신만만하다. 하지만 다른 견지에서 본다면 너무 활발하여 말괄량이이고, 동작이 거칠고, 여자의 미덕인 정숙, 우미와는 거리가 멀게 되었다"⁹⁾라고 언급하고 있듯이, 이러한 일본사회의 정신적·도덕적으로 타락해 가는 윤리의 재건을 하세가와 선생은 '무사도'에서 찾으려고 했고, 낮에 다녀간 니시야마 부인이 그 '무사도'를 몸으로 체현해 보이는 대표적인 인물로서 '경건한 기분'마저 들게 하였다.

그러나 니시야마 부인의 절제미로 대표되는 '무사도'의 이상적인 사상이 『작극술』 중의 「Manier」 즉 「고정된 틀」 이상의 것이 아니며, 그런 「고정된 틀」을 취미(Mätzchen), 즉 '계략', '술책', '역겨움'이라도 부를 때, 지금까지 이상적으로 생각해오던 '무사도'가 일본사회의 정신적·도덕적으로 타락해 가는 윤리의 재건을 이룰 수 있는 것이 아니라는 것이다. 그렇다면 '무사도 정신 속에는 오히려 구미 각국의 그리스도교적 정신과 일치되는' 보편적인 정신을 찾을 수 있을까 하는 큰 의문이 하세가와 선생 앞에 놓이게 되고 이는 작가 아쿠타가와에 의하여 부정되기에 이른다.

작품은 "선생은 불쾌한 듯이 두서너 번 머리를 흔들고 그리고 다시 시선을 들어 물끄러미 가을 풀이 그려져 있는 기후 초롱의 밝은 등불을

바라보기 시작했다"로 마치고 있다. 일본과 서양을 맺는 가교가 되고자하
여 무사 부인으로서 절제된 행동을 보이는 니시야마 부인과 서양 배우의
이중연기를 무리하게 결합시키고자 하는 하세가와 선생의 현실에 밀착되
지 않은 코즈모폴리터니즘의 회화화를 아쿠타가와는『손수건』에서 그리
고자 하였던 것은 아닐까? 그뿐 아니라 이처럼 모든 것이 자유롭게 변화
하는 다이쇼 데모크라시 시대에 과거의 봉건주의로, 또 봉건주의 시대의
전장에서의 도덕률이었던 '무사도'로 회귀하고자 하는 선생의 주장과, 세
계 보편적인 '그리스도교적 정신'이 일치되기는커녕『Dramaturgie』의 한
장으로 간단히 무너지고 마는 선생의 '무사도'의 내실은 과연 무엇인가를
아쿠타가와는 의미심장하게 묻고 있다.

2.3. '무사도'와 「고정된 틀」

그러나 하세가와 선생의 '무사도'가『Dramaturgie』의 한 문장의 비판으
로 간단히 무너질 수 있을 만큼 가벼운 성질의 사상일까? 아쿠타가와는
「Manier」, 즉 「고정된 틀」로써 니시야마 부인의 행동을 '계략'이라는 한
마디로 매도하고자 하였다. 그러나 거기에는 요시다 세이이치의 지적대로
"문명비평으로서는 파헤침이 모자라고, 작자 자신도 문제만을 제출하고,
몸을 빼고 말아버린 감이 있다"10)는 지적에 동의할 수밖에 없다. 말을
바꾸자면 아쿠타가와는 무사 부인으로서 절제된 행동과 서양 배우의 이중
연기를 매우 안이하게 연계하여 비판하였다. 좀 더 구체적으로 말하자면
'무사도'를『작극술』의 한 문단과 빗대어서 니시야마 부인을 회화화하고
자 한 점이 그렇다.

아쿠타가와는 『손수건』에서도 '영웅부정'과 '우상파괴'의 심리가 작용하였을 것이다. 이를 잘 뒷받침해줄 논리적 근거는 말할 것도 없이 『Dramaturgie』의 「Manier」 즉 「고정된 틀」이다. 하세가와 선생이 거의 의미를 모르고 읽은 부분은 앞에서 인용한 것과 같이 "배우가 가장 일상적인 감정에 대하여… (중략) 그러나 그것이 바로 고정된 틀이라는 것이다."라는 문단이다.

여기서 지적할 수 있는 선생의 사고의 문제점은 '무사도'='「고정된 틀」이라는 데 있다. 선생의 '무사도'가 '현대 일본사조의 나아갈 방향을 알릴 수 있'고, '일본의 정신적 문명에만 공헌하는 것이 아니'라 '구미 여러 나라의 국민과 일본 국민과의 상호 이해를 용이하게' 하며, '국제 간의 평화도 이제부터 촉진 될' 만큼의 이상적인 도덕률을 스트린트베르크의 『Dramaturgie』라는 일종의 연극 기법상의 「주의할 점」 정도로 쓰인 내용과 동일시하여 '무사도'를 고정되고, 낡아빠진 틀로 치환하는 데는 분명히 문제가 있다.

스트린트베르크의 『Dramaturgie』의 「Manier」 즉 「고정된 틀」의 '몇 가지 예'에는 7가지가 제시되는데, 이 예들은 『Dramaturgie』의 원리라기보다 연극 상연에서 일어났던 몇 가지 해프닝을 소개한다고 보면 맞을 것이다. 그중에는 이런 예도 있다.

　　몇 해 전 어떤 여성 연기자가 목덜미를 위로 하고 배를 깔고 누워서 턱을 그 높이로 치켜드는 연기에 빠져 있을 때, 그때 그것은 한번 효과가 있었다. 왜냐하면 그것은 상당히 새로운 것이었다. 하지만 그 포즈가 모든 극장에 돌았을 때 곧바로 사람들은 그 포즈에 싫증을 느꼈다. 특히 그 포즈가 적당하지 않았을 때에는 더 그랬다.[11]　　　(번역 필자)

위 문장이 7가지의 예 중에서 세 번째이고, 그 다음의 네 번째 예가 앞에서 인용한 문장으로 하세가와 선생이 니시야마 부인과 만나고 난 뒤 저녁식사 후에 버찌를 먹으면서 우연히 눈에 들어온 『*Dramaturgie*』의 「*Manier*」 즉 「고정된 틀」이다.

이것은 아쿠타가와도 작품 속에서 '스트린트베르크가 지탄한 연출법'이라고 적고 있는 것처럼 연출법의 정석이라고는 할 수 없다. 또 '실천도덕상의 문제와는 물론 다르다'고까지 하면서도 '편안한 기분을 어지럽히려고 하는 무엇인가가 있다'고 하면서 그이유로 내세우는 것이 '무사도와 그리고 그 고정된 틀과――'라고 한다.

아쿠타가와는 전혀 비중이 다른 '무사도'와 「고정된 틀」을 비교하면서 '불쾌한 듯이 두서너 번 머리를 흔들고'는 해결할 수 없는 아포리아에 부딪쳐 고민하는 모습으로 작품은 끝난다.

그러나 '무사도'와 『*Dramaturgie*』, 특히 「*Manier*」 즉 「고정된 틀」은 비교할 수 없을 만큼 그 비중이 다르다. 이 점을 이소가이 히데오는 "엄밀하게 말하면 니시야마 부인과 하이베르크 부인의 아날로지는 역시 그렇게 잘 대응되어 있지 않다. 슬픔을 진지하게 감추고 있는 니시야마 부인의 미소와 하이베르크 부인의 보이기 위한 연기는 간단하게 하나로 묶을 수 있는 성질의 것이 아니다"라고 하며 이어서 다음과 같이 지적한다.

니시야마 부인의 미소가 무사도에 있어서 자기 억제적 가치관을 토대로서 양성되어져 온 표현술――고정된 틀인 점은 확실하다. 그러나 이 경우 한편으로 자식을 잃은 모친의 슬픔이라는 엄숙한 실감이 실재해 있기 때문에 이 미소가 형해화해서 형태만의 연기로 되는 위험은 극히 적다고 말하지 않을 수 없다. 모친들은 필사적으로 무엇인가를 견디면서 겉으로 미소를 계속 짓고 있음에 틀림이 없고, 그러한 실질적인 긴장이 있기 때문에 그것을 쓸데없는 것이라고 말하려고 하든지 하지 않든지 그것은 사람을 울리는 것이다. 이 같은 실질을 갖지 않은 하이베르크부인과 니시야마 부인과의 차이는 역시 큰 것으로 이 차이를 무시하는 비교는 천박하다고 하지 않을 수 없다.12)

더욱이 한 걸음 더 나아가서 이소가이 히데오는 "내부에서 당연히 번져 나와야 하는 것을 잃고 외부로부터의 힘에 의존해서 「고정된 틀」이 유지 될 때 그것은 아름다움도 아니고 윤리도 아니게 된다. 하세가와 선생이 다기진 니시야마 부인의 미소를 단지 일반화해서 천하에 선포하고자 꿈꾸 었을 때 거기에는 그와 같은 근본적인 위험이 포함되어 있다고 말해도 좋다"13)라고 지적하면서, 그러면서도 아쿠타가와가 이런 난센스로 작품 을 구성하였던 원인에 대하여 다음과 같이 설명한다.

더구나 시대는 움직이고 있다. 하세가와 선생이 실질적으로는 거의 이해할 수 없는 와일드나 스트린트베르크 등이 등장하는 시대가 오고 있다. 하세가와 선생이 품고 있는 것과 같은 무사도 윤리를 가지고 세계 의 조화를 꾀하고자 하는 것 같은 일원적인 꿈은 아무래도 난처하다. ──아쿠타가와의 감각실질은 아마 이러한 점에 있었을 것이다.14)

이것은 바로 이 작품의 작자인 아쿠타가와의 '무사도'에 대한 의식을 나타내는 것으로, 아쿠타가와는 하세가와 선생이 주장하는 '무사도'는 어 딘가 허황함과 위선이 담겨져 있는 것으로 보았다고 할 수 있다.

한편 미시마 유키오는 이 작품에 대하여 '최고로 완성된 콩트'라는 찬사 를 보내며 다음과 같이 평한다.

　　이것도 미담부정물로서 말미에는 또 없는 편이 나은 반전이 붙어 있
지만 여기에 작자 자신이 말하고 있는 '형(manier)'의 미가 있다. 그리고
인생과 연기가 서로 교섭하는 부분에 대해서는 극도로 결백한 자의식가
인 작자는 『손수건』에서는 무의식 속에 니시야마 부인의 스트레오타이
프적인 인생연기를 하나의 정지된 형태로서 '형'의 미로 인정하고 있다.
이것은 형의 미가 노가쿠의 어떤 찰나의 형과 같은 찬란함을 발하는
콩트의 작은 형식과 융화하고 있었다는 것이다.[15]

　　여기에서 미시마가 마음에 들었던 것은 손수건을 쥐어짜면서 얼굴로는
미소 짓고 있는 니시야마 부인의 모습 그 자체였고, 그것을 묘사하는 아
쿠타가와를 높이 평가하고 있다. 미시마 유키오는 그것에 직접적으로 감
동하고 있고 그 감명이 '최고로 완성된 콩트'라는 평어가 된다.

　　물론 이것은 니시야먀 부인에 대한 절대평가의 경우에는 그렇다. 그러
나 문제는 미시마의 말대로 '없는 편이 나은 반전', 즉 『Dramaturgie』의
문장이 작품 속에 엄연히 나오기 때문에 평가는 상대적이 될 수밖에 없고
『Dramaturgie』의 시원찮은 문장으로 인하여 무사의 아내인 니시야마 부인
의 '무사도'에 투철한 절제미가 순식간에 위선으로 회화화되는 경우를 맞
이하게 된다.

　　그러면 이 같이 문제가 많은 작품을 아쿠타가와는 왜 집필하게 되었는
가 하는 문제가 떠오른다. 그에 앞서 이 『손수건』의 모티브는 어디에 있
었는가를 다시 한 번 더 확인할 필요가 있다. 이에 대하여 가모 요시로는
다음과 같이 지적한다.

　　이 소설의 모티브는 오로지 스스로 애독해 마지않던 스트린트베르크
의 서적 중에 '얼굴은 미소를 머금으면서 손은 손수건을 둘로 찢는다는,

이중의 연기'를 발견한 아쿠타가와의 머릿속에 번쩍이는 지적 착상, 즉 그것을 가지고 일본인의 전통적 덕목을 풍자하려고 하는 하나의 문득 떠오른 생각의 재미에 걸려 있었던 것은 아닌가.[16]

가모 요시로의 지적은 특별히 새로울 것은 없다. 그러나 분명한 것은 아쿠타가와가 스트린트베르크에게 상당히 경도되어 있었다는 것만은 틀림없는 사실이다. '읽었던 책 중에서 의리로도 자신이 감복되지 않으면 안 되었던 것은 무엇보다도 먼저 스트린트베르크였다. 그때는 아직 셰익스피어의 역본이 많이 있었기 때문에 손에 닿는 대로 읽어보았지만 자신은 그를 보면 마치 근대정신의 프리즘을 보는 것 같은 기분이 들었다(『별고·그 때의 자신의 일』)는 고백조의 서술에서도 알 수 있듯이 스트린트베르크에 깊이 공감하고 있다.

그렇다고 하더라도 앞에서 지적한 대로 비중이 다른 두 사안을 비교하여 한쪽을 비판한다는 것은 건전한 상식에 들어맞지 않음에도 불구하고 아쿠타가와가 이 작품을 집필한 이유는 어디에 있을까. 가모 요시로는 다음과 같이 설명한다.

> 말할 것도 없이 그것은 그들이 해외에서 온 서적을 통하여 '보다 의식적인' 문화에 접해버렸기 때문이다. 그것에 의해서 그들의 머리와 감수성이 '보다 의식적'이 되어버렸기 때문이다. 이러한 지적 청년의 눈에는 유교나 무사도를 핵으로 하는 낡은 미덕의 '틀'을 염려하고, 그중에 포함된 무리함이나 견강부회 혹은 자기기만을 깨닫고자 하지 않는 천진난만함·유치함이 '딱함'으로 생각되었던 것이다.[17]

따라서 이 『손수건』이라는 작품에는 보다 무의식적인 문화와 보다 의

식적인 문화의 충돌, 전통적인 「고정된 틀」 속에서 자족하는 인간과 그쪽
으로 향해 있는 각성한 자의 비아냥거림의 눈초리가 번쩍이고 있다고 보
아야 할 것이다. 즉 아쿠타가와는 이를 적시하기 위하여 무리를 감내하면
서 이 작품을 완성했다고 보아야 옳을 것이다. 이 점에 대해서 가모 요시
로의 언설을 부연하자면 다음과 같다.

> 『손수건』에 있어서 아쿠타가와의 '시대의 그림자'의 베인 상처는 너무
> 나도 선명하다고 하더라도 거기에 노출된 문제성 그 자체는 반드시 아
> 쿠타가와의 독창만은 아니다. 태서문화와의 만남에 의한 각성된 눈의
> 자각, 그것에 의한 낡은 '틀'의 동요, 그 붕괴의 징조라고 한다면 그것은
> 이미 메이지 말기의 지적 문학의 형식의 주제였다. 『손수건』은 오히려
> 말하자면 시대의 문제를 조심스럽게 받아 잇고, 그 대신에 그것을 보다
> 치밀하고 보다 섬세하게 형상화하여 보인 작품에 다름 아니었다.[18]

가모 요시로가 주장하는 바와 같이 『손수건』이라는 작품도 역시 시대
의 흐름 속에서 그 의미를 해석해야 한다. 지금 보기에는 약간은 치졸한
『*Dramaturgie*』의 몇 문장으로 니토베가 그리스도교의 『성서』에 맞먹을
만큼 높은 가치를 두었던 '무사도'와 그 서책인 『무사도』를 비교한다는
것이 견강부회의 감이 없는 것은 아니지만, 작품은 작가의 것이고, 작가는
시대의 산물이라는 점을 생각한다면 '무사도'와 「고정된 틀」을 비교하고
비판한다는 것도 충분히 있을 수 있는 일이라고 보아 틀림이 없을 것이다.

3. 결론

아쿠타가와는 『손수건』이란 작품을 통하여 니토베 이나조가 '무사도'를 어떻게 파악하고 있으며, 작자 아쿠타가와는 '무사도'를 어떻게 인식하고 있는가에 대한 의문을 제시, 이 의문에 대한 검토를 통하여 아쿠타가와가 '무사도'를 「고정된 틀」이라고 인식한 이유가 어디에 있었는가를 규명하고, 이 「고정된 틀」이 과연 '무사도'에 대한 타당한 평가인가를 알아보고자 하는 것이 연구의 전제이다.

본론에서는 첫째, 니토베 이나조와 그의 작품인 『무사도』를 개략적으로 서술하였다. 니토베 이나조는 학자, 교육자, 국제인으로 다방면에 걸쳐 활동했고, 그의 활동에서 일관적으로 흐르는 정신은 동서양의 융화에 대한 신념과 실천이었다. 그는 동서 문화의 융합으로 서양문명의 일방적 수입이 아니라 일본문화를 외국인에게 이해시키는 데 역점을 두었다.

『무사도』는 니토베 이나조가 병 요양을 위하여 미국에 체재하고 있을 때 필라델피아에서 영문으로 "일본의 정신"이라고 부제를 붙여 출판하였다. '봉건제도 및 무사도를 이해하지 않으면 현대일본의 도덕관념은 결국 봉인되어져 두루마리가 될 것을 알았다'는 것이 저술의 동기이지만, 여기서 다루고 있는 '무사도'는 협의의 봉건제도에서의 무사의 도덕에 머물지 않고, 부제가 시사하는 것처럼 오히려 광의의 일본 정신 개설로, 니토베는 일본에서도 서구 그리스도교와 같은 보편도덕이 존재했다는 사실을 소개하기 위해 본서를 저술하였다.

둘째, 그런데 아쿠타가와는 『손수건』에서 니토베의 '무사도'를 비판하는데, 그것은 스트린트베르크의 『작극술』 즉 『*Dramaturgie*』 중에서도

「*Manier*」, 즉 「고정된 틀」로 '무사도'를 비판하고 있다. "부인은 얼굴로는 웃고 있었지만 실은 아까부터 전신으로 울고 있었다"로 서술된 이 광경을 목격한 하세가와 선생은 '경건한 기분'이 들었다. 그것도 그럴 것이 자신이 주장하는 '무사도'의 정신을 바로 이 니시야마 부인이 전신으로 보여주었기 때문이다. 아마 하세가와 선생은 자기의 머릿속에서만 있던 '무사도'가 이렇게 현실적으로 나타날 줄은 몰랐다.

그런데 니시야마 부인이 가고난 후 하세가와 선생이 스트린트베르크의 『*Dramaturgie*』에 우연히 눈이 갔을 때 '얼굴은 미소를 머금으면서 손은 손수건을 둘로 찢는다는, 이중의 연기'라는 문장이 눈에 들어온다. 이 문장 역시 「*Manier*」, 즉 「고정된 틀」의 몇 가지 예 중의 하나이다. 지금까지 니시야마 부인의 행동에서 '경건한 기분'마저 들었던 하세가와 선생이 『작극술』의 이 한 줄을 읽자마자 '편안한 기분'을 어지럽히려고 하는 무엇인가'를 느낀다. 여기서 세계 보편적인 '그리스도교적 정신'과 일치되기는 커녕 『*Dramaturgie*』의 한 장으로 간단히 무너지고 마는 선생의 '무사도'의 내실은 과연 무엇인가를 아쿠타가와는 의미심장하게 묻고 있다.

셋째, 그러나 하세가와 선생의 「무사도」가 『*Dramaturgie*』의 한 문장의 비판으로 간단히 무너질 수 있을 만큼 가벼운 성질의 사상일까? 아쿠타가와는 「*Manier*」 즉 「고정된 틀」로써 니시야마 부인의 연기와 같은 이중적 행동을 '계략(Mätzchen)'이라는 한마디로 매도하고자 하였다.

문제점은 '무사도'=「고정된 틀」이라는 데 있다. 선생의 '무사도'가 '현대 일본사조의 나아갈 방향을 알릴 수 있'고, '일본의 정신적 문명에만 공헌하는 것이 아니'라 '구미 여러 나라의 국민과 일본 국민과의 상호 이해를 용이하게' 하며, '국제간의 평화도 이제부터 촉진 될' 만큼의 이상적인 도덕률을 스트린트베르크의 『*Dramaturgie*』라는 일종의 연극 기법상의 「주의할 점」 정도로 쓰인 내용과 동일시하여 '무사도'를 고정되고, 낡아빠진 틀로 치환하는 데는 분명히 문제가 있다.

그럼에도 불구하고 아쿠타가와가 이 작품을 집필한 이유는 어디에 있을까? 이 『손수건』이라는 작품에는 보다 무의식적인 문화와 보다 의식적인 문화의 충돌, 전통적인 「고정된 틀」 속에서 자족하는 인간과 그쪽으로 향해 있는 각성한 자의 비아냥거림의 눈초리가 번쩍이고 있다. 아쿠타가와는 이를 적시하기 위하여 무리를 감내하면서 이 작품을 완성했다고 보아야 옳을 것이다.

【주】

1) 자료 1: http://100.daum.net/encyclopedia/view.do?docid＝b04n1281a(검색일 : 1월 11일)

2) 下中邦彦,『世界名著大事典』第5巻, 平凡社, 1960, p.321.

3) 下中広,『哲学事典』, 平凡社, 1971, pp.1190~1191.

4) 新渡戸稲造著 矢内原忠雄訳,『武士道』, 岩波書店, 1938에 의함.

5) 水谷昭夫,「細川ガラシャ」,『国文学』, 三月臨増, 1974, p.157.

6) 吉田精一,『芥川龍之介』, 新潮社, 1958, p.169.

7) August Strindberg,『Dramaturgie』, Georg Müller Verlag, 1920, p.18.
Wenn ein Schauspieler eine gewisse ansprechende Ausdrucksart für die gewöhnlichsten Gefühle gefunden und mit dieser Art sein Glück gemacht hat, so liegt es nahe, dass er zu diesen Mitteln zur Zeit und Unzeit greift, teils weil es bequem ist, teils weil er damit Erfolg hat. Aber das ist eben Manier.

8) August Strindberg,『Dramaturgie』, Georg Müller Verlag, 1920, p.19.
In meiner Jugend sprach man von Frau Heibergs Taschentuch, das wahrscheinlich aus Paris stammte. Das bedeutete doppeltes Spiel: die Hände rissen das Taschentuch entzwei, während das Gesicht lächelte. Das nennen wir jetzt Mätzchen.

9) 島田厚,『大正感情史』, 日本書籍, 1979, p.217.

10) 吉田精一,『芥川龍之介』, 新潮社, 1958, p.95.

11) August Strindberg,『Dramaturgie』, Georg Müller Verlag, 1920, pp.18~19.
Als vor einigen Jahren eine grosse Schauspielerin darauf verfiel, den Nacken auf den Rücken zu legen und das Kinn in die Höhe zu heben, da machte das einmal seine Wirkung, weil es ziemlich neu war. Als aber die Pose durch alle Theater ging, bekam man sei bald satt, besonders wenn sie nicht begründet war.

12) 磯貝英夫,「作品論 手巾」,『国文学』12月臨時増刊号, 1972.12, p76.

13) 上掲書, pp.76~77.

14) 上掲書, p.77.

15) 三島由紀夫,「解説」,『南京の基督』, 角川文庫, 1956.

16) 蒲生芳郎,「『手巾』の問題」,『信州白樺』第47·48合併号, 1982.2, p.106.

17) 上掲書, p.108.

18) 上掲書, p.109.

芥川龍之介 「오가타 료사이 상신서(尾形了斎覚え書)」論
—소재활용의 실태를 중심으로—

1. 서론

아쿠타가와 문학에는 기리시탄물(吉利支丹物)로 일컬어지는 작품 군이 있다. 첫 번째 「담배와 악마」(1916년 11월)에 이어, 두 번째 작품 「오가타 료사이 상신서(尾形了斎覚え書)」(以下 「오가타 상신서」로 약칭)는 아쿠타가와 류노스케(芥川龍之介)가 1916(大正5)년 12월 7일에 탈고하여 『신조(新潮)(1917년 1월)』에 발표한 서간체 단편이다. 에도(江戸) 시대 (1603~1867) 기리시탄의 배교(背教)와 기적을 소재로 한 작품이다.

나카무라 고게쓰(中村孤月)는 「오가타 상신서」가 발표된 후, "정교하게 묘사되었어도, 문학적 가치는 매우 부족하다. 해군기관 학교 교관의 취미는 문단에 필요 없다"[1]라며 혹평을 하고 있다. 에구치 칸(江口換)은 "『료사이 상신서』는 중심을 잡아내는 방식이 불안한데다 전체적으로 위축되어 있다"[2]라고 비판한다. 그러나 한편 시대를 뛰어넘어 사카모토 히로시(坂本浩)는 "간결한 서간체로 객관적으로 담담하게 서술하고 있지만, 농촌 여성의 아름다운 혼은 절절한 여운을 남기며 빛나고 있다"3)라고 높이 평가하고 있다.

본 장에서는 배교와 기적 중 어디에 중점을 두어 작품이 창조되었는가를 검토하고, 소재활용의 방법, 작품의 주제를 분명히 하고자 한다. 아쿠타가와가 참고로 한 『일본서교사(日本西教史)』·『내정외교충돌사(内政外教衝突史)』·『성서(聖書)』 등의 자료를 분석하여, 어느 부분이 취사선택되었는지를 조사하여, 작품의 사실과 허구를 고찰하고자 한다. 「오가타 상신서」의 구성은 시노의 배교인 전반부와 딸 사토의 소생이라는 후반부의 기적으로 나눌 수 있다.

「오가타 상신서」의 내용을 요약하면 다음과 같다.

> 의사 오가타 료사이에게 농민 요사쿠(与作)의 미망인 시노(篠)가 중병에 걸린 딸 사토(里. 9세)의 왕진을 부탁하러 왔으나 기독교도라는 이유로 검맥(檢脈)을 거절당한다. 처음엔 돌아가지만 이튿날 다시 찾아와 진찰을 부탁한다. 료사이는 배교를 한다면 진찰을 해주겠다는 조건을 제시한다. 그래서 시노는 그 증거로 품안에서 십자가를 꺼내어 세 번 밟는다. 료사이는 약속대로 딸 사토를 진찰하지만, 급성 열병으로 이미 시기를 놓친 상태였다. 시노는 딸도 잃고, 데우스(천주)도 잃어버려 비탄에 빠져 실성하고 만다. 이튿날 료사이는 다른 환자를 진찰하기 위해 시노의 집 앞을 지나고 있는데, 사람들이 많이 모여 있기에 집안을 들여다보니 시노 곁에서 선교사 일행이 시노의 참회를 들은 후, 기도 끝에 사토가 소생하는 현장을 목격한다. 그 후, 시노와 사토는 선교사와 함께 이웃마을로 옮겨 가고, 자원사(慈元寺) 주지 스님의 지시로 시노의 집은 불태워진다.4)

2. 1608년 전후 금교령 시대의 배경

「오가타 상신서」의 시대배경은 언제였을까? 시노에 대한 '마을 추방'이 논의되고는 있지만, 시노가 혹독한 박해를 받고 있지 않다. 무엇보다 선교사와 일본인 3명이 대낮에 마을에서 십자가 내지 향로를 들고 할렐루야를 거듭 외치며 의식을 행하고 있다. 위와 같은 사실로 미루어 볼 때, 이요(伊予) 지방(愛媛縣) 우와 군(宇和郡)이 중앙인 에도에서 먼 시골인 탓도 있겠지만 기리시탄에 대한 박해는 아주 심하지 않았다고 판단된다. 즉 1549년 8월 15일 예수회5)의 프란시스코·자비에르는 일본에 천주교 포교를 위해 사쓰마(薩摩)6)에 상륙했다. 그 후 선교사들은 영주들에 접근하여 포르투갈 무역을 주로 하는 이른바 남만(南蠻)무역을 알선하는 한편 천주교를 전도하여 당시 66개 지방 중 약 50명의 기리시탄 영주가 출현했다. 빈민에게 식사를 베풀고, 병원을 세워 의료 활동에 종사함으로 민중 사이에서도 개종하는 자가 속출했다. 오다 노부나가(織田信長, 1534~1582)7)는 유럽 문화에 대해 관심이 높았고, 히에산(比叡山)의 불교 세력과 대항하기 위해 천주교를 보호하여, 아즈치(安土)에 세미나리오(일본인 성직자 양성을 위한 신학교), 교토의 남만사(南蠻寺) 건설을 허가하였다. 16세기 후반경의 기리시탄 수는 20만이었다. 하지만 도요토미 히데요시(豊臣秀吉, 1536~1598)8)는 1587년 7월 선교사들을 20일 내 국외로 추방하라고 명령했다. 예수회는 잠복하여 조심하였지만, 스페인계의 프란시스코회9) 선교사는 공공연히 포교를 했다. 1596년 스페인 상선 산펠리페(サン·フェリペ) 호10) 사건 후 사태가 급변하였다. 스페인이 프란시스코회와 공모하

여 일본 정복을 획책한다는 중상에 의해 프란시스코회 선교사, 예수회, 기리시탄이 체포되었고, 1597년 2월 나가사키(長崎)에서 26명이 처형되었다. 1862년 교황청은 일본 최초 순교자들을 '26성인의 순교'라 칭했다.

도쿠가와 이에야스(德川家康, 1542~1616)[11]는 히데요시의 금교(禁教) 정책을 계승했지만, 그 정책이 처음부터 적대적 노선은 아니었다. 그 예로 "교토 南蛮寺가 파괴되어, 1604년에 로도리게스(João "Tçuzu" Rodrigues, 1561?~1633)[12]가 이에야스의 再建 허가를 얻어 新南蛮寺가 완성"되었다고 신무라 이즈루(新村出, 1876~1967)는「京都南蛮寺興廃考」[13]에서 지적한다. 1605년에는 기리시탄 포교를 금지하면서도, 실제로는 대외 무역 때문에 선교사 활동을 묵인[14]한 상태였다. 17세기 초 기리시탄은 70만 명에 이르렀다.「오가타 상신서」가 제출된 해가 신년(申年) 3월 26일로 기록되어 있기 때문에 1608(慶長13)년임을 알 수 있다. 정부의 감시하에서 기독교도가 활동을 지속할 수 있었던 시대에「오가타 상신서」가 당국에 제출된 것이다.「오가타 상신서」에서 공공연히 대낮에 의식이 행해질 수 있었던 것은 이러한 시대적 상황을 반영하고 있다고 판단된다.

에도 막부가 안정되자 이에야스는 반가톨릭 노선으로 기울기 시작했다. 그 계기는 1612년에 발생한 오카모토 다이하치(岡本大八) 사건이었다. 이는 기리시탄 영주 아리마 하루노부(有馬晴信, 1567~1612)[15]와 포르투갈 선박(Madre de Deus 호)과의 처리 과정에서 하루노부와 그 감시역이였던 기리시탄 오카모토 다이하치 사이에서 생긴 뇌물 수수 사건이다.

1612년 4월 21일 이에야스는 2대 쇼군 히데타다(秀忠, 1579~1632)[16]의 명(命)으로 에도(江戸)·교토(京都)·슨푸(駿府)를 시작으로 직할지에 대해서만 교회 파괴와 포교의 금지를 명했다. 일본에서 정책적으로 기독교 탄압이 시작된 것은 1612년 금교령부터이다. 교토의 교회도 1612년 4월 전까지는 영광의 나날을 보내고 있었다. 신자의 대부분은 가난했지만 조용히 신앙을 지키고 있었다. 배교 전 가난하지만 신앙을 지킨 시노와 사토의 모습을 연상시킨다. 막부(幕府)는 1613년 전국적으로 기리시탄 금교령을 공포하였다. 시코쿠(四國)의 이요(伊予) 지방까지 금교령이 내려진 것은 1613년 이후이다.

1614년에 저명한 기리시탄 영주인 다카야마 우콘(高山右近, 1552~1615)[17]이 마닐라에, 1615년 선교사들도 마카오와 마닐라로 추방되었다. 1619년 10월 6일에는 히데다타의 명령에 의해 12명의 아이를 포함한 53명이 처형된 '교토 대순교'가 있었다. 또 1622년 9월 10일, 나가사키·에도에서 55명의 신도가 처형된 겐나(元和)의 대순교가 있었다. 1629년경부터 나가사키에서 시작된 후미에로 기리시탄 적발이 행해졌고, 1633년, 3대 쇼군 이에미쓰(家光, 1604~1651)는 기리시탄 섬멸을 목적으로 하는 쇄국을 공포했다. 1637년 막부의 기리시탄 탄압과 압정에 불만을 품은 농민 봉기 시마바라(島原)의 난[18]이 일어났다. 그 후 기리시탄 고발자 포상제를 전국적으로 시행하고 밀고를 장려했다. 고발에 대한 포상금으로 선교사는 은(銀) 200장, 조수사(助修士)는 은 100장, 기리시탄은 은 50장이었다.[19] 배교할 경우에는 피로 각서를 쓰게 하고, 본인은 물론 친족, 그 자손까지 감시당했다. 또 오인조제도(五人組制度)[20]를 활용해 그중에서 한사람이라도 기리시탄이 생기면 전원 사형했다. 에도 막부는 기리시탄을 철저하게 탄압하는 방침을 취함과 동시에 불교(佛敎)나 신도(神道)를 정치 권력에 종속시켜 통제하는 정책을 강행하였다. 슈몬아라타메(宗門改)[21]와 단가(檀家)제도(불교신자임을 사원에서 보증)의 확립이 종교

통제의 근간이 되었다. 1640년에는 막부에 슈몬아라타메 담당관이 설치되었고, 드디어 여러 번(藩)에도 담당관을 두라고 명하였다. 그리고 기리시탄이 아닌 것을 증명하기 위해 종문인별개장(宗門人別改帳)²²⁾을 작성시키는 등 사회제도를 통해 본격적으로 기리시탄을 검거, 축출하기 시작했다. 그러나 몰래 신앙을 지키는 자도 있어 이들을 숨어 사는(潛伏) 기리시탄이라고 불렀다. 당시 그들은 몰래 성구(聖具)를 비장(秘藏)한 토광에 모신 '마리아관음'에게 예배를 드렸다. 아쿠타가와도 나가사키 여행에서 입수한 마리아관음을 평생 곁에 두고 있었다고 한다. 그는 「검은 옷의 성모(黑衣聖母)」(1920년 5월)에서 기리시탄들이 예배했던 백자로 된 '마리아관음'을 주제로 쓰고 있다. 할머니가 토광에 있던 신사의 문을 열쇠로 열자 마리아관음이 있었다. 할머니는 마리아관음 앞에서 홍역에 걸린 모사쿠(8세)를 살려달라고 기도했다. 아쿠타가와는 잠복 기리시탄을 소재로 「검은 옷의 성모」를 집필하였던 것이다.

3. 모성(母性)을 구현하는 기리시탄 시노(篠)

시노는 기리시탄이 된 후 9년 간 마을에서 살고 있었다. 이단시되면서도 배척당하지 않았던 것은 선교사 활동이 묵인된 시대였기 때문이다. 시노의 집을 불태운 것은 '기적'을 나타낸 사토의 소생이 마을 안에서 얼마만큼의 파급효과를 주었는지를 말하고 있다. 그래서 권력자들은 이것을 철저히 무시하고 마을의 규범을 따르는 조치를 몸소 시행한 것이다. 체제

속에서 삶을 영위하는 료사이가 의사의 권위로 사토의 소생을 '사법'이라고 단정한 것도 권력자에 속한 속성이라 할 수 있다.

이 시노라는 자는 농부 소베에의 셋째 딸로, 10년 전 요사쿠와 혼인하여 사토를 낳았습니다만, 곧 남편을 잃고 개가를 하지 않은 채 베를 짜거나 삯일을 해서 그날그날 생계를 잇는 자이옵니다. 그런데 무슨 일인지 요사쿠가 병사한 이후 오로지 기리시탄 종파에 귀의하여 이웃 마을 선교사인 로도리게라고 하는 자의 거처에 빈번히 드나들어, 마을 내에서도 선교사의 첩이 되었다고 소문을 내는 자도 있었습니다.(右篠と申候は、百姓惣兵衛の三女に有之、十年以前与作方へ縁付き、里を儲け候も、程なく夫に先立たれ、爾後再縁も仕らず、機織り乃至賃仕事など致し候うて、その日を糊口し居る者に御座候。なれども、如何なる心得違ひにてか、与作病死の砌より、専ら切支丹宗門に帰依致し、隣村の伴天連ろどりげと申す方へ、繁々出入致し候間、当村内にても、右伴天連の妾と相成候由)　　　「오가타 상신서」[23]

재혼이 일반적이었던 시대에 시노는 젊은 과부로 수절하였고, 남편의 병사 후, 곧 천주교에 귀의한 시노는 마을의 규범을 일탈하고 있다. 젊은 과부이기 때문에 선교사의 첩이라는 비난도 받는다. 한편, 선교사 로도리게는 1604년 남만사(南蛮寺) 재건을 이에야스에게 부탁한 로도리게스를 연상시킨다.

시노는 "아버지 소베에를 비롯하여 형제들 모두 여러 가지 충고를 했지만 그녀는 굽히지 않았고 남편 요사쿠의 묘지 참배마저 소홀이 하여 지금은 친척들과도 의절하기에 이른다. 더욱 마을 사람들도 마을 밖으로 추방해야 한다고 때때로 의논"하였다. 즉, 기리시탄이 되어 남편 성묘를 소홀이 한 그녀는 혈연, 지연에게조차 배척당했다. 그녀가 신앙을 가진 것은 무슨 이유일까? 료사이의 기술에서 보면 그 요인은 남편의 병사 외에는 없다. 남편의 죽음은 여자에게 있어 경제적, 정신적 지주를 상실한 형용할 수 없는 상처이다. 그녀가 정신적 공동체인 기리시탄이 된 것은 어찌 보면 당연한 귀결이리라. 한편 배교를 강요당했을 때, 그녀가 토로한 "기리시탄 종문의 가르침에는 한번 개종하면 혼과 몸이 모두 영원히 멸한다"는 말은, 영혼의 불멸을 믿는 시노의 강한 신앙을 말하고 있다.

다음은 아쿠타가와의 기리시탄물(切支丹物) 중 단편으로 초기 미발표 작인 「남만사(南蠻寺)」(仮)의 내용이다.

교토에 남만사(南蠻寺)라는 천주교 사원이 있었을 때의 이야기이다. 그 남만사의 문지기가 전염병에 걸려 죽은 후, 처(妻)와 일곱 살 된 딸이 남아 있었다. 그래서 남만사의 신부는 문지기 역할을 그 처에게 시켰다. 젊은 여자의 몸으로 남편을 잃은 것과 평소 신앙심이 깊어 동정을 샀기 때문이다. 모녀의 나날은 종소리와 함께 시작하고 종소리와 함께 저문다. 아침종이 울리어 문이 열리면 어머니는 벽에 걸려 있는 작은 십자가 앞에서 무릎 꿇고 죽은 남편을 위해 간절히 기도를 드린다. 처음에 어머니 뒤에 서서 이상한 듯이 십자가 위의 작은 예수를 쳐다본 딸도 최근에는 어머니의 흉내를 내어 두 손 모아 "하늘에 계신 우리 아버지여"라고 서투른 기도문을 반복하였다.

「남만사」 전반에 게재된 모녀의 생활은 평온한 나날로 묘사되었다. 마치 모자(母子)의 평온한 생활을 꿈꾸었던 아쿠타가와의 소원이 투영된 듯하다. 필자가 「남만사」 모녀(母女)에 주목한 이유는 같은 시대 「오가타 상신서」가 발표되었고, 똑같이 남편을 잃은 기리시탄 모녀가 등장하기 때문이다.

「남만사」의 모녀는 신부의 배려로 문지기를 하면서 순례자에게 봉사하는 한편, 「오가타 상신서」의 시노는 논밭을 소유하지 않은 가난한 살림에 베를 짜거나 삯일을 하면서 매일을 살아가고 있다. 하지만 그녀의 신앙은 매우 독실했다. 그러나 사토가 발병했을 때, 시노는 의사 료사이에게 진맥을 구하였으며, 이에 료사이는 시노에게 질책을 가한다.

저를 비롯한 마을 사람들이 신불(神佛)을 섬기는 것을 악마외도에 홀린 소행이라고 때때로 비방했다는 사실을 알고 있습니다. 그런데 당신이 저희들과 같이 천마(天魔) 들린 자에게 지금 따님의 중병을 치료해 주십사 하니 어인 일인지요. 이는 평소 믿고 계시는 데우스여래께 부탁드려야 할 터(私始め村方の者の神仏を拝み候を、悪魔外道に憑かれたる所行なりなど、屢誹謗致され候由、確と承り居り候。然るに、その正道潔白なる貴殿が、私共天魔に魅入られ候者に、唯今、娘御の大病を癒し呉れよと申され候は、何故に御座候や。右様の儀は、日頃御信仰の泥烏須如来に御頼みあつて然る可く、) 「오가타 상신서」[24]

이 진술은 시노의 신앙심에 정곡을 찌른 것이다. 료사이는 신불을 섬기는 자를 비방한 시노를 질책하며 데우스에게 부탁하라고 했다. 1549년 자비에르가 일본에서 포교를 할 당시 많은 신자는 선교사들의 기도로 병을 고쳤다고 『일본서교사』는 전하고 있다. 그러나 시노는 료사이에게 매달렸다. 그 선택은 시노가 현실적인 신자임을 증명한다. 료사이의 "따님의 목숨인가, 데우스여래인가"라는 물음을 듣고, 시노가 조용히 세 번 십자가를 밟은 장면에 대해서, 하태후는 "이를 바꾸어 말하면『육친의 사랑』을 택하느냐, 『無償의 사랑』을 택하느냐'라는 난제에 "육친을 위한 배교야 말로 인간의 본성일지도 모른다."라고 언급했다.25) 아쿠타가와는 「검은 옷의 성모」에서도 신의 뜻을 구하기보다 육친의 정을 기도한 할머니의 신앙을 묘사했다. 손자 모사쿠(8세)가 홍역에 걸려 마리아관음에게 자신이 살아 있는 동안 손자의 목숨을 살려달라고 기도했다. 할머니가 사망한 지 십분 안에 손자도 죽었다. 마리아관음의 받침에는 '당신의 기도가, 신들이 정해 놓은 바를 바꿀 수 있다고 바라지 말라'라고 쓰여 있었다.

료사이가 본 시노는 강한 신앙의 소유자였지만 딸에 대한 사랑을 우선시한 어머니 상이다. 성서의 '아비나 어미를 더 사랑하는 자는 내게 합당치 아니하고 아들이나 딸을 나보다 더 사랑하는 자도 내게 합당치 아니하다'(마태복음 10:37)라는 신의 말씀에 대한 불순종이었다.

그러나 배교하면서까지 딸의 목숨을 구했지만 보람도 없이 죽었을 때, 절망에 빠진 시노를 구한 것은 역시 데우스여래였다. 딸을 위해 배교했지만 진심으로 회개할 때, 큰사랑으로 용서하시는 하나님을 보여주었다.

료사이가 시노의 집에 도착했을 때, 사토 혼자서 "남쪽으로 머리를 두고 누워" 있었다.26) "몸의 열이 대단히 심했기에 거의 제정신이 아닌 것처럼 보였으며, 손으로 연거푸 허공에 십자를 그리며 빈번히 할렐루야를 입 밖에 내고 그 때마다 기쁜 듯이 미소 짓고" 있는 9살 사토의 모습에 관해서 조사옥은 "광신자의 심리"가 이미 보인다고 지적했다.27) 필자는 사토가 정신을 잃을 정도의 심한 고열로 의식이 혼미해져 헛소리를 하였다고 판단해도 좋지 않을까 생각한다. 아쿠타가와도 작품 「요파(妖婆)」에서 주인공 신조를 간호한 오토시가 "열이 매우 높아서 전혀 제정신이 아니셨어요."라고 말하자 이를 들은 다이도 "오늘로 꼬박 사흘간 헛소리만

하고 있었다."라고 했다. 또 「이상한 이야기(妙な話)」에서도 "그럭저럭 3일 가량은 고열이 계속되어 열에 들뜬 헛소리를 했어"라고 했다. 시노가 "朝夕으로 오직 딸 사토와 함께 크루스라는 작은 십자가의 수호신을 예배"하였으므로 무의식적으로 흉내를 낸 것이리라. 「남만사」에서 7세의 딸이 늘 십자가 앞에서 기도하는 어머니의 흉내를 내어 '주기도문'을 외는 것과 같은 상황이다. 어머니가 예배할 때, 할렐루야를 자주 기쁜 듯이 부르는 것을 보고 비몽사몽간에 미소를 하며 십자가를 그었으리라. 만약 사토가 고열에 시달리지 않았다면 어린 광신자로도 볼 수 있었다고 생각된다.

"시노의 딸이 사망하고 또 시노는 비탄한 나머지 발광했다"라는 묘사에 대해, 조사옥은 "아쿠타가와의 어머니 후쿠는 장녀 하츠가 6세 때 죽은 것이 마음의 병이 되어 발광했다. 만년(晩年), 「점귀부(点鬼簿)」에서 '나의 어머니는 狂人이었다. 나는 한 번도 어머니다운 친근감을 느낀 적이 없었다.'고 아쿠타가와는 쓰고 있지만, '죽기 전에는 정신이 돌아와 우리들의 얼굴을 바라보고 하염없이 눈물을 흘리고 있었다.'라고 어머니의 심정과 애절한 사랑을 그리고 있다. 이 어머니의 광기가 「오가타 상신서」에 투영되어 있는 것은 아닐까?"라며 "하츠의 죽음은 아쿠타가와 어머니의 발광과 관계가 있다"[28]라고 언급했다. 타당한 지적이라고 생각한다.

또 말 위에서 료사이가 놀란 것은 "사토가 양손으로 힘주어 시노의 목덜미를 끌어안고 어머니 이름과 할렐루야를 번갈아 부르는 천진난만한 목소리"를 들을 때였다. "시노의 목덜미를 끌어안고 어머니 이름을 부르는" 장면은 동화 「두자춘(杜子春)」의 한 장면을 연상시킨다. "양손으로 半死상태인 말의 목을 안고 눈물을 뚝뚝 흘리며 '어머니'"라고 소리치는 두자춘은 거의 죽어가는 어머니를 본 순간 모정(母情) 때문에 파계(破戒)한다. 아쿠타가와에게 모성애(母性愛)는 무엇과도 바꿀 수 없는 가치이고 성모마리아로 대표된다. 히라오카 도시오(平岡敏夫)도 「두자춘」에서 말의 목을 안고 "'어머니를 부르는 소리'는 『오가타 상신서』와 완전히 동일하다"[29]라고 지적하기도 했다.

4. 신불(神佛)을 섬기는 의사 료사이(了齋)

료사이는 모두문(冒頭文)에서 상신서를 쓰게 된 이유를 밝히고 있다.

이번 저희 마을 내에서 기독교도가 사법을 행하여 사람들의 눈을 현혹시킨 일에 대해서 제가 견문한 것을 낱낱이 번(藩)[30]에 보고해야 한다는 분부가 있었음을 잘 알고 있사옵니다. (今般、当村内にて、切支丹宗門の宗徒共、邪法を行ひ、人目を惑はし候儀に付き、私見聞致し候次第を、逐一公儀へ申上ぐ可き旨、御沙汰相成り候段屹度承知仕り候う。)　　　　　　　　　「오가타 상신서」[31] (밑줄은 인용자)

료사이는 번의 요청으로 보고서를 작성했다는 사실을 설명하고 있다. 작품의 '공의(公儀)'는 정식으로 막부를 의미하는 말이지만, 지방에서는 번을 말한다. 작품 말미에 이요 국(伊予國) 우와 군(宇和郡), 마을 의사 오가타 료사이로 제출하고 있기 때문에, 막부가 작은 마을에 직접 지시한 것이 아니라, 번(藩)을 통하였다고 생각한다. 막번체제(幕藩体制)하에서

전국의 인민을 막부가 직접 신분적으로 통제하기는 무리이다. 또한 막부
가 전국적으로 금교령을 내리기 5년 전이라는 시대적 배경도 이유이다.
「촌장 쓰카고시 야자에몬(塚越弥左衛門)님」에서, 촌장은 에도시대 영주
밑에서 마을의 치안 유지와 행정의 담당자라는 점도 번을 의미한다.

상신서에서의 문제는 료사이가 사토의 소생을 기적이 아닌 사법(邪法)
으로 단정한 데 있다. 의학적으로 상식 밖의 일로 처리할 수밖에 없었으
리라.

의사 료사이의 신뢰도는 '촌장 쓰카고시 야자에몬님의 어머니'를 진맥
하기도 하고, '무사 야나세 긴주로님이 말을 보내셔서 진맥을 부탁'하는
등으로 보아, 마을 내에서 권력자의 측근으로 활동한 의사로 보인다. 딸의
진맥을 거부한 료사이에게, 시노는 "의사의 역할은 사람의 병을 치료하는
것인데, 내 딸의 중병을 고치지 않는 처사는 도저히 납득하기 어렵습니
다."라고 한다. 그러나 료사이는 "만약 정말로 제가 진맥하기를 원하신다
면 기리시탄 종문에 귀의하는 일이 결단코 있어서는 안 됩니다. 이를 받
아 주시지 않는다면, 아무리 의술이 인술이라 할지라도 신불(神佛)의 벌
도 무서운지라 진맥은 단연코 거절합니다."라고 답한다. 료사이는 공적인
길을 따를 것이냐, 의사의 길을 따를 것이냐의 양자택일 중 의사의 길을
거부한다. 그는 마을의 일원으로 살아야할 상황이기 때문이다.

번(藩)이 상신서 제출을 의사에게 요청한 것은 무슨 이유일까? 주목할
것은 「오가타 상신서」 제일 마지막에 다음과 같이 서술되고 있는 점이다.

> 또 시노와 여식인 사토가 그날로 선교사 로드리게와 동행하여 이웃
> 마을로 옮겨간 사정과 자원사의 주지 닛칸 나리의 지시로 시노 집을

불태운 사정은 이미 촌장 쓰카고시 야자에몬님이 아뢰었기에 제가 견문
한 사정은 대강 이상의 것으로 대신하고자 합니다. 하지만 만일 누락된
것이 있을 경우에는 후일 재삼 서면으로 아뢰도록 할 것이며, 우선 저의
보고서는 이상과 같사옵니다. 이상.(猶、篠及娘里当日伴天連ろどりげ
同道にて、隣村へ引移り候次第、並に慈元寺住職日寛殿計らひにて
同人宅焼き棄て候次第は、既に名主塚越弥左衛門殿より、言上仕り
候へば、私見聞致し候仔細は、荒々右にて相尽き申す可く候。但、
万一記し洩れも有之候節は、後日再応書面を以て言上仕る可く、先
は私覚え書斯くの如くに御座候。以上)   「오가타 상신서」[32]

라고 첨부하고 있다. 이 사건에 대해서 촌장이 이미 상신서를 낸 후, 료사
이에게 다시 요청한 것은 소생의 과정을 다시 확인하기 위해서이다. 선교
사가 사토를 소생시킨 기적이 마을은 물론, 번을 비롯하여 전국에 알려져
신자가 증가할까봐 두려워, 시노와 딸을 이웃 마을로 옮긴 후 자원사 주
지의 지시로 그 집을 불태웠다. 마을의 사상적 권력자인 주지는 위협적인
시노와 사토의 기억을 마을 안에서 말살하고자 했던 것이다. 의문은 기리
시탄에 대해 마을의 행정담당자인 촌장이 아닌 주지가 사법권을 행사하고
있다는 점이다. 이는 신불(神佛)이 단순한 신앙의 차원을 넘어 정치체제
의 중요한 요소임을 보여 주고 있다. 다음은 신불(神仏)통합 과정이다.

　538년 백제에서 불교가 일본에 전해졌을 때, 부처는 타국의 신이라 토
착 신들과 싸웠다. 그러나 헤이안(平安) 시대에는 신과 불교와의 공존인
신불습합(神仏習合)이 탄생했다. 이를 이론화한 것이 본지수적(本地垂迹)
설이다. 토착신과 외래의 불교가 대립하지 않으면서 각각의 영역을 확보
한 통합 이론이다.

8세기 초두 각지에 신궁사(神宮寺)가 세워졌고, 신사에 부속하는 사원이 건설되어 신전(神前)에서 독경을 행하였다. 중세는 무사 세력이 확대되어 하극상의 전환기에 그리스도가 전래되었다. 노부나가의 불교 탄압은 전통적인 가치관을 일변시켰다. 그리스도교는 히데요시, 이에야스 양 정권에 의해 금지되었다. 이 흐름은 일향종(一向宗)으로 상징되는 민중의 종교운동을 소탕하는 움직임과 궤를 같이 하였다. 에도시대가 되어 완성된 신불통합의 사회제도는 구 불교에 대한 권위 부정, 민중 종교운동의 억압, 그리스도교 금지에 의해 비어 있던 일본인 정신풍토 위에 새로 만들어진 것이다. 집안 종교로 모시는 부처와 공동체의 종교로 받드는 씨족신이 똑같이 선조 숭배의 관념을 공유하고 있었다. 에도시대는 일본종교의 정수이며 본질인 선조 숭배가 국민 각층에 널리 퍼져 있었다. 영주도 士·農·工·商의 각 계층도 각각 선조의 위폐를 모신 보리사(菩提寺)에서 선조 공양과 묘를 중심으로 불사(仏事)·법요(法要)를 행했다. 무사, 농민, 상인도 각각의 수호신을 모셨고, 신심이나 제사를 통해 향토 수호신에 공동체적인 연대 감각을 키워 갔다. 신불의 통합 관계가 제도적으로 확립되고, 신불 습합 시스템이 일종의 국민종교로서 기능하여, 사회 질서 형성에 공헌하였던 것이다.

료사이가 "사토가 소생한 경위에 대해 마을 사람들에게 자세히 물으니, 이웃 마을에서 온 선교사 로드리게와 조수사가 시노의 참회를 들은 후, 일동이 기도를 하고 또 향을 피우고 혹은 성수를 뿌리는 등 의식을 행하였더니, 시노의 발광은 가라앉고 사토는 바로 소생하였다"라고 한다.

다음은 사토의 소생과 닮은 『일본서교사』[33] 내용을 간략하게 전하겠다.

어느 호족의 딸이 병으로 죽자, 아버지가 애통하여 자비에르에게 딸을
소생시켜달라고 애원했다. 자비에르는 페르난데스와 함께 무릎을 꿇고
진심으로 한동안 기도했다. 그 후 기뻐 말하길, "딸은 소생하였다."라고
했다. 놀라서 집에 돌아가는데 딸이 마중 나온 것을 보고 "누가 너를
구했는가."라고 물었다. "저를 지옥에서 구해주신 분은 여기 계신 두 분
들입니다."

자비에르의 전도에서는 천주교의 신을 대일여래로 원용(援用)하여 대
일(大日)이라고 하는 등 처음에는 불교용어를 사용하였지만, 이러한 오류
를 깨닫고 대일(大日)은 데우스, 영혼을 아니마라고 하는 등 원어를 사용
하였다. 그 예로 작품의 "할렐루야라는 말은 기리시탄 종문의 염불로 종
문의 부처님께 찬송을 드리는 뜻이라고 시노가 흐느끼며 설명했다"로 들
수 있다.

천주교에서 중시한 것은 영혼 구원이었는데, 일본인은 이를 이해하기가
어려웠다. 천주교로 개종하지 않고 죽은 자나 선조의 영혼이 지옥에 떨어
졌다하여 기리시탄이 슬퍼했던 사실이 자비에르의 서간에 기록되어 있
다.34) 아쿠타가와도 『오긴(おぎん)』에서 배교의 이유를 혼자 천국에 들어
가는 것보다 "지옥에 계신 부모님의 뒤를 따라 가겠다"라고 설명하고 있
다. 아쿠타가와는 사자 소생의 내용을 읽고 심히 놀라고 당혹하였으리라.
그가 기적에 대해 길게 쓰지 못함을, 에구치 칸에게 보낸 편지에서 알
수 있다. "당신의 료사이 평에는 찬성입니다. 사실 기적에 대해서는 더
길게 쓸 생각이었으나, 여러모로 여의치가 못하고 시간이 부족하여 그런
식으로 압착을 하고 말았던 것입니다. 그 또한 측필(仄筆)의 잘못입니다.
시간이 허락된다면 다시 고쳐 쓰고 싶습니다만, 어찌 될는지 모르겠습니

다."라며 시간 부족을 아쉬워하는 듯 보이고 있다. 요시다 세이치(吉田精一)는 사토의 소생에 대해 "다만 중요한 클라이맥스라고 할 수 있는 사자 소생의 장면이 너무 간략하게 묘사되어 힘이 빈약해지는 결과를 초래했다"라며 이 작품은 "기이한 이야기나 이상한 사건에 호기심을 느끼는 류노스케"의 "호사 벽이 낳은 산물"로 평했다.[35] 아쿠타가와는 사자 소생의 기적에 대해 확신할 수 없어 서둘러 봉합했다고 느낀다..

한편, 오가타 료사이像은 어떻게 해서 창조되었을까? 아쿠타가와는 사토의 소생을 객관적으로 증명할 수 있는 전문직은 의사라고 판단했기 때문일 것이다. 료사이는 사토의 소생에 대해 다음과 같이 설명한다.

예로부터 일단 죽었다가 소생하는 일은 적지 않다고 하지만, 대개는 주독에 걸렸거나 장독에 접한 자 뿐이었으며, 사토와 같이 상한으로 죽은 자가 소생하는 일은 일찍이 들은 바 없으니, 기리시탄 종문이 사법이라는 것이 이 일로써도 분명하며(古来一旦落命致し候上、蘇生仕り候類、元より少からずとは申し候へども、多くは、酒毒に中り、乃至は瘴気に触れ候者のみに有之、里の如く、傷寒の病にて死去致し候者の、還魂仕り候例は、未嘗承り及ばざる所に御座候へば、切支丹宗門の邪法たる儀此一事にても分明致す可く、)

「오가타 상신서」[36]

그는 의사로서 기독교를 사회에 해를 끼치는 사교(邪教)로 단정한다. 『広辞林』에서, 상한은 지금의 티푸스 같은 급성 열병을 말한다. 미조베 유미코(溝部優実子)는 "상한은 불치의 병은 아니고, 고열에 비해 맥이 약한 것이 특징인데, 의사가 죽음을 확인하지 않은 것을 보면, 근대 의학적 견지에서 '기적'은 쉽게 흔들린다."라며 기적을 의심하고 있다.[37] 료사이는 "사토의 병은 상한으로 이미 손을 쓸 수 없는 상태로 오늘 중이라도 목숨을 부지할 수 없다" 또 "사토 사망은 내가 진맥한 후 2시간 이내로 추정"되었다고 말하고 있어 분명히 사토의 죽음을 확신한다. 한편 사토의 소생은 촌장 야자에몬이 직접 보았으며 마을 행정을 맡고 있는 세 사람(嘉右衛門, 藤吾, 治兵衛)도 그 자리에 있었으니 사토의 소생은 의심의 여지가 없다.

「오가타 상신서」에서 료사이를 의사로 설정한 이유는 무엇일까? 1587년 히데요시는 "일본은 神國이니, 邪敎를 전도하는 것은 옳지 못하다"라며 선교사 추방령을 내렸다. 이는 히데요시 측근이자 의사이며 禅僧이었던 세야쿠인 젠소(施薬院 全宗)38)·승려 죠타이(承兌)39)의 획책에 의한 것이었다. 히데요시가 척추염으로 고생할 때, 의사인 젠소는 주문과 기도를 했지만 고치지 못하였다. 아쿠타가와는 료사이 설정에 젠소를 떠올렸을지도 모른다. 료사이도 신불을 섬기는 의사였기 때문이다.

5. 「오가타 상신서」의 소재원(素材源)

필자는 「오가타 상신서」의 소재원으로 사자(死者) 소생의 모티브가 등장하는 『일본서교사』·『내정외교충돌사』·『성서』 등을 상정한다.

다음은 아쿠타가와가 「오가타 상신서」를 쓰기 2년 전, 一高의 교사인 사이토 아구(斎藤阿具, 1868~1942)에게 보낸 서간(1914년 10월 9일)이다.

삼가 아룁니다. 그간 격조하였습니다만, 별고 없으신지요? 오늘 밤 다
소 문의할 일이 있어 찾아뵈었으나, 부재중이신지라 아쉬웠습니다. 문의
하고자 했던 것은, 그 후미에(踏絵) 제도에 관한 것으로 후미에를 나가
사키에서 행했던 시절에는 정월 초나흘 이후 17면의 그림을 나가사키
관아로부터 받아 시행했던 바, 그 그림을 밟은 장소는 각 마을의 회당
등을 이용하였는지요? 아니면 집집마다 이것을 밟게 하였던 것인지요?
(중략) 당시의 일을 대강 조사해 보았습니다만, 세세한 사항에 대해 분명
치 않은 것이 많아 부족하게 생각합니다. 日本西教史, 내정외교충돌사
(内政外教衝突史), 山口公教会史, 그 외 기독교 夜話, 남만사흥폐기(南
蛮寺興廢記)40) 이하 수필 외, 천주교 도래에 관한 사항을 기록한 것이
있으면 가르쳐주십사 청합니다.

위의 후미에(踏絵)는 기리시탄을 적발하기 위한 방법으로 1629년경에
시작되었다. 신자들에게 그리스도·성모마리아의 그림이나 사진을 밟게
하여, 거절하면 신자로 보고 처벌하였다. 아쿠타가와가 배교와 관련된 후
미에 제도에 관해 문의한 것을 보면 그때부터 배교를 구상하였다는 것을
알 수 있다. 또 그가 제시한 서적명(書籍名)은 일단 소재와 관계가 있다고
생각된다. 그리고 많은 기독교 문헌 중 특히 천주교 도래에 관한 자료를
청하고 있다. 남만(南蛮) 문화에 대한 그의 강한 호기심과 관심을 느낄
수 있다.

첫째, 사토의 소생과 닮은 『日本西教史』41) 중, 쟌 크라세42)의 말이다.

자비에르가 존경받는 것은 천주가 기도 응답을 하여 신이(神異)를 나
타낸 것이다. 사자 소생을 사람에게 믿게 하는 것은, 이학자(理学者)의
논설보다 훨씬 뛰어난 것이다. 천주의 신이는 이교도를 회개하기 위함이
다. 자비에르가 행한 수많은 신이 중, 나는 그저 하나를 전하겠다. 어느

호족의 딸이 병으로 죽었다. 아버지가 심히 애통하여 자비에르에게 딸을 소생시켜 달라고 애원했다. 자비에르는 페르난데스와 함께 무릎 꿇고 간절히 한동안 기도했다. 기도 후 기쁨을 드러내 말하길, "그대는 가라. 딸은 소생하였다."라고 했다. 아버지는 시체 옆에서 기도 하지 않았는데 소생이라니 자기를 조롱한다며 화가 나서 떠났다. 그런데 얼마 안가서 하인들이 "아가씨께서 소생하시어 건강하십니다."라고 말하자, 놀라서 집에 돌아가는데 딸이 마중 나왔다. "누가 너를 구했는가."라고 물으니 딸이 답하기를 "제가 죽었을 때, 두 귀신이 저를 끌고 지옥을 돌아다닌 뒤 불 연못 속에 던지려고 할 때, 용모가 존귀한 두 사람이 저를 두 귀신의 손아귀에서 빼앗아 혼백을 몸속에 다시 넣어 원래와 같이 회복 되었습니다."라고 했다. 부녀는 곧 자비에르의 집에 갔다. 딸은 자비에르 와 페르난데스를 보고 크게 놀라며, "저를 지옥에서 구해주신 분은 이 두 사람입니다."라며 자비에르 앞에 엎드려 절하였다. 이리하여 부녀, 일가친척, 이를 목격한 자들이 모두 세례를 받았다. 일본의 신불이 죽은 자를 소생시킨 일이 없었기 때문에 신통력의 소문이 사방에 퍼져, 1년 에 100명 이상 세례를 받았다. 불도들은 신자 증가에 위기를 느껴 설교 를 듣는 자에게는 신불이 노할 것이라고 위협했다. 또 "외국인의 말을 믿지 말라. 이는 요마가 가짜로 사람 모습을 한 것이다"라며 설교를 방해하였다.

둘째, 『내정외교충돌사』[43] 제24장 "西教史에서 말하기를 '前将軍(秀 忠)이 天主教 信者가 日本에 出入하는 것을 途絶시킬려고 新法을 만들 어 外国商人이 上陸할때 十字架를 꺼내어 그것을 밟게 하였다'"는 기록 이다. 「오가타 상신서」에서 시노가 배교의 증거로 "품안에서 십자가를 꺼내어 세 번 밟았다"는 설정은, 『내정외교충돌사』[44]에서 「십자가를 꺼 내어 밟게 하였다」를 읽고 소재로 활용한 것이리라. 『내정외교충돌사』에는 당국에 보고하는 형식·기리시탄을 고발하는 자에게 포상금을 주는 것 등이 나온다. 작품 제목인 상신서가 나오는 예(例)이다.

　　상신서에 관한 일
　　저희들은 원래 기독교 신자가 아닙니다. 저희 처자, 하인, 고용인까지 기독교 종파의 신자가 아닙니다. 만일 후에 기독교 신자가 되어 저희가 소환된다면, 아버지, 자식, 형제들까지 어떠한 명령이라도 따르겠습니다. 후일이 되어도 이와 같을 것입니다. 이상.
　　(差上申書物之事
　　私義元来何宗にて御座候、切支丹宗門にて無二御座一候、我等妻子召使候者迄も、切支丹之宗門覚人も無二御座一候、若後日切支丹に相成候由被二聞召一候ハバ、親子兄弟迄も如何様共可レ被二仰付候一、為二後日一如レ此御座候、以上。)45)　　　　　(밑줄은 인용자)

　　다른 예로, "마을 안에 기리시탄 宗門인 자가 한 사람도 없으며, 혹 기리시탄 또는 의심스러운 것이 있으면, 지체 없이 보고하겠습니다. (중략) 후일을 위해 연판장을 작성해 바칩니다(「町内切支丹宗門の者一人も無二御座一候、自然切支丹又は不審成儀御座候はば、早速可二申上一候、(中略) 為二後日一以二連判一手形仕、差上置申候」との證書を奉行に呈するの例なりき。)46)라는 증서를 담당관에게 바치는 보고서가 있었다.

　　전교사의 통신(通信)이다. "맹아, 난치병을 고치고 사자를 소생시킨 일이 많았다.(盲啞廢疾を癒し、死者を蘇生せしめたる事を載すること多く)"47)

이외, 이시준의 논문에 "『內政外敎衝突史』에는, 慶安 2년(1649), 지쿠
젠(오시마)에서 傳敎師를 붙잡았다. 기독교담당 감찰관 이노우에 지쿠고
노카미 마사시게(政重)가 공술서를 작성해 이것을 막부에 신고하였다. 그
내용은 아래와 같다.

> 금번 지쿠젠노쿠니(筑前國) 오시마(大島)에서 붙잡은 남만(南蛮) 선교
> 사·助修士와 同宿(선교를 돕는 평신도)의 자백 覺(상신)
> 一. 이탈리아국 로마라는 곳에 기리시탄의 수괴인 파파(교황)라는 자
> 가 있어 각국으로 선교사를 보내 宗門을 넓히고(中略)
> 一. 선교사들을 日本으로 보내기가 數年째인데 여기에 드는 비용은
> 각 門派의 장첩에 적어두고 수백 년이 지나서 일본이 파파에게
> 복종하게 되면 위의 소요 비용을 각 종파의 旦那들로부터 취하게
> 끔 한다. 세상에 이런 것이 있으므로 선교사를 보내어 宗門을 넓
> 혀서 日本을 취하고자 覺悟하는 것이다. (중략)
> 　　　　　　丑 9월 8일 이노우에 지쿠고노카미(井上筑後守)

라는 내용이 보인다.48) 이런 종류의 문서가 『내정외교충돌사』에 빈번하
게 등장하고 있으며, 막부에 보고하는 형식, 禁敎令에 따라 선교사들을
붙잡아 그 자백을 정리한 내용, 제목에 들어간 '覚'이 '覚え書(상신서)'를
지칭하고 있는 점 등, 「오가타 상신서」의 형식과 유사(類似)하다"고 논하
여49) 『내정외교충돌사』가 소재원일 것이라는 가능성을 제시하였다.

세 번째, 『성서』의 마가복음 5;22~42의 회당장 야이로의 딸 소생(蘇
生)이다. "야이로가 어린 딸이 죽게 되어, 예수께서 안수하시어 살리기를
간구할 때 회당장의 집 사람들이 와서 딸이 죽었다고 고하였다. 예수는

회당장에게 두려워 말고 믿기만 하라고 하셨다. 예수께서 회당장의 집에 함께 가서 사람들이 통곡함을 보시고, 예수께서 아이의 부모와 아이 있는 곳에 들어가, 그 아이의 손을 잡고 소녀야 내가 네게 말하노니 일어나라 하시니, 소녀가 곧 일어나 걸으니 나이 열두 살이라. 사람들이 곧 크게 놀라고 놀라거늘 예수께서 이 일을 아무도 알지 못하게 하라하시었다."

요한복음 11:17-43의 나사로의 부활이다. "예수께서 와서 보시니 나사로가 무덤에 있은 지 이미 나흘이라. 예수께서 내말을 네가 믿으면 하나님의 영광을 보리라 하시고, 큰 소리로 나사로야 나오라 부르시니 죽은 자가 수족을 베로 동인 채로 나오는데 그 얼굴은 수건에 싸였더라. 예수께서 풀어놓아 다니게 하라 하시느니라."

사도행전 9;36-42에 "욥바에 다비다라 하는 여 제자가 병으로 죽어 시체를 씻어 다락에 눕히었다. 제자들이 베드로에게 오라고 간청하니 베드로가 그들과 함께 왔다. 다락에 올라가 베드로가 사람을 내보내고 무릎을 꿇고 기도하였다. 시체를 향해 다비다야 일어나라 하니 그가 눈을 떠 베드로를 보고 일어나 앉으니 베드로가 손을 내밀어 일으키고 성도들과 과부들을 불러 그의 소생을 보이니 많은 욥바 사람이 주를 믿었다."

6. 기적(奇跡)에 대해

기독교에서 말하는 기적이란 신의 초자연적인 능력이 구체적으로 나타나는 불가사의한 현상이다. 사복음서(四福音書)[50]에서 예수는 3년간의 공생에 기간, 가나혼인잔치에서는 물로 포도주를 만들고, 물 위로 걸어갔고, 1인분의 빵과 물고기로 5,000명을 먹이고, 귀신들린 자를 고치고, 회당장 야이로의 딸 사자(死者) 소생, 나사로의 부활 등 수많은 기적을 행하였다. 그러나 아쿠타가와는 '신의 기적'[51]을 믿지 못했다. 이시준은 「아쿠타가와의 『서방의 사람』의 기적관」에서 "아쿠타가와는 기적에 관해서 될 수 있는 한 언급하려고 하지 않는다. 선행 예수전에서는 부활한 예수가 40일 간 많은 사람들 앞에 나타난 놀라운 에피소드를 소개하고 예수가 행한 많은 초자연적인 기적을 언급하는 데 대해서, 아쿠타가와는 거의 구체적인 사건을 거론하지 않는다"라고 지적하고 있다.[52] 사사부치 유이치(笹淵友一)도 "처음부터 아쿠타가와는 그리스도 이해에 대해 부정적이며, 같은 선상에서 「오가타 료사이 상신서」에도 적용된다."라고 말했다. 또 그는 "나사로의 부활을 연상케 하는 사토의 소생이라는 기적이 그에게서는 '기리시탄 종문이 사법'임을 증명하는 것이며, 따라서 기적은 '겨자씨를 사과처럼 보여주는 기망(欺罔)의 器物, 파라다이스의 하늘마저 보이는 기이한 안경'(하쿠슈白秋)과 동류의 '기리시탄 데우스의 마법'인 것이다. 이처럼 기독교는 그 내부에 한 걸음도 내딛지 못하고, 오로지 이단 혹은 엑소티시즘의 대상으로 비춰지고 있다"라고 평했다.[53]

아쿠타가와는 일고(一高) 시대 이카와 쿄로부터 영문의 『신약성서』를 받았다. 그는 성서에 빨간 잉크로 밑줄을 치며 열심히 읽었다. 또한 1914(大正3)년 말부터 다음해 봄, 『신약성서』의 복음서나 「사도행전」을 숙독하였다. 그러나 세키구치 야스요시는 아쿠타가와가 성서를 신앙보다 지적(知的) 흥미에서 읽었을 것이라고 언급하고 있다.[54] 일고(一高) 시대 아쿠타가와와 재회하여 자살하기까지 오랜 지인으로 정신적 교류를 한 독실한 신자인 무로가 후미타케(室賀文武)[55]도 만년의 아쿠타가와에게 기독교 신자가 되기를 권했다. 아쿠타가와는 무로가의 권유를 받아들이지 않았는데 그가 점차 병약해지면서 종교에 흥미를 갖게 되었고, 죽기 1, 2년 전에 이러한 경향은 더 강해졌다. 아쿠타가와는 전부터 성서를 애독하였지만 무로가에게 성서를 받아 다시 읽은 뒤 편지에서 다음과 같이 밝히고 있다.

　　지금 산상수훈(山上垂訓)[56] 부분을 읽었습니다. 지금껏 여러 차례 읽은 부분인데, 지금까지 깨닫지 못했던 의미를 느꼈습니다. (3월 5일)[57]

　그 후 몇 개월 뒤에 무로가는 우치무라 간조(内村鑑三)의 『감상십년(感想十年)』을 아쿠타가와에게 읽게 하였고 그는 매우 감동하여 다시 "성서 안의 기적은 모두 믿을 수 있다"라고 분명히 말했다고 한다. 무로가가 마지막으로 아쿠타가와를 방문한 것은 그가 죽기 열흘 전으로 그날 밤은 손님을 보내고 무로가와 단 둘이서 기독교에 대해 열심히 대화를 나누었다. 그때 아쿠타가와는 "서방의 사람을 썼으니 출판되면 봐주게"라며, "그대에게 먼저 보여줄 생각이었는데, 시간이 없어 그만 두었다"라고 말했다고 한다. 『서방의 사람』은 그의 사후 열흘 안에 출간되었다. 무로가는 그것을 간절히 기다려 읽게 되었는데 매우 실망하였다. 그는 『서방의 사람』의 내용을 대부분 이해할 수 없었는데 이는 일종의 고등비판이었다. 독실한 신자인 무로가 실망한 것은 당연한 것이다. 스스로를 빛이 없는 어둠 속에서 살고 있다 믿었던 아쿠타가와는 신을 믿을 수 없었다. 그는 신을 믿는 중세인(中世人)을 부러워하면서도 믿을 수 없었던 것이다. "그는 신의 힘을 의지한 중세기의 사람들에게서 부러움을 느꼈다. 그러나 신을 믿는 것은—신의 사랑을 믿는 것은 그에게는 도저히 불가능했다. 저 콕토[58]마저 믿었던 신을!"(「어느 바보의 일생」 50, 포로)

7. 결론

배교와 기적을 소재로 한 「오가타 상신서」는 기적을 목격한 의사가 사토의 병 진행과 선교사의 개입을 당국에 보고하는 형식으로 쓰였다. 1608년이 시대적 배경인 「오가타 상신서」의 기리시탄들은 차별되면서도 에도 막부의 대외 무역 때문에 포교를 묵인한 시기라 대낮에 의식을 행할 수 있었다. 그래서 시노 모녀의 마을 추방은 논의 되었지만 행하여지지는 않았다. 그러나 사토의 소생을 알게 된 자원사의 주지는 모녀를 이웃마을로 옮기고 집을 불태운다. 이는 사토의 소생이 주는 사회적 파급 효과를 두려워했기 때문이리라. 이 장면을 통해 에도 시대 초기 마을의 행정 담당자가 아닌 절의 주지가 주민에게 공권력을 행사하는 사회제도를 볼 수 있다. 사토의 소생을 기리시탄인 시노는 기적으로, 신불(神佛)을 섬기는 의사 료사이는 사법(邪法)으로 단정한다. 「오가타 상신서」는 료사이 자신이 기리시탄 사토를 치료하지 않았다는 결백을 주장하는 증명서이다.

아쿠타가와는 시노의 신앙을 통해서 딸의 목숨을 구할 수만 있다면 신도 버릴 수 있다는 강한 모성애를 주제로 하고 있다. 「오가타 상신서」는 일본의 전통과 서유럽의 천주교가 만나는 과정에서 탄생한 작품이다. 신에 대한 순종이 우선인 서양과, 혈연·지연을 중요시하며 신불신앙(神仏信仰)이 지속되는 일본사회와의 갈등을 그리고 있다. 신을 버린 시노는 딸의 소생을 통해 다시 신의 구원을 받는다. 시노는 인륜과 신 사이의 대립모순을 통해 한없는 모성 본능을 드러내고 있다.

작품의 분석을 통해 소재원(素材源)은 아쿠타가와가 숙독한『일본서교사(日本西教史)』·『내정외교충돌사(内政外教衝突史)』·『성서(聖書)』로 판단된다. 이유는 「오가타 상신서」를 쓰기 2년 전 사이토 아구에게 보낸 편지(1914년)에 의해 그의 배교 구상을 알 수 있었다. 아쿠타가와는『일본서교사』·『내정외교충돌사』의 사자 소생과 십자가를 밟는 사건을 소재로 활용했다고 생각한다. 이외에 1914년경부터 읽은『성서』중, 회당장 야이로의 어린 딸의 사자 소생이 이 작품에 영향을 미쳤을 것으로 추정된다.

【주】

1) 中村孤月,「一月の文壇」(一),『読売新聞』, 1917.1.13.

2) 江口渙,「芥川君の作品(下)」『東京日日新聞』, 1917.7.1.

3) 坂本浩,「きりしたん物」,『国文学 解釈と鑑賞』, 至文堂, 1958.8.

4) 본문에 인용된「오가타 료사이 상신서」는 이시준의 번역을 참고함.『芥川全集第一巻』, 제이앤씨, 2009, pp.201~207.

5) 川村邦光,『すぐわかる日本の宗教』, 東京美術, 2000, p.103. 1534년 가톨릭의 쇄신을 목표로 로욜라(San Ignacio de Loyola,1491-1556)가 결성한 남자 수도회.

6) 木村博一 외,『歴史基本用語集』, 1994, p.180. 사쓰마·오스미(大隅)의 두 지방으로, 후에 류큐(琉球)를 지배. 영주는 대대로 시마즈(島津) 씨로 봉록 77만석. 번정(藩政) 개혁에 성공, 서양식 군비(軍備), 번영(藩営) 공장을 건설했다. 막부 말기에 사이고 타카모리(西郷隆盛) 등이 막부를 쓰러뜨렸다.

7) 위의 책, p.115. 오와리(尾張) 지방(愛知県)의 센고쿠 다이묘(戦国大名). 1568년에 아시카가 요시아키(足利義昭)를 받들어 교토에 들어갔고, 73년에 무로마치(室町) 막부를 멸망시켰다. 교토 주변을 평정하고 아즈치(安土) 성을 세워 천하통일을 꾀했다. 또한, 엔랴쿠지(延暦寺)를 불태우고 일향종(一向宗) 봉기를 잠재웠다. 부하인 아케치 미쓰히데(明智光秀)에게 공격당해 교토의 혼노지(本能寺)에서 자결했다.

8) 위의 책, p.117. 오와리 지방의 농민 출신. 혼노지의 변(本能寺の変) 이후, 아케치 미쓰히데를 비롯한 유력한 여러 무장을 누르고 1590년에 천하통일을 완성했다. 관백·태정대신이 되어 조정에서 도요토미(豊臣)의 성을 받았다. 병농(兵農) 분리를 진행하여 봉건사회를 확립시켰다. 만년의 조선 출병은 실패했다.

9) 川村邦光,『すぐわかる日本の宗教』, 東京美術, 2000, p.103. 1209년에 창립된 가톨릭 수도회. '탁발(托鉢)修道會'라고도 불린다. 일본포교를 두고 예수회와 대립하였다.

10) 위의 책, p.103. 도사 지방(土佐国, 高知県)에 표착한 스페인 선박을 히데요시의 부교(奉行)인 마시타 나가모리(増田長盛)가 수색하여 하물을 몰수하고 승무원을 구류한 사건. 이 선박의 수선 안내인의 발언이 '26성인의 순교'로 발전했다.

11) 木村博一 외,『歴史基本用語集』, p.122. 에도 막부의 초대 장군. 1603~05년 재직. 세키가하라(関が原)의 전투에서 승리하여 전국 지배의 실권을 장악했다. 1603년에 세이타이이쇼군(征夷大将軍)에 임명되어 에도 막부를 열었다. 장군을 히데타다(秀忠)에게 양위한 후에도 정치를 행하여 15년에는 도요토미(豊臣)씨를 멸망시키고 완전히 전국을 평정하였다.

12) 로도리게스는 포르투갈 예수회 사제로 소년 때 일본으로 와 1580년에 예수회에 입회,

일본어에 능통하여 히데요시의 통역을 담당하였다. 이후 히데요시의 신임을 얻어 회계
책임자로서 무역에 크게 관여하였으나, 후에 음모에 의해 1610년 마카오로 추방당했다.

13) 平岡敏夫,『芥川龍之介と現代』<母>を呼ぶ声, 大修館書店, 1995, p.183, 재인용.
14) 川村邦光,『すぐわかる日本の宗教』, pp.102~103.
15) 木村博一,『歴史基本用語集』, p.113. 규슈(九州)의 기리시탄 영주. 히젠(肥前, 長崎県)
아리마(有馬)의 성주. 13세 때 세례를 받았고, 1582년에 오토모 소린(大友宗鱗)·오무
라 스미타다(大村純忠)와 함께 소년사절을 로마에 보냈다.
16) 木村博一 외, 위의 책, p.124. 1579~1632. 에도 막부의 2대 쇼군. 1605-1623년 재직.
오사카 여름 전투에서 도요토미(豊臣)씨를 멸망시킴과 동시에 무가제법도(武家諸法
度)·금중병공가제법도((禁中並公家諸法度) 등을 재정했다.
17) フランク·B·ギブニー,『ブリタニカ國際大百科事典4』, 株式会社ティビーエス·ブリ
タニカ, p.141. 전국시대의 기리시탄 영주. 세쓰(摂津) 다카쓰키(高槻)의 성주. 세례명
은 쥬스토 아라키 무라시게(荒木村重)의 신하로 오다 노부나가(織田信長)에게 대항하
였지만, 예수회 선교사 G.오르간티노(Organtino Gnecchi-Soldi)의 권유로 항복하여 노
부나가(信長)의 부장(部將)이 되었다. 혼노지의 변(本能寺の變) 이후에는 히데요시(秀
吉)에게 협력, 1614년 에도 막부의 금교령으로 인해 마닐라로 추방당했다.
18) 木村博一 외, 위의 책, p.128. 1637~1638. 규슈(九州)의 아마쿠사(天草)·시마바라(島
原) 지방에서 일어난 기리시탄을 중심으로 한 농민 봉기. 막부의 기리시탄 탄압에 불만
을 품은 농민들이 일어나 아마쿠사시로 토키사다(天草四郎時貞)를 총대장으로, 낭인
(浪人)도 가담하여 반항하였다. 약 3만 8천 명의 농민이 약 90일간 싸웠지만 패하였다.
그 후 기리시탄 단속이 더욱 심해졌다.
19) 渡辺修二郎,『内政外教衝突史』, 東京民友社, 1896.8, p.159.
20) 木村博一 외,『歴史基本用語集』, p.130. 에도시대, 농민이나 상공업자를 통제하고 사
회의 치안을 유지하기 위해 제도화 시킨 조직. 농민·상인 다섯 집을 한 조(組)로 하여
연공(年貢)의 완납·범죄 방지·기리시탄 단속 등으로 연대책임을 지게 했다.
21) 木村博一, 위의 책, p.127. 기독교 신앙을 금지하기 위해 취한 정책. 1640년 막부는
직할령에 슈몬아라타메 담당관을 설치하고 모든 주민은 반드시 어딘가의 절에 소속시
켰다.
22) 木村博一 외, 위의 책, p,127. 매년 슈몬아라타메를 행하고 집집마다 이 절에 소속되어
있는가를 증명하는 장부. 호주(戸主)·가족에서부터 고용인(奉公人)까지 등록했기 때문
에 호적의 역할도 했다.
23)『芥川全集第二卷』, 岩波書店, 1995, p.47.
24) 위의 책, p.48.
25) 河泰厚,『芥川龍之介の基督教思想』, 翰林書房, 1998, p.117.

26) 아쿠타가와의 작품 『오리츠와 아이들(お律と子等と)』에서도 "환자는 남쪽으로 베개를 두어야 한다"라고 했다.

27) 曺紗玉, 『芥川龍之介とキリスト教』, 翰林書房, 1995, p.131.

28) 조사옥, 『芥川龍之介とキリスト教』, 翰林書房, 1995, p.131.

29) 平岡敏夫, 『芥川龍之介と現代』 <母>を呼ぶ声, 大修館書店, 1995, p.186.

30) 에도 시대 다이묘(大名)가 지배했던 영지. 전국에 대소 260-270개의 번이 존재했다. 번주(다이묘)는 가신을 성 밑에 집합시키고, 농민은 농촌에 살게 했다.

31) 『芥川全集第二巻』, p.47.

32) 위의 책, p.52.

33) ジアン·クラセ 著, 大政官 譯, 『日本西教史』 上巻, 1921, pp.90~92.

34) ペトロ·アルーペ 著, 井上郁二 譯, 『聖フランシスコ·デ·サビエル書翰抄』 下巻, 岩波書店, 1949, pp.109~134.

35) 吉田精一, 『芥川龍之介』, 三省堂, 1942, p.98.

36) 『芥川全集第二巻』, p.52.

37) 溝部優実子, 「尾形了斎覚え書」 『芥川龍之介』, 2012, 翰林書房, p.183.

38) 国史大辞典編集委員会編, 『国史大辞典14』, 吉川弘文館, 1993, pp.15~16. 젠소(1526~1599)는 전국시대·아즈치 모모야마(安土桃山) 시대의 의사. 세야쿠인 법인(施薬院法印)이라고도 칭한다. 처음 히에산(比叡山) 약수원(薬樹院)의 주지였지만, 환속해서 의학을 공부했다. 도요토미 히데요시(豊臣秀吉)에게 인정받아 칙명에 의해 시약원사(施薬院使)로 임명되어, 동시에 성을 세야쿠인(施薬院)이라고 했다. 의사로, 히데요시(秀吉)의 측근으로 활약하면서, 1587년 발포의 규정(선교사 추방령)을 썼다.

39) 죠타이(1548~1608). 전국시대에서 에도 초기의 임제종 승려. 쇼코쿠지 죠타이(相国寺承兌)라고도 칭한다.

40) 『芥川全集第二十巻』, p.399. 通俗的な 反キリシタン書の一つで江戸時代中期の成立。明治初年に復刻された。

41) ジアン·クラセ 著, 大政官 譯, 『日本西教史』 上巻, 1921, pp.90~92. 『芥川全集第二十巻』, p.399. 『日本西教史』は、全二巻(翻刻1913年12月·14年5月、時事彙存社)。

42) 쟝 크라세(1618-1692)는 프랑스 디에프(Dieppe)에서 출생했다. 그는 1638년 예수회에 들어갔고, 인문과학·철학의 교수가 되었다.

43) 渡辺修二郎, 『内政外教衝突史』, 東京民友社, 1896.8, p.170.

44) ジアン·クラセ 著, 大政官 譯, 『日本西教史』 上巻, 1921.

45) 渡辺修二郎, 『内政外教衝突史』, 東京民友社, 1896.8, p.157.

46) 渡辺修二郎, 위의 책, p.157.

47) 渡辺修二郎, 위의 책, p.59.

48) 渡辺修二郎, 위의 책, pp.144～146.

49) 이시준, 「아쿠타가와 류노스케(芥川龍之介)의 『오가타료사이 상신서(尾形了齋覚え書)』
考」, 『일본문학속의 기독교』(7), 제이앤씨, 2009, pp.118～119.

50) 신약성경의 마태복음·마가복음·누가복음·요한복음 등을 4복음서라 한다.

51) 編集責任者 桜田満, 『人と文学シリーズ 芥川龍之介』, 学習研究社, 1979, p.236.

52) 이시준, 「芥川龍之介의 『서방의 사람(西方の人)의 奇蹟観」, 『일본문학 속의 기독교
6』, 제이앤씨, 2008, p.202.

53) 笹淵友一, 「芥川龍之介のキリスト教思想」, 『国文学 解釈と鑑賞』, 至文堂, 1958.8,
p.10.

54) 関口安義, 『この人を見よ-芥川龍之介と聖書』, 小沢書店, 1995, pp.30～50.

55) (1869～1949), 호는 춘성(春城). 야마구치 현(山口県) 출신. 아쿠타가와의 친부(親父)인
도시조(敏三)를 따라 상경하여 경목사(耕牧舎)에서 일했다. 3세까지 아쿠타가와를 돌보
았다. 독실한 기독교 신자였다. 句集 『春城句集』의 序를 아쿠타가와에게 의뢰했다.
『歯車』의 「어느 노인(或老人)」의 모델이다.

56) 산상설교(山上説教)라고도 부른다. 예수의 종교적 가르침과 윤리적 교훈을 마태복음
5～7장에 제시한다.

57) 『芥川全集第二十巻』, p.227.

58) 『芥川全集第十六巻』, p.341. 장 콕토(Jean Cocteau, 1889～1963). 프랑스의 예술가.
전위예술운동을 비롯하여 시, 소설, 희곡, 연출, 회화 등 다채로운 활동을 했다.

나카하라 주야(中原中也)의 시관(詩觀)

박 상 도

1. 서론

나카하라 주야(中原中也, 1907~1937)는 일반적으로 쇼와를 대표하는 서정 시인으로 알려져 있다. 350여 편의 시를 남기고 30세라는 이른 나이에 요절한 그의 시는 주야 스스로가 생전에 편찬했던 『산양의 노래(山羊の歌)』(1934년)와 그의 사후 발간된 『지난 날의 노래(在りし日の歌)』(1938년)에 수록되어 전모를 알 수 있다. 서정 시인으로 불리우면서도 그의 발상법과 시풍은 독특한 것으로 여겨져 왔다. 특히 그의 서정의 경향은 자연에 의탁하여 표현하는 것이 아니라 인간관계를 중심으로 하여 영혼의 슬픔과 염세적 어두움을 윤리적으로 표현했다고 평하는 것이 일반적인 것 같다. 형식적인 면에 있어서도 평이한 용어를 절묘하게 사용하여 리듬감을 창출하고 애절한 상실감을 표현하여[1] 오늘날까지 많은 독자를 확보하고 있다. 하지만 이러한 일반적인 평가의 이면에 존재하는 시인의 사상적인 부분에 대한 관심은 상대적으로 부족한 것 같다. 예를 들면 주야의 첫 번째 시집 『산양의 노래』에 거의 마지막 부분에 수록된 「생명의

소리(いのちの声)」의 대미를 장식하는 다음 구절이 얼마나 깊이 헤아려
지고 있는지는 의문이다. "저녁 무렵 하늘 아래에서 내 몸 한 점으로 느껴
진다고 한다면 만사에 있어 문제될 것이 없다." 지극히 크고 절대적인
하늘 앞에서 자신의 존재를 한 점(点)으로 느끼는 시상(詩想)이 시인의
본질적인 부분에 해당된다고 할 때 이러한 부분에 대한 고찰은 좀 더
심도 있게 이루어져야 할 것이다. 「생명의 소리(いのちの声)」의 마지막
이 구절은 주야 연구에 있어서 일정한 지분을 차지하고 있다고 여겨지는
종교성과도 관련이 있다. 일반적으로 1930년을 전후하여 신에 대한 접근
이 가장 활발히 시도되었다고 전해지며[2] 특히 만년에 이르러 어린 아들
의 죽음을 계기로 이러한 그의 시적 특질은 더욱 심화되었다고 볼 수
있다. 그러므로 본고에서는 만년의 그의 시관의 양상을 고찰해 봄으로
시의 본질이 어떻게 형성되었으며 그 구체적인 내용이 어떠한 것인지 살
펴보고자 한다.

2. 직관적 인식론- 근원적 존재로서의 신

1936년 8월의 시론 「나의 시관(我が詩観)」에서 나카하라 주야는 자신
의 문학관, 종교관에 대해 말하고 있다.

> 신은 있는가? - 신이 '있는가 없는가' 하고 생각하는 이상 있다고도
> 없다고도 말할 수가 없다. 그러므로 '있는가 없는가' 하고 생각하는 이상,
> 그 생각하는 것 자체는 존재한다. 그러면 그 생각한다고 하는 것은 어떻

게 해서 가능한 것인가? 옛 사람들은 어떠한 근원을 설정하지 않으면
안 되었다. 그 설정을 무엇이라 하든 상관없지만 아마 그것이야 말로
인류가 '신'으로 불러온 것의 기원임에는 틀림이 없다.3)

주야는 이어지는 문장에서 무신론자의 예를 들며 무신론자가 무엇에
의거하여서 무신론을 주장하는 것이 사실이라고 한다면 무신론자가 의거
하는 그것 또한 '신'으로 불러도 되지 않느냐고 반문한다. 더 나아가 "신은
죽었다"라고 한 니체를 예를 들며 니체가 신은 죽었다했지만 '운명'을 믿
고 있었다며 니체가 믿은 '운명'을 '신'으로 불러도 가능하지 않느냐고 한
다. 이러한 그의 신에 대한 개념 정의에 기초해 볼 때 주야는 "신이 있다"
라고 하는 명제를 그의 직관에 뿌리 내리는 것으로 받아들이고 있는 것
같다. 그는 이 세상에 있는 사물에 '신비'를 느끼는데 그러한 신비는 혼의
기쁨으로 인한 것이라고 한다. 즉 그의 직관으로부터 세상에 존재하는
사물의 신비를 느끼는데 그것은 그의 혼의 기쁨을 느끼는 형태로 나타난
다고 한다. 이런 의미에서 본다면 주야에게 있어서 신은 존재하는 것으로
받아들일 수 있다. 신이 본질적으로 인간의 개체와 독립하여 존재하는
절대자로서의 대상이 아니라 인간의 직관상의 존재라고 한다면 말이다.
그는 이러한 신의 존재와 관련하여서 존재하는 모든 것들의 근원에 대해
서도 질문을 한다. 모든 존재하는 것의 그 근원에는 무엇이 있었다는 말
인가? 만일 눈에 보이는 공장이 있다고 한다면 이 공장이 존재하기 위해
서는 발명가에 의해 만들어진 기계가 존재해야 할 것이고 이 기계는 설계
도에 의해 존재하게 된다. 그리고 이 설계도는 말할 것도 없이 발명가의
생각에 의해 만들어지는 것이다. 주야는 이렇게 눈에 보이는 형상적 존재
의 근원에 '의지'라고 하는 것이 존재하고 있음을 말하는데 궁극적으로

이러한 의지가 신의 존재로까지 표현될 수 있는 것으로 그는 표현하고 있다. 주야는 신은 있다고 하면서 다음과 같이 적고 있다.

> 신은 있다. 그러면 나의 신은 선의(善意)의 신인가?- 물론이다. 왜냐하면 선의라고 하는 것이 있고 그러고 나서 신이 존재하는 것이 아니라 신이라고 하는 일체의 근원이 존재하는 '존재의 양상'이야말로 선의여야 하기 때문이다. (중략) 물론 그렇게 믿고 있는 나에게 있어서 신의 악의 (惡意)라고 보여지는 일도 일어나겠지. 하지만 그것은 도중의 일이다. 왜냐하면 결국은 이 길 저 길을 거치고 나서의 선의일 것이기 때문이다. 여기에서 잠시 미리 말해두고 싶은 것은 '그런가 그러면 악의의 일이라 보여지는 것이 있더라도 놀랄만한 일이라 할 수는 없다'라고 생각하는 사람들이 적지 않다. 하지만 악의의 일로 보여 지는 일이 일어날 수도 있다 라고 하는 것은 일어나도 좋다 라고 하는 의미는 아니다. (중략) 즉 나는 신의 악의의 일이라 보여지는 것- 불행이나 재해가 일어날 때마다 한탄하지 않을 수 없다. 한탄할 때에는 신도 또한 잊어버린다. 하지만 이윽고 신이 다시 생각된다. 만일 생각나지 않는다고 한다면 한탄은 언제 끝날 것인가? 적절히 수습할 수단이 내게는 없다. 신은 순식간에 상기(想起)되지만 또 곧 소실(消失)된다.[4]

이렇게 주야가 신을 직관의 영역에서 이해하는 것은 그의 첫 번째 시론인 「지상조직」(1925년)에서도 보여 진다. 그는 이 문장에서 「모든 유기체 중에서 무수히 넘쳐나는 무기적 현상」을 보는 것이 신을 믿게 되는 이유라 하고 있다.[5] 그리고 신은 절대적이며 이 신의 영역을 표현하는 인간은 상대적인 것을 인정하고 있으며 감각의 범위 안에서 신을 노래하는 기술을 가지고 있는 것이 바로 '시인'이라고 말하고 있다. 이렇게 직관이라고 하는 차원에서의 신 개념의 이해를 염두에 둘 때 이 문장에서 말하고 있는 "순간적으로 상기되지만 또다시 소실된다"고 하는 신에 대한 설명도 같은 맥락에서 이해할 수가 있다.

주야가 이야기하는 신은 시인의 직관 안에 존재하지만 그것은 절대적인 존재이다. 하지만 신을 직관적으로 이해하는 시인의 상대적 존재의 불안정성을 감안할 때 신은 늘 보이는 것이 아니다. 시인의 뇌리에서 사라지기도 하는 것이다.

그리고 시인이 되려고 결심하였을 때는 '시의 한계를 잘 살피고' '시가 시이기 위해서 필수적인 조건이 무엇인가를 조사하는 것'이 중요하다는 시인의 기본자세를 역설한다. 이는 시인이 사물의 한계를 인식하고 그 한계 너머에 존재하는 신을 인식해야 된다고 하는 신에 대한 인식론의 성격을 갖는 것이기도 하다. 이러한 그의 시인론은 그가 시인이 되려고 결심했을 때부터 항상 절대 진리를 추구하고 이 진리의 구현자로서 존재하는 '신'을 추구해 온 것에 대한 표현이라고 할 수 있다.[6]

이상에서 볼 때 주야는 자신의 시론을 설명하기 위해서 우선 '신'에 대한 인식론을 먼저 이야기했음을 알 수 있다. '신'의 존재에 대한 증명을 시인의 직관에 의해서 설명을 하고 시인에 의해 표현되는 것이 절대적 신의 인식을 위한 하나의 수단이 됨을 말하고 있다. 시상(詩想)의 근저에 신이 존재함을 논리적으로 말하고 난 뒤 그는 시인이 시를 쓰는 행위가 신에 대한 인식과 무관하지 않음을 밝히고 있다.

3. 예술적 양심론- 무력의 체험

이러한 그의 시관이 어떻게 형성되어 가는지를 이해함에 있어서 이 시기를 전후한 주야의 전기적 상황을 살펴보는 것은 유효하다. 특히 주야인생에 있어서 가장 절망적인 순간이 이 시기에 있었던 것을 감안하면 그의 내면상태가 이러한 그의 시관과 무관하지 않음을 알게 될 것이다. 1936년 11월 10일 만2살이 된 그의 사랑하는 아들 분야(文也)가 죽게 된다. 병명은 소아결핵(결핵성늑막염)으로 전해지고 있는데 주야의 일기를 보면 이때의 발병에 대해 상세히 기록하고 있지는 않다. 다만 11월 4일자 일기에 "아이의 위가 변함없이 좋지 않고 종일토록 편치 않게 울고 있다. 내일 정도 되면 좋아지겠지."[7]라고 적고 있다. 하지만 이로부터 일주일도 되지 않아 분야는 죽게 된다. 만2살의 아들을 잃은 아버지의 심정이 어떠했을까? 그 슬픔은 상상을 초월한 것이었다. 장례식 때 주야는 아들의 시체를 껴안고 떨어지지 않아 겨우 입관을 할 수 있었다고 한다. 49일 동안의 추모기간에도 매일 승려를 불러 독경을 하게 하고 위패 앞을 떠나지 않았다.[8] 이후 그는 분야의 죽음의 충격에서 헤어 나오지 못하고 정신착락을 일으켜 병원에 입원할 정도로 슬픔의 수렁에서 헤어 나오기 어려웠다. 이때의 주야의 상황에 대해서 친구인 야스하라 요시히로(安原喜弘)는 다음과 같이 적고 있다.

　　11월 10일 시인은 사랑하는 아들 분야를 잃었다. 그 비탄은 지켜보기에 비참한 것이었다. 이 일이 시인의 영혼에 준 충격은 이루 헤아릴 수 없는 것이다. 시인의 영혼은 그 뿌리로부터 완전히 뒤흔들려버렸다고

할 수 있을 것이다. 심한 충격으로 기진한 그의 영혼은 이 후 끊임없이
죽은 아들의 환영(幻影)을 쫓는 듯하다.⁹⁾

　연보에 의하면 주야는 신경쇠약으로 1937년 1월 10일에 치바데라(千
葉寺) 요양소에 입원했다가 2월 15일에 퇴원한 것으로 되어있다. 야스하
라는 병상에 입원한 주야를 병문안 간 후 그의 상태에 대해서 "시인의
영혼은 착란증을 일으킬 여지가 있었다. 전에 발생한 그러한 증상이 이번
에 다시 그를 덮치지 않을까 하고 깊이 염려되었다."¹⁰⁾라고 하며 신경쇠
약이 정신착란증의 상태로 이어질 정도로 피폐해진 시인의 모습을 그리고
있다.

　이러한 충격 이후 기록된 주야의 시관을 확인할 수 있는 문장으로는
분야 죽음 이후 한 달 만에 쓴 「시단(詩壇)에 대한 포부」,¹¹⁾ 「시단(詩壇)
에 바라는 것」(1936년 12월 11일) 등이 있다. 「시단(詩壇)에 대한 포부」
는 주야가 자신의 가장 사랑하는 아들을 여의고 1개월 정도 된 시점에서
발표한 문장이라는 측면에서 그의 시관에 대한 심경의 변화를 확인할 수
있는 것이다. 주야는 우선 "이번에 우연하게도 자신의 무력함을 완전히
깨닫고 그때부터 점차로 시라고 하는 것의 진의를 알게 되었다."라고 하
면서 그의 시관의 새로운 경지가 자신의 무력함을 깨닫는 체험으로부터
온 것임을 말하고 있다. 우리는 이러한 주야의 체험이라고 하는 것이 그
의 아들 분야를 잃은 것임을 미루어 짐작할 수 있다. 그에게 있어 시를
씀에 있어 중요한 것은 '자아의 강함'이고 '자기'를 내세우는 것이다. 하지
만 인간이면 누구든지 이러한 '자기'에서 자유로울 수가 없는 존재이다.
주야는 '자기'의 존재에 집착하는 것을 '오만'이라고 하는 말로 표현한다.

겸손하고 무아(無我)의 경지에 이르는 것이 인간적 차원에서는 이루어지기 어려운 것임을 주야는 이 문장에서 자각하고 있다.

다른 일본의 많은 근대 시인들과 다른 점이 바로 이것이라 할 수 있다. 주야 시인의 '종교성'이라고 불리우는 부분이다. 그는 스스로 '종교'의 필요성을 자기 극복의 방편으로 제시하고 있다.

> 도덕적인 면에 비추어 생각해 보면 모두가 자신의 공로가 많다고 하지 않는 겸손한 마음이라고 생각한다. 하지만 인간은 연약한 존재이기에 자신의 공로가 많지 않다고 생각하더라도 거만해지기 쉬운 존재이기에 그래서 아무래도 종교에 들어가는 것이 필요하다고 생각했다. 종교에 들어가서 적어도 아침과 저녁으로 그 종교에 귀의(歸依)하는 마음이 든다면 겸손함은 지속되기 쉬울 것이고 그렇다고 한다면 시적황홀(詩的恍惚)의 상태 또한 확실히 느껴지고 점차로 그 깊은 맛이 생겨나게 될 것이라고 생각했다.12)

그는 '시적황홀'의 상태를 느끼기 위해 일종의 '종교심'을 가질 필요가 있다고 말하고 있는 것이다. 그의 이러한 표현은 도덕적 인간의 한계성을 지적하고 있다. 도덕적 인간이 진정한 의미에서의 시를 만들 수는 없다고 하는 것이다. '도덕'의 한계를 뛰어넘는 '종교'적 심정을 유지하는 것이 중요하다고 그는 역설한다.13) 물론 이러한 그의 통찰은 그의 아들의 죽음을 통한 자신의 무력함을 뼛속 깊이 체험한 것으로부터 기인하고 있음은 두 말할 필요가 없는 것이다.

「시단(詩壇)에 바라는 것」안에서는 이러한 그의 주장이 좀 더 노골적으로 나타나고 있다. 예를 들면 그는 참된 시인이 되기 위해서는 먼저 예술가가 깊은 감동을 가져야 된다고 말한다. 무엇이든 간에 감동을 갖는 것

이 시인의 자질로서 중요하다는 것이다. 하지만 이러한 감동은 어디서부
터 오는가? 하는 문제를 고민하며 그는 "종교가 필요하다"라고 말한다.[14]
그는 이 종교와 같은 의미의 용어로 '절대적 대상', '타력본원(他力本願)'
을 병행하여 사용하고 있다. 이러한 용어들은 스스로의 힘을 의지하지
않고 절대적 타자를 전적으로 의지하는 것을 말한다. 스스로를 의지하는
것과 절대적 타자를 의지하는 것 이러한 상관관계 속에서 시관이 형성되
어야 진정한 미적 깊이를 가진 시가 탄생한다는 것이 그의 이 당시의
지론이라고 할 수 있다. 다소 길지만 그의 문장을 인용하여 확인해 보기
로 하자.

　　이것은 얼핏 도피처럼 보일지 모르지만 인간 스스로가 자신을 태어나
게 하지 않은 이상 스스로의 힘(自力)만을 의지해서는 아무것도 되지
않는다고 생각한다. 스스로 아무리 훌륭한 것을 이루어 내더라도 그것은
뿌리가 없는 것과 마찬가지다. 자기만을 의지한다고 하는 것은 너무도
훌륭한 마음자세라 할 수 있지만 전적으로 실현될 수 없는 것이다. 물론
노력을 포기하라고 하는 것은 아니다. 노력을 다해도 또한 천명(天命)을
기다리지 않으면 안 된다고 하는 것을 한창 노력중일 때라도 예상할
수 있지 않으면 그 노력이라고 하는 것도 결국 무엇을 위한 노력인지
모르게 되고 그러한 것으로부터 미적(美的)인 것은 생겨나지 않는 것이
다. (중략) 근대인이 흔히 자력만을 바라는 경향이 있는데 거기에는 그러
한 필연성이 있는 것을 나도 모르는 바가 아니다. 하지만 문제는 자력이
소진하는 지점부터가 바로 타력의 경지이며 그 경지가 아니고서는 완성
의 경지에 다다를 수가 없는 것이다. 이미 다 알고 있는 예술 양심론(藝
術良心論)이라고 생각하는 사람도 있겠지만 그래도 괜찮다. 양심이 있
는 것만으로도 이미 괜찮은 것이 아닌가? 그 양심만이라도 충분히 납득
할 수 있는 시를 쓰는 것이 쉽지 않은 일이지 않은가? 또 그러면 그

양심이라고 하는 것은 어떻게 하면 충분한 것이 되는가 생각할 때 나는
타력의 신앙을 떠올리지 않을 수 없다. 이렇게 나는 시단에 타력에 기초
한 믿음이라고 하는 것을 한번 생각해보기를 바란다.[15]

　"근대인이 자력만을 바라는 경향이 있다"라고 하는 것을 주야는 인정하
고 있다. 근대문학의 지향점은 '인간존중'에 있고 그러한 '인간존중'의 핵
심은 더듬어 가보면 결국 '자기긍정', '자기존중'의 사상으로 귀착될 것이
다. 그리고 이러한 근대의 사상은 스스로를 신뢰하고 믿는 믿음 위에 뿌
리를 내리고 있다. 주야는 이러한 근대문학 전반의 토양을 인정하고 있는
것이다. 하지만 그는 '자력이 소진하는 지점'부터 진정한 의미에서의 미적
생명력을 지닌 시가 태어난다고 하는 것이다. '절대적 대상'을 신뢰하고
자신의 자력을 포기하는 자세를 지닐 때 그의 시는 아름다움을 지닌다고
말한다. 그리고 이러한 시관을 설파하며 그것을 가능하게 하는 것을 그는
'양심'이라고 말한다.
　이 정도 되면 주야의 시관과 종교성의 윤곽은 어느 정도 그 모양새를
드러낸 것 같다. 자신의 무력함을 뼈져리게 느낀 상실의 체험, 하나 밖에
없는 아들의 죽음은 그의 시관에도 직접적인 영향력을 미쳤음을 확인할
수 있다.

4. 만년(晚年)의 시관(詩觀)

　그러면 구체적으로 이 당시의 그의 시를 통해 이러한 시관들의 양상들
을 확인해 보기로 하자.

쵸몬쿄16)에 물은 흐르고 있었다/ 춥고 추운 날이었다
나는 요정에 있었다/ 술을 따르고 있었다
나 외에 특별히/ 손님은 없었다
물은 마치 영혼이 있는 것처럼/흐르고 흘렀다
이윽고 밀감과 같은 석양이/난간에 흘러넘쳤다
아! ― 그러한 때도 있었지/춥고 추운 날이었네.

「겨울의 쵸몬쿄」, 『지난 날의 노래』17)

　1937년 『문학계』 4월호에 발표된 작품이다. 주야는 5년 전 추운 어느
날 이곳을 방문한 적이 있었다. 저녁 무렵, 노을 지는 쵸몬쿄의 선명한
인상과 허무한 지난 날의 기억을 매개로 2행씩 6연의 구성으로 이루어진
시이다. 분야 사후 얼마 되지 않아 남긴 서정시 중의 하나이다. 그런데
이 작품은 한 번의 수정 과정을 거쳐 완성된 것이다. 미정고(未定稿) 작품
에서는 2연(정고의 2연과 3연)과 3연(정고의 4연), 4연(정고의 5연)에 각
각 '춥고 추운 날이었네'가 붙어 있다. 그리고 마지막 연 '아! ―그러한
때도 있었지/춥고 추운 날이었네'는 '!'와 '―'를 뺀 형태로 두 번 반복되고
있다. 정고의 형태를 놓고 보더라도 첫 연과 마지막 연이 반복되고 있으
며 4연과 5연도 반복되는 형태로 이어지고 있다. 미정고의 경우는 이러한
반복이 더욱 많은 것을 알게 된다. 이러한 반복이 말해주는 바는 분야의
죽음 이후 시인의 감정이 격하게 일렁이고 있었다는 것이다. 시인은 아들
의 죽음의 순간을 '춥고 추운 날'로 기억하며 회상하고 있다. 그래서인지
마지막 연의 춥고 추운 날을 원문에서는 한 칸 띄어서 '寒い寒い　日なり
き'로 표기하고 있는 부분도 특징적이라고 할 수 있다.
　하지만 우리가 더 주목해야 할 점은 이 시의 공간적 배경이 주야의
어린 시절의 추억이 감돌고 있는 곳이라는 것이다. 주야는 자신의 유년의

추억이 깃든 곳에서 자신의 과거를 회상하는 방식을 취하면서 실제적으로는 분야의 죽음을 추도하고 있다. 이는 시인이 「겨울의 쵸몬쿄(長門峽)」를 쓰기 바로 전에 「분야의 일생」을 통해 분야를 추억했다는 것을 통해서도 짐작할 수 있다. 시인은 아들의 짧은 일생을 추억하며 만국박람회에 가서 서커스를 보고 또 비행기를 탄 경험을 적고 있다. 그래서 분야가 기뻐했다는 부분에서 문장을 마치고 있다. 이렇게 분야를 추억한 후 이번에는 자신의 유년 시절을 스스로가 추억하듯 작품을 전개한다. 하지만 이는 자기와 동일시할 정도로 귀히 여겼던 분야에 대한 추모의 다른 표현 방식이라는 것을 알 수가 있다.

작품 속의 나는 철저히 외로운 길을 가는 나그네로 그려지고 있다. 추운 어느 날 누구도 상대해 주지 않는 주막에서 석양빛 속에서 허무함을 달래는 '나'의 모습에서 죽은 아들 분야가 동일화되었다고 보는 이도 있는데 이는 쉽게 공감되지 않는 부분이다. 하지만 시인의 유년시절의 추억이 어린 곳을 아들의 추도의 배경으로 삼았다는 점에서 볼 때는 작품 속의 '나'가 죽은 아들과 동일화되었다고 하는 논리가 어느 정도는 이해할 수 있게 된다. 아무튼 현재의 고독한 시인의 모습이 투영된 것이라 보는 것은 자연스럽다.

이 시에 대해서 가와카미 데쓰타로(河上徹太郎)는 "어설프게 뭘 하기보다 단지 물과 석양과 자신만을 나타내고 있어 물이 그의 마음을 그대로 씻어내는 것 같고 나아가 물 대신에 '시간'이 끊임없이 흘러가는 것이다"[18]라고 말한다. 가와카미의 이러한 발언은 지난 날의 아프고 고독한 기억을 물과 같이 흘러 보낸다고 하는 측면에서 볼 때는 주야의 심정이 막힘없이 흐르고 있는 인상을 준다. 특히 시의 본문 중에 물의 흐름을

'영혼'의 흐름으로 파악한 것을 염두에 둘 때 지나가는 시간 속에 시인의 영혼 또한 막힘없이 흘러간다고 하는 해석도 가능하다. 이럴 때 아픈 추억을 씻어버리는 기능을 이 물이 하고 있는 것으로 이해할 수도 있다.

하지만 이와는 반대로 시인의 영혼이 어딘가에서 얼어 있고 막혀 있다고 보는 시각이 존재한다. 주야 연구의 선봉자라 할 수 있는 오오카 쇼헤이(大岡昇平)는 시인의 영혼이 어딘가 "얼어붙어 있다"라고 하는 견해를 취한다. 그리고 "여기에는 나카하라의 짧은 생애에서 거쳐 온 시간만이 나타나 있다. 그가 1931년 이후 항상 지난 날에 대한 기억의 범람으로 괴로워했다고 하는 것은 몇 번이나 썼지만 그는 이제 그것이 어떤 것이었는지 말하지 않기로 한 것이다 단지 물이 시간과 같이 '흐르고 흘렀다'(덧붙여 이야기하자면 일단 '흘러서 소용돌이를 일으키고'라고 고치려하다가 다시 현재의 모습이 됨)라고 하는 것에 그친 것이다"[19]라고 언급하고 있다. 시인은 지난 날의 기억의 범람으로 괴로워하다가 이제는 그것을 그치고자 한다고 한다. 이러한 점은 흐르는 물을 '소용돌이'에서 그냥 '흐르는 물'로 바꾸어 적는 과정의 시인의 의도를 통해 짐작할 수 있는 것이다. 여기에서의 '시간'은 물론 일상적인 물리적인 시간을 말하지는 않는다. 시인의 존재하는 내면의 기억과 더불어 존재하는 '내적시간'인 것이다.

'흐르는 물'과 '넘쳐나는 석양빛'은 이 시에서 상징성을 갖는 표현들이다. 아프고 추운 시인의 기억들이 눈에 비치는 현상적인 물과 석양빛의 움직임과 별개로 허무한 이미지 속에 꽁꽁 얼어붙어 어찌할 바를 모르고 절규하는 시인의 영혼의 실존을 보여 주는 듯하다. 그리고 '춥고 추운 날의 흐르는 물'과 '난간에 흘러넘치는 밀감과 같은 석양'의 모습을 나타내고 있는 것은 구원을 바라지만 구원받을 길이 없는 종말에 대한 의식을

표현한 것이기도 하다.[20]

그러므로 앞에서 언급한 주야의 시관에 비추어 이 시를 다시 검토해 볼 때 탈출구를 찾지 못하고 얼어붙은 시인의 영혼이 너무도 실질적으로 표현된 것을 깨닫게 된다. 시의 한계를 인식하고 사물의 한계를 인식하는 것이 시를 쓰기 위한 기본요소라고 한 시인의 시관이 무의식 가운데 실현되고 있음을 발견하게 된다. 더 나아가 '시간'과 '석양'이 시인의 영혼을 감싸는 절대적 대상으로의 안내 역할을 하고 있음을 알게 된다. 현상적으로 존재하는 이것들이 현상 너머의 이미지와 시인의 직관을 통해 표현되고 있는 것임을 감안할 때 근원적인 절대성을 추구했던 시인의 시관과도 부합되는 것임을 알게 된다. 한마디로 시인의 종교성이 자기 한계의 체험을 통해 허무하고도 애처롭게 나타나고 있다고 할 수 있다.

이 시 「겨울의 쵸몬쿄(長門峽)」는 분야가 정신착란증을 일으켜 치바에 있는 요양소에 입원하는 1937년 1월 상순의 시점에서 볼 때 2주 정도 전에 쓴 것으로 보인다. 주야는 입원하기 전 지붕에 올라가 웅크려있는 등 이상한 행동을 보였다. 입원 후 그는 격리실에 들어가서야 그가 병원에 강제로 입원하게 된 것을 알게 된다.

이후 2월 25일 주야는 병원을 나오고 시인 만년의 유언과도 같은 시 「봄날의 광상(狂想)」(『문학계』 5월호)이라는 작품을 남긴다. 결핵성 뇌막염으로 만30세의 생을 마감하는 것이 1937년 10월이라는 것을 생각하면 말년의 그의 심정을 가장 잘 확인할 수 있는 작품이라 할 수 있다. 29연 59행으로 구성된 비교적 긴 형태의 시이다. 초췌하고 피로에 지친 그의 영혼이 마지막으로 다다른 모습이 어떠한지를 이 시는 우리에게 보여 준다. 그러면 작품을 보도록 하자.

1

사랑하는 이가 죽었을 때에는 자살하지 않으면 안 됩니다.
사랑하는 이가 죽었을 때에는 이외에 다른 수가 없습니다.
하지만 그렇다 하더라도 업보(?)가 너무 깊어서 그것이 또한 계속된다
고 하면
봉사하는 마음으로 살아야 합니다. 봉사하는 마음으로 살아야 합니다.
사랑하는 이는 죽었으므로 확실히 죽은 것이기에
더 이상 어찌할 수 없으니 그 이를 위해서 그 이를 위해서
봉사하는 마음으로 살지 않으면 안 됩니다. 봉사하는 마음으로 살지
않으면 안 됩니다.

2

봉사하는 마음으로 살기는 하지만 특별한 것을 할 수도 없다
그래서 이전보다 책이라면 숙독하고 그래서 이전보다 사람에게는 정
중히
템포 좋게 산책을 하고 보리짚을 경건히 엮고
            (중략)

3

그러면 여러분 너무 기뻐하지 않고 너무 슬퍼하지도 말며 템포 좋게
악수를 합시다
결국 우리들에게 결여된 것은 성실하고 바른 것이라고 주의하며
그래요 그럼 여러분 그래요 모두 함께-
템포 좋게 악수를 합시다
                「봄날의 광상(狂想)」, 『지난 날의 노래』[21]

분야의 죽음으로 인한 피폐한 시인의 감정이 여실히 드러나면서도 특
징적인 것은 대수롭지도 않게 여기는 행위들이 나열되고 있는 것이다.

"사랑하는 이가 죽었을 때는 자살하지 않으면 안 됩니다."라고 한 이가
어찌 자연스럽게 '템포 좋게 산책'을 할 수 있겠는가? 그러므로 이러한
시인의 행위의 표현들은 스스로를 조소하고 희화화하고 있는 것으로 받아
들일 수 있다. 지극한 슬픔과 허무의 끝에서 인생을 체념하고 있는 듯하
기도 하다. 이러한 그의 심정은 작품의 제목에 '광상(狂想)'이라고 하는
용어를 선택한 것을 통해서 짐작할 수가 있는 것이다. 그는 일찍이 그의
동생이 죽었을 때 그의 슬픔을 가누며 "인간이 미치지 않게 하기 위해서
개념작용(槪念作用)을 가지고 있다"(「亡弟」, 1933년)라고 말한 적이 있다.
그는 절대적이고 근원적 대상을 추구하는 그의 직관적 작용을 미리부터
자각하고 있었던 것이다. 절대 한계 앞에서 절대적 개념을 자각하는 이런
자세에 대해서 다음과 같은 해설도 이해에 다소 유효하다. "그의 주위에
비눗방울과 같은 외부막을 치고 그 속에 틀어박혀 있으면서 얇은 막을
통해 아름다운 바깥 세상을 보며 즐기고 있는 것처럼 보이지만 실은 그
속에서 살아가기가 힘에 겨운 비통한 영혼이 있는 것은 확실하다."[22] 그
의 영혼은 비통하지만 비눗방울과 같은 아름다운 외부막을 치는 개념 작
용을 통하여 슬픔을 누그러뜨리고 존재를 이어갈 수 있는 것이다.

예를 들면 「봄날의 광상(狂想)」에 3개월 정도 앞서 발표된 「달빛 첫째
(月の光　その一)」, 「달빛 둘째(月の光　その二)」가 있다. 전자의 내용
중 "달빛이 비추고 있었다 달빛이 비추고 있었다/ 정원 구석 수풀에 숨어
있는 것은 죽은 아이다"라든지 아니면 후자의 내용 중 "정말로 오늘 밤은
봄의 따뜻한 아지랑이도 있다 달빛이 비추어 정원 벤치 위에 있다. (중략)
숲 속에는 죽은 아이가 반딧불과 같이 웅크려있다."라는 부분은 「봄날의
광상(狂想)」과도 맥을 같이 하고 있다. 가눌 수 없는 시인의 슬픔의 중심

에는 '죽은 아들'이 있다. '죽은 아들'로 인한 극도의 상실감과 슬픔은 변하지 않는 너무도 분명한 것들이다. 시인은 이러한 슬픔의 자기테두리 안에 웅크리고 앉아서 빠져나올 길을 찾지 못하고 있다. 대신 그는 '달빛이 비치는 아름다운 정원'과 '달빛이 비치는 나른한 봄의 따뜻한 아지랑이'라고 하는 '개념작용'을 통하여 자신의 직관적 영역을 확장하고 있는 것이다.

가와카미 데츠타로(河上徹太郎)는 주야를 가리켜 다음과 같이 말한다. "나는 방금 나카하라에 대해서 '도덕적'인 시인이다라고 했는데 더 정확하게는 '종교적'이라고 할 만하다고 생각한다. 관념으로서가 아니라 이미지 그 자체에 종교적인 견해가 포함된 시인은 근대일본에서는 나카하라가 전형적이며 혹은 다소 극단적으로 말한다면 효시이며 유일하다고 할 수 있다."23) 앞에서도 언급했듯이 사물의 한계를 인식한 기반 위에 자기무력의 정신을 기초로 겸손한 태도를 지녀야 시가 성립될 수 있다고 한 점을 생각한다면 이는 그가 '도덕적'으로 불려도 무방한 부분이라고 할 수 있다. 여기서 문득 떠오르는 근대 시인 중에 미요시 다쓰지라고 하는 시인이 있다. 그는 누구보다 도덕적이라고 하는 수식어가 어울리는 사람이었다. 하지만 그에게 있어서 도덕이라고 하는 개념은 주야의 그것과 다소 양상을 달리하는 것이다. 필자는 전쟁기와 관련한 미요시 관련 연구를 한 적이 있는데 여기서 드러난 그의 도덕관은 간단히 말하자면 엄격한 일본적 전통 시관에 기초한 것이었고 국가적 위기 상황에서는 이러한 도덕이라고 하는 것이 국가에 대한 애국심과도 결부되는 것이었다. 그의 도덕 가치는 일본시의 전통과 형식을 고수하는 것이 골격이었고 일본이라고 하는 국토에 대한 애정으로 결실을 맺는 것이었다고도 할 수 있다.

하지만 미요시는 자신의 도덕 관념에 사로잡힌 나머지 자신의 뜻에 맞지 않는 자를 재단하고 비판하는 엄격함을 보여주었다. 이는 주야의 경우와 비교해 볼 때 자기무력의 체험을 통해 획득된 도덕 관념이 아니었음을 알게 된다. 주야의 도덕 개념은 종교적이라고 불릴 만큼 근원적이고 절대적인 것을 지향하는 성질의 것이었다.

근대 시인 중에 주야가 가장 종교적이라고 불리우는 부분에 대해서 가와카미는 다음과 같이 말하기도 하였다. "전에 나는 나카하라에 대해서 근대에서 거의 유일한 종교시인이라고 말했다. 이것은 좀 더 정확히 말하자면 그에 의해서 비로소 내가 기독교적 세계관이라고 하는 것을 체험할 수 있게 되었다라고 하는 의미이다. 그는 바르게 말하자면 신자는 아니다. 때문에 예를 들면 야기 쥬키치(八木重吉)시집들을 보면 정말로 신(神)과 같이 있는 자의 희열을 노래한 아름다움이 있지만 물론 나카하라에게는 이런 것은 없다. 하지만 신(神)과 함께 있으려 노력하는 진지함은 틀림없이 있다. 이 때문에 그의 시는 때로 스토익하고 어색한 모습을 드러내지만 이런 것들은 나에게 결점으로 느껴지기보다 오히려 심리적인 차원에서 매력으로 다가오는 것이다."24) 여기에서 우리는 주야의 만년의 시관(詩觀)의 문제는 결국 종교적 차원에서 수렴된다는 사실을 생각하게 된다. 기독교적 세계관이라고 해도 엄밀히 말하면 '주야의 카톨릭시즘'과 관련된 것이다. 주야 만년의 일기를 살펴볼 때 시인은 기독교 관련 서적을 눈에 띄게 탐독했음을 알 수 있다. 하지만 가와카미의 지적과 같이 시인과 관련된 기독교는 신을 소유했던 야기 쥬키치와의 경우와는 구별된다. 절대 신을 추구하고자 했고 그 가운데서 구원을 갈망했던 기독교이다. 일본의 근대시를 조감해 볼 때 이러한 차원의 시를 쓴 사람은 많지 않음을 알게 된다. 그러므로 시인의 만년에 형성된 시관의 구체적 양상이 어떤 형태로 종교와의 관련성을 가지고 나타나고 있는지를 연구하는 것은 앞으로의 과제가 될 것이다.

5. 결론

본고에서는 나카하라 주야의 만년의 시관을 살펴보았다. 「나의 시관(我が詩觀)」, 「시단(詩壇)에 바라는 것」, 「시단(詩壇)에 대한 포부」 등의 평론과 「겨울의 쵸몬쿄(長門峽)」, 「봄날의 광상(狂想)」, 「달빛 첫째(月の光 その一)」, 「달빛 둘째(月の光 その二)」 등의 실제 작품을 통하여 만년의 시관의 양상이 어떻게 전개되었는지 고찰하였다. 이러한 작품들은 주야의 아들 분야의 죽음을 전후로 작성된 것들이며 1937년 세상을 떠난 주야의 가장 만년의 작품이라고 하는 측면에서 하나의 카테고리를 형성하여 논의되었다.

우선 주야는 시인이 되려고 결심하였을 때는 사물의 한계를 인식하고 그 한계 너머에 존재하는 신을 인식해야 된다고 말한다. 이러한 그의 시인론은 그가 시인이 되려고 결심했을 때부터 항상 절대 진리를 추구하고 이 진리의 구현자로서 존재하는 '신'을 추구해 온 것에 대한 표현이라고 할 수 있다. 이러한 신에 대한 개념들은 직관적 인식론의 기반 위에서 이루어지고 있는 것이다.

그리고 시인은 만3세도 안 된 아들을 여의는 과정을 통해 깊은 무력감을 체험하고 모든 것의 근원이 되는 절대적 대상을 응시할 필요가 있음을

말한다. 자신에 대한 무력감은 도덕적인 부분으로도 이어지지만 그보다
더 궁극적인 것은 '종교적' 심정을 유지하는 것이라고도 말한다. 이러한
그의 시관이 구체적으로 표현된 만년의 시 작품들을 살펴보았을 때 극한
슬픔의 고통 속에서 영혼의 구원을 갈망하는 그의 깊은 의지가 다양하게
표출되었음을 확인하였다. 전체적으로 볼 때 그의 만년의 시관이 직관의
개념 작용을 기반으로 하면서 절대 신을 추구하는 과정 위에 성립되었다
는 점은 인정이 된다. 하지만 그의 시관의 뿌리를 형성하는 절대적 대상
영역인 기독교적 형태의 구체성에 대해서는 고찰의 여지가 남는다.

【주】

1) 浅井清他(編), 『新研究資料 現代日本文学 第7卷 詩』, 明治書院, 2000, p.251.

2) 히다카 다카오(飛高隆夫)는 1929년부터 주야의 신에 대한 접근이 가장 현저했다고 하면서 이에 해당하는 작품으로 「幼年囚の歌」, 「寒い夜の自画像」, 「冷酷の歌」 등을 들고 있다. 그리고 1931년 3월 발표작품 「祈り」을 마지막으로 잠시 동안 신에 대한 표현이 사라졌다고 한다. (飛高隆夫, 『中原中也と立原道造』, 秋山書店, 1976, p.57)이후 1936년 사랑하는 아들 분야의 죽음을 계기로 주야에게 있어서 신에 대한 개념은 새로운 의미로 다가왔다고 할 수 있다.

3) 中原中也, 「我が詩観」, 『中原中也全集3』, 角川書店, 1967, p.133(이후 전집의 표기는 『全集3』 등으로 표기)

4) 「我が詩観」, 『全集3』, p.135.

5) 「地上組織」, 『全集3』, p.7.

6) 二木晴美, 「中原中也論ー宗教性の考察(下)」, 『大妻国文14』, 大妻女子大学国文学会, 1983, p.64.

7) 『全集4』, p.206.

8) 吉田ひろお, 『評伝中原中也』, 東京書籍, 1978, p.235. 이해 12월에 시인의 둘째 아들 요시마사(愛雅)가 태어나지만 1938년 1월 만2살도 되기 전에 애석하게도 죽는다. 이는 주야가 죽은 1937년 10월의 바로 다음해의 일이다. 그러므로 주야는 만2살이 채 되기도 전에 죽은 두 아들 사이에서 스스로도 죽음을 면치 못한 슬픔의 시인이 된 것이다.

9) 安原喜弘, 『中原中也の手紙』, 青土社, 2000, p.194.

10) 安原喜弘, 上掲書, p.195.

11) 「시단(詩壇)에 대한 포부」의 정확한 기록연대는 확인되지 않으나 연보의 기록을 확인해 볼 때 「시단(詩壇)에 바라는 것」과 거의 비슷한 시기에 작성된 것으로 보인다.

12) 「시대에 대한 포부」, 『全集3』, pp.165~166.

13) 그렇다고 해서 그가 '도덕적'인 면을 전혀 무시하는 것은 아니다. 그는 이어지는 문장에서 시를 발표하기 위해서는 "양심을 깨끗하게 하는 것, 즉 겸허한 마음을 수련시키는 것이 제일 중요하다"라고 하고 있다. 그에게 있어서의 '종교성'은 '도덕'을 완성시키는 부분과도 통하는 것이다.

14) 「시단에 바라는 것」, 『全集3』, p.163.

15) 「시단에 바라는 것」, 『全集3』, p.164.

16) 쵸몬쿄(長門峽)는 야마구치 현립 자연공원에 지정된 곳으로 야마구치 시의 북동쪽 약 20킬로미터 떨어진 곳에 위치한 협곡과 계류(溪流)를 말한다. 야마구치 현 출신의 주야

에게는 낯설지 않은 추억의 장소이며 1932년 3월 친구인 야스하라 요시히로를 방문하
여 5일간 체재하며 이곳을 방문하기도 했다.(吉田ひろお編, 『鑑賞日本現代文学20 中
原中也』, 角川書店, 1981, p.394)

17) 『全集1』, p.281(시의 번역은 필자에 의한 것임. 이하 동일).

18) 河上徹太郎, 『日本のアウトサイド』, 新潮文庫, 1959, p.29.

19) 大岡昇平, 『中原中也』, 講談社, 1989, p.292.

20) 吉田ひろお編, 前掲書, p.166.

21) 『全集1』, p.288.

22) 中原中也他, 『日本の詩歌 23』, 中央公論社, 1968, p.129.

23) 河上徹太郎, 「詩人との邂逅」, 『わが中原中也』, 昭和出版, 1973, p.166.

24) 河上徹太郎, 上掲書, p.126.

다자이 오사무(太宰治)의
「벚나무 잎과 마술 휘파람(葉桜と魔笛)」론
—〈나〉의 기도를 중심으로—

홍 명 희

1. 「벚나무 잎과 마술 휘파람」의 집필 상황

1.1. 시대상황

　다자이 오사무(太宰治, 1909~1948 : 이후 다자이로 표기)의 「벚나무 잎과 마술 휘파람(葉桜と魔笛)」은 중일전쟁이 한창인 1939(昭和 14)년 6월에 『若草』에 발표되었다. 미치코(美知子) 부인은 작품에 대하여 "제 어머니에게서 들은 이야기가 힌트가 되었다"[1]고 말하였는데, 다자이가 1938년 9월에 미치코 부인과 만나 11월에 약혼하고, 다음해 1월에 결혼했다는 전기적 사항을 생각하면 작품의 집필 시기는 1938년 11월 이후가 된다. 당시의 일본 사회는 1937년 7월에 발발한 중일전쟁 중의 긴박한 화북(華北) 정세를 배경으로 국민들이 전쟁에 몰입하도록 부채질하면서, 한편으로는 '국민정신총동원 운동(国民精神総動員運動)'을 개시하여 언론과 사상 등을 탄압하는 분위기 속에 있었다. 또한 이러한 사회적 분위기는 전국으로 확대됨과 동시에 작가와 문화인들에게도 전쟁에 협력할 것인지 탄압을 받을 것인지 양자택일을 강요하여 문학조차도 전쟁에 이용당하게 되는[2] 등 큰 영향을 주었다.

> 나중에 알게 된 사실이지만, 그 무섭고 이상한 소리는 동해대해전, 군함의 대포소리였습니다. 도고 제독의 명령 하에 러시아의 발틱 함대를 한 번에 격멸하기 위해, 한창 격전을 벌이고 있었던 것이지요. 딱 그즈음이었지요. 해군 기념일은 올해도 또다시 슬슬 다가옵니다. 그 해안의 성 아랫마을에도 대포소리가 무시무시하게 들려와서, 마을 사람들도 너무 무서워서 살아도 사는 것 같지가 않았겠지요. 하지만 저는 그런 건 몰랐고, 동생 생각으로만 머리가 가득 차서 반미치광이 같았기 때문에, 무언가 불길한 지옥의 북소리 같다는 기분이 들어서, 초원에서 고개도 안 들고 한참을 울었습니다. 날이 저물어갈 무렵, 저는 겨우 일어나서 죽은 것처럼 멍한 상태로 절로 돌아갔습니다.[3] (밑줄 인용자, 이하 동일)

「벚나무 잎과 마술 휘파람」에서 전쟁은 시간적 배경으로 존재한다. <나>가 회상하는 과거는 "동해대해전, 군함의 대포소리", "도고 제독의 명령하에 러시아의 발틱 함대를 한 번에 격멸하기 위해, 한창 격전을 벌이고 있었던 것"에서 잘 알 수 있듯이 러일전쟁 당시로 설정되어 있고, 회상하는 현재는 러일전쟁 후 35년이 지난 중일전쟁 중이다. 또한 마술 휘파람(魔笛)[4]으로 연주되는 곡이 「군함 행진곡」이라는 점에서도 작품이 중일전쟁이라고 하는 시대적 상황과 무관하지 않은 듯하다.[5]

그러나 필자는 「벚나무 잎과 마술 휘파람」을 집필하는 다자이는 전쟁과 그다지 크게 관련되어 있지 않다고 생각한다. 오히려 전쟁에 대하여

의식적으로 외면하고 있는 것이 아닌가? 그 단적인 예로 상기 인용문의 밑줄 부분을 들 수 있다. 이 부분에서는 작품의 화자 <나>가 메이지(明治) 국가의 운명을 결정한 러일전쟁 당시의 '대포 소리'를 어떻게 의식하고 있는지를 알 수 있다. <나>는 "불길한 지옥의 북소리 같다는 기분이 들"었다고 하는데, 거기에는 <나>가 사람의 목숨을 위협하고 불안과 긴박감을 주는 전쟁이라는 시대를 의식하고 있다기보다 "하지만 저는 그런 건 몰랐고, 동생 생각으로만 머리가 가득 차서 반미치광이 같았"다, "초원에서 고개도 안 들고 한참을 울었습니다. 날이 저물어갈 무렵, 저는 겨우 일어나서 죽은 것처럼 멍한 상태로 절로 돌아갔습니다."라는 표현에서 명확한 것처럼 여동생에 관한 생각으로 아연해져 있음을 알 수 있다. 또한 회상하는 현재도 "벚꽃이 지고 이렇게 어린잎들이 나면, 저는 항상 생각나는 게 있습니다."[6]에서 명확하듯이, 과거를 회상하게 되는 계기가 전쟁의 파편(欠片)이 아니라 '벚꽃이 지고 어린잎이 날 때'라는 것이다. 따라서 화자 <나>가 현재 회상하고 있는 과거의 <나>는 전쟁이라는 시간적 배경 속에 있지만 전쟁에서 이탈된 인물로 형상되어 있고, 회상하는 현재도 전쟁의 영향을 읽어내기가 어렵다.

이와 같이 다자이는 사회 전반에서 전쟁의 분위기가 짙어져 가는 상황에서 전쟁과 밀착된 인물이 아니라 전쟁에서 멀리 떨어진 인물을 형상화하고 있는데, 그것은 다자이가 '제 몸 하나도 건사 못 하는' 점과도 연관되어 있다. 즉 당시의 다자이는 '생활의 개선'과 '예술가로서의 재생'에 대한 의식이 우선시 되고 또한 '성실', '순수'라고 하는 모티브를 중요시하던 점과도 관련이 있다.

1.2. 다자이의 생활사

2절에서는 「벚나무 잎과 마술 휘파람」을 집필할 즈음의 다자이를 생활 사적인 관점에서 살펴보고자 한다.

· 지금까지 모두에게 폐를 끼치고 나쁜 일도 많이 했지만, 앞으로는 저도 드디어 거짓 없는 한 남아로 산뜻하게 만날 수 있게 되었습니다.[7]
· 옛날의 기생오라비 같은 거짓말쟁이 다자이도 그립지만, 그래서는 살 아갈 수 없습니다.[8]
· 저는 좀 더 훌륭해지고 싶습니다. 조금씩 조금씩 신뢰도 회복하고 훌륭 한 일을 해 나가려고 노력하겠습니다.[9]
· 리얼한 사소설은 당분간 쓰고 싶지 않습니다. 픽션의 밝은 제재만을 선택할 생각입니다. / (중략) 하지만 이번 가을에는 어떻게 해서든 생 활의 개선을 단행할 생각입니다.[10]
· 앞으로 10년 괴로움을 제어하고 조금이라도 밝은 세상을 만들 수 있도 록 노력하겠습니다. 요즘 예술에 대해 흔들리지 않는 신앙을 갖게 되었 습니다. (중략) 생각하면 할수록 이것도 고맙고 저것도 고맙다는 생각 이 자꾸만 듭니다만, 하여간 저는 확실히 잘하겠습니다.[11]

다자이는 "지금까지 모두에게 폐를 끼치고 나쁜 일도 많이 했다"(1939 년 6월 1일)고 과거의 자신에 대해 반성하고, 과거의 행실 그대로는 "살아 갈 수 없"(1938년 10월 17일)음을 인식하고 있다. 현재는 "신뢰도 회복하 고 훌륭한 일을 해 나가려고 노력하겠"(1938년 10월 26일)으며 그 일의 내용은 "픽션의 밝은 제재만을 선택할 생각"(1938년 8월 11일)이라고 구 체적인 부분까지 생각해 둔 점에서 일에 대한 집념을 읽을 수 있다. 또한 재생을 위하여 '생활의 개선을 단행'하여 성실하게 살아가려 하고 있다.

그리고 "조금이라도 밝은 세상을 만들 수 있도록 노력하겠"다, "요즘 예술에 대해 흔들리지 않는 신앙을 갖게 되었"다, "생각하면 할수록 이것도 고맙고 저것도 고맙다는 생각이 자꾸만 듭니다만, 하여간 저는 확실히 잘 하겠"(1939년 1월 10일)다는 말에서 집필에 대한 의욕과 각오, 타인에 대한 감사의 마음을 품게 된 것을 알 수 있다. 이상은 주지하는 바와 같이, 중기의 다자이의 변모한 모습, 즉 과거의 자신에 대한 반성과 타인에 대한 감사, 신뢰 회복을 목표로 한 '생활의 개선'과 집필에 대한 의욕과 각오를 읽어낼 수 있는 서간들이다.

또한 다자이는 그러한 생각을 증명이라도 하듯이 의식적인 전환을 계획하여 1938년 9월에 미사카 고개(御坂峠)에 체류하며 '생활개선의 결의와 재혼에 대한 의지'[12]를 보이고, 이듬해 1월에 결혼한 후, 성실한 삶의 태도를 표방한 안정된 중기에 들어갔다. 당시의 다자이는 다수의 작품 집필을 통하여[13] 왕성한 의욕을 내보였는데, 특히 '소박', '자연', '순수(素直)'라는 표현이 그 중심에 울린 「후지산백경(富嶽百景)」(『文体』, 1939년 2~3월), 「여학생(女生徒)」(『文学界』, 1939년 4월) 등에서는 당시의 다자이의 안정된 심정을 읽어낼 수 있다. 그리고 「벚나무 잎과 마술 휘파람」은

· 말이라도 자신의 진심을 담아 말하는 것
· 민들레 한 송이를 선물[14]

이라는 표현에 단적으로 나타나 있듯이, 다자이의 가치관과 문학에 대한 자세가 보다 명확히 드러난 작품으로 주목할 수 있다. 본고에서는 작품을

이러한 관점에서 고찰하여 그 세계를 밝혀 가고자 한다.

2. <나>의 '믿음'의 고귀함

당시의 다자이의 심정과 작품을 관련지은 관점에서 선행 연구에서는 구체적으로 <나>의 '믿음'의 고귀함이 지적되었다. 예를 들면 오쿠노 다케오(奧野健男)의 "사람이 믿는다는 것, 그 로맨티시즘의 극치에 있는 신비를 표현한 슬픈 이야기"라는 지적,[15] 사사키 게이치(佐々木啓一)의 "신의 은총을 '믿고 안심하고 싶다'는 주인공의 심정에는 다자이의 진지한 삶의 태도와 영혼의 안식이 멋지게 조형되어 있다"는 지적,[16] 와타베 요시노리(渡部芳紀)의 "'말이라도 자신의 진심을 담아 하는 것이 진정 겸손하고 아름다운 삶', '민들레 한 송이를 선물하더라도 절대로 부끄러워하지 않고 주는 것이 가장 용기 있고 남자다운 태도'라는 당시의 다자이의 심정이 순수하게 나타난 작품"이라는 지적,[17] 쓰루야 겐조(鶴谷憲三)의 "믿는다, 기다린다 등의 말이 상징하는 중기의 다자이의 일면이 결실로 나타난 작품이라고 말해도 과언이 아니며, 기도에 가까운 자세가 일관되게 작품에 흐르고 있다"라는 지적[18]에서 확인되듯이 <나>의 '믿음'에 기도하는 자세와 고귀함을 보는 시점이 계속 지적되었다.

단, 상기 선행연구들은 '성실', '진심', '믿는다', '신' 등이 지적되고 있지만, 그 시점이 이야기하는 현재인 55세의 <나>인지, 과거인 20세의 <나>인지가 명확하지 않다. 또한 <나>의 '믿음'의 내실, 즉 <나>의 '믿음'이 신앙의 수준에까지 이르렀는지 그렇지 않은지가 명확히 규정되지 않았다.

필자는 <나>의 '믿음'의 고귀함을 중심으로 고찰해 나가되, <나>의
고귀함은 고독과 괴로움을 안고 있는 여동생에게 M·T를 위장해 거짓 편
지를 쓰는 행위와 그 편지 내용에 나타난 <나>의 사랑, 편지에 대한
여동생의 감사, 그리고 「군함 행진곡」이 마법 휘파람이 될 수 있었던 아
버지의 성실로 이루어진 가족의 사랑에 의해 유지되었다고 생각한다.

(A) 신은, 있다. 틀림없이, 있다. 저는 그런 믿음을 떠올렸습니다. 동생은
그로부터 3일 후에 죽었습니다. 의사는 고개를 갸웃거렸습니다. 너
무나 조용히, 일찍 숨을 거뒀기 때문이겠죠. 하지만 그때, 저는 놀라
지 않았습니다. 모든 것이 신의 뜻이라고 믿었습니다.[19]

(B) 지금은, -나이가 들고 이런저런 물욕이 생겨서, 부끄럽습니다. 신앙
이라든가 그런 것도 조금 희미해져서 큰일이지만, 그 휘파람은 혹시
아버지가 부신 게 아닐까, 하는 의심이 들곤 합니다. 학교 일을 마치
고 돌아오신 뒤, 옆방에서 우리들의 이야기를 엿듣고 측은하게 생각
하여, 엄격한 아버지로서는 일생일대의 연극을 하신 게 아닐까, 싶
은 때도 있는데, 설마, 그런 건 아니겠지요. 아버지께서 세상에 계시
다면 여쭤볼 수도 있겠지만, 돌아가신지 벌써 거의 오 년이나 되었
네요. 아니, 역시 신의 은총이겠지요.[20]

(A)는 55세의 현재의 <나>가 35년 전인 20세 때의 <나>를 회상하
며 그 당시의 심정을 말하는 장면이다. 여동생이 '조용히, 일찍 숨을 거뒀'
다는 기적은 가족의 사랑에 의해 편지 속의 거짓 예언이 실현되었다는
기적이 일으킨 결과이다. 거기에서 '신은 있다', '신의 뜻'이라고 <나>에
게 '신'이 환기되면서 <나>의 믿음이 드러났다. 따라서 본고에서는
<나>의 과거와 현재의 인식을 밝히면서 <나>의 '신은 있다'의 의미를

명확히 밝혀 가겠다.

(B)는 55세의 현재의 <나>가 20세 때 겪은 기적의 사건을 현재의 시점에서 말하고 있는 것이다. 편지의 거짓 예언이 실현된 기적은 아버지의 존재에 의한 것이었으나, 아버지에 대한 시점을 당시에는 생각할 수 없었던 점을 고려하면, 작품이 <나>의 회상 형식이라는 점, 그 회상의 필연성을 시야에 넣고 회상하는 현재의 심정을 고찰하는 것이 중요하겠다. 즉, <나>가 무엇을 회상하고 있는가 하는 문제는 물론, 과거를 회상하며 이야기하는 현재의 심경은 어떠한가 하는 문제를 함께 고찰할 필요가 있다는 것이다.

그리고 '믿음'의 고귀함에 주의하면서 작품을 분석해 나갈 때, 다자이의 안정된 중기에 있어서 '믿는다'라는 모티브가 공통으로 존재했음에 유의해야 한다. 중기에 공통된 '믿는다', '기도'라고 하는 모티브는 특히 「도쿄팔경(東京八景)」(『文学界』, 1941년 1월)에서 '신은 있다'라는 인식과 관련되어 기독교가 환기된다고 할 수 있다. 따라서 최종적으로는 다자이 문예에서의 '믿는다', '기도'라는 모티브의 변천과 기독교에 대한 인식의 질이 어떤 것인지를 규명해 가는 관점에서 「벚나무 잎과 마술 휘파람」의 위치를 부여하고 싶다.

3. 과거의 <나>의 고통

작품은 노부인 <나>가 '벚꽃이 지고 어린잎들이 날 때'에 반드시 떠오르는 사건을 회상하는 것에서부터 전개된다. 회상하는 내용은 이야기하는

현재 55세의 노부인 <나>가 35년 전인 20세 때에 아버지와 18세의 여
동생과 셋이서 살던 중에 그 여동생이 죽기 직전의 어느 사건이다.

다음 본문은 과거의 <나>를 고찰할 때 중요하다.

> 산도 들도 푸르고, 옷을 다 벗어버리고 싶은 정도로 따뜻하고, 풀들이
> 내뿜는 푸른빛이 눈부셔서, 눈이 따끔따끔하고 아팠습니다. 혼자 이런저
> 런 생각을 하면서 허리띠 사이에 한 손을 살그머니 넣고, 고개를 숙이고
> 들길을 걷는데, 떠오르는 생각, 생각들이, 모두 괴로운 것 투성이여서
> 숨이 막힐 지경이라, 저는 몸부림을 치면서 걸었습니다.[21]

<나>의 내면은 신록이 눈부신 밝은 외부 환경과는 정반대로 숨이 막
힐 정도로 대단히 괴로웠다고 한다. 그 고통의 이유는 "이런 동생이 이제
3, 40일 지나면 죽을 거라고, 확실히 그렇게 정해져 있다고 생각하면, 슬
픔이 복받쳐서 온몸을 바늘로 찌르는 듯 괴로웠고, 저는 미칠 것 같았습
니다."라고 하듯이, 병약한 여동생의 죽음을 앞에 두고도 아무런 손도 써
보지 못한 채 방관할 수 밖에 없다는 상황에 있다.

3장에서는 여동생을 생각하는 <나>의 심정과 자신의 괴로움을 연관
지어 논하겠는데, 구체적으로는 M·T가 여동생에게 보낸 편지를 우연히
읽게 된 <나>의 심경을 상세하게 고찰하고자 한다.

여동생은

> 청춘이란 건 정말 중요한 거야. 난 병에 걸리고 나서, 그걸 확실히
> 알게 됐어.[22]

라고 말하며 스스로 편지를 쓴 이유를 밝힌다. 즉, 여동생은 자신이 병으

로 죽을 것을 자각했을 때, 자신의 청춘을 회복할 수 없음을 깨닫고, 그로 인해 생겨난 생(生)에 대한 회한 때문에 허구의 편지를 쓰기 시작한 것이다. 다음 본문에서는 이에 대한 <나>의 심정을 알 수 있다.

· 그 시절에는 제 나이도 갓 스물이었는지라, 젊은 여자로서 말로 표현할 수 없는 고통도, 여러모로 있었습니다.
· 저는 가슴이 욱신거리고, 달콤하고 씁쓸하면서도, 불쾌하고 애절한 심정이었는데, 그런 괴로움은 결혼 적령기의 여자가 아니면 모르는 생지옥입니다. 마치 제 자신이 그런 슬픈 일을 당한 것처럼, 저는 혼자서 괴로워하고 있었습니다. 그 당시에는 저도 정말, 좀 이상했습니다.23)

이 두 본문은 <나>가 M·T의 편지를 읽으면서 느낀 감상인데, <나>는 '젊은 여자로서 말로 표현할 수 없는 고통' 즉, 청춘과 관련된 괴로움을 '생지옥'이라고 말한다. 여기에서 <나>는 여동생이 자신의 청춘을 소중하게 여기지 않았다는 회한을 이해하고 있는 것이 명확하다. 이 두 자매의 청춘에 관하여, 마쓰시마 요시아키(松島芳昭)는 "'기다린다'는 자세 속에 청춘의 기대감과 실망감의 진폭 속에서 딜레마에 흔들릴 수밖에 없는 초조라는 숙명을 볼 수 있다."고 지적했다.24) 또한 기무라 사요(木村小夜)는 "언니에게 있어서 여동생이 안고 있었던 괴로움은 자기 자신의 문제"라고 지적했고,25) 고다 구니히로(幸田国広)는 동일한 시점에서 "<나>가 자기를 발견했다.", 여동생의 "괴로움을 자신의 괴로움으로 받아들이면서, 그 서른 통쯤 되는 편지를 읽는 사이에 <나>는 여동생에게 동화되었다." 그러므로 "'나'의 기도는 편지를 쓰는 <나> 자신에게도 향해져 있다."라고까지 지적했다.26)

즉, 이 지적들은 <나>의 괴로운 심정에는 여동생의 죽음에 대한 슬픔과 우려뿐만이 아니라 청춘을 소중히 여기지 않았다고 후회하는 여동생의 절망감과 동일한 괴로움이 <나>에게도 있다는 점에 착안하고 있다. 상기한 세 연구자의 지적처럼, <나>는 확실히 여동생과 동일하게 청춘에 대한 고통이 있고, 자신의 청춘과 겹침으로써 여동생이 연애편지를 쓰는 행위에 숨겼던, 청춘에 대한 회한을 보다 리얼하게 이해할 수 있게 되었던 것이다. 또한, <나>는 '젊은 여자로서' 죽음을 맞이하는 여동생을 조용히 방관할 수밖에 없기 때문에 더욱 절실한 마음으로 여동생이 청춘 때문에 고통 받는 것을 마음으로 받아들였던 것이다. 이처럼 자매들의 고통의 공유라는 점을 근거로 보면, <나>가 여동생에게 편지를 쓰는 행위도, 아버지의 휘파람에 의한 구원도, 어느 한 방향을 향한 것이 아니라 두 자매를 대상으로 한 것이라고 할 수 있겠다.

그러나 주의해야 할 것은 <나>가 여동생에게 거짓 편지를 써서 열심히 여동생을 그리고 자기 자신을 격려하려 한 모습에서 <나>의 기도를 찾아낼 수 있는 점이다. 그 격려의 내실은 편지의 일부분인 다음 본문에서 밝혀진다.

M·T를 흉내내는 <나>는 무력한 것을 전제로 '자기자신이 할 수 있는 범위' 안에서 '성실'하게 사랑할 것에 모든 것을 걸겠다고 한 후에 특히

　　말이라도 자신의 진심을 담아 말하는 것이, 진정 겸손하고 아름다운 삶이라고, 이제 저는 믿습니다. (중략) 민들레 한 송이를 선물하더라도, 절대로 부끄러워하지 않고 주는 게, 가장 용기 있고 남자다운 태도라고 믿습니다.27)

라고 쓰고 있다. <나>는 허구의 말이지만 '진심', '민들레 한 송이를 선물'이라는 표현을 사용하여 말-소박한 성실이 담긴 선물-을 하고 있는데, 여기서는 <나>의 여동생을 향한 배려를 읽을 수 있다.

또한

신께서는, 틀림없이 어딘가에서 보고 계십니다. 저는, 그걸 믿습니다. 당신과 저는, 모두 신의 총아입니다.[28]

라고 있는 것처럼, '신'을 환기시키고 또한 우리들은 그 '신의 총아'[29]라는 것, 그리고 '믿는'다는 말을 반복해서 사용하고 있다. 여기에는 비록 허구라 할지라도 '신의 총아'로서 신에게 사랑과 보호를 받고 있음을 믿는다고 말함으로써 그 신에게 의지하여 위로를 얻으려는 <나>의 구원을 향한 절실한 마음이 나타나 있다.

그리고 이 절실한 마음이 가득한 언니의 편지를 읽은 여동생은

"언니, 나 알아." 동생은, 맑은 목소리로 그렇게 중얼거렸습니다. "고마워, 언니. 이거, 언니가 쓴 거지?" / (중략) /
"언니, 걱정할 필요 없어." 동생은 이상하게 침착한 태도로, 숭고할 정도로 아름다운 미소를 짓고 있었습니다.[30]

라고 있듯이, 언니의 절실함을 받아들이고 순수하게 감사하고 있는 것이다.

이와 같이 병약한 여동생에 대하여 아파하며 성실을 담은 말의 선물로써 편지를 쓰는 <나>(언니)의 모습과 그 언니의 행위를 감사하는 여동생의 모습에서 서로의 성실을 기축으로 한 아련한 자매 사랑을 확인할 수 있다.

4. 마술 휘파람에 관련한
'신은 있다(神は在る)'의 의미

<나>는 죽음을 앞둔 여동생을 위하여 M·T의 필적을 흉내 내어 매일 저녁 6시에 「군함 행진곡」의 휘파람을 불어서 봉사하겠다는 편지를 썼다. 그러나 M·T의 편지를 자신이 썼다는 여동생의 고백에 의해, <나>는 "슬프기도 하고, 무섭기도 하고, 기쁘기도 하고, 부끄럽기도 해서, 가슴이 터질 것 같아 아무 생각도 나지 않았고"라고 하듯이, 복잡한 기분으로 여동생을 안는다. 그때 확실히 「군함 행진곡」이 들려왔는데, 이 휘파람은 <나>에 의해 '신의 은총'이라고 믿게 된다.

여기에서 주의하고 싶은 것은 M·T를 흉내 낸 편지에서의 <나>의 고백과의 차이다.

<나>는 M·T를 흉내 낸 편지에서

신께서는, 틀림없이 어딘가에서 보고 계십니다. 저는, 그걸 믿습니다. 당신과 저는, 모두 신의 총아입니다.[31]

라고 하듯이, 열심히 신의 존재를 믿으려 하며 희망을 구실 삼아 매달리려는 모습이었다. 그러나 휘파람이 들려 왔을 때는

신은, 있다. 틀림없이, 있다. 저는 그런 믿음을 떠올렸습니다. 동생은 그로부터 3일 후에 죽었습니다. 의사는 고개를 갸웃거렸습니다. 너무나 조용히, 일찍 숨을 거뒀기 때문이겠죠 하지만 그때, 저는 놀라지 않았습니다. 모든 것이 신의 뜻이라고 믿었습니다.[32]

라고 하듯이, 허구의 말이 실현됨에 따라 신의 존재를 확실히 확신하며 믿고 있다고 고백하고 있는데, 여기에서는 <나>의 강한 바람을 알 수 있다. 그리고 자신들에게 은혜를 준 신의 존재를 믿고 있기 때문에 여동생의 죽음에 대하여도 놀라지 않고 '모든 것이 신의 뜻'이라고 믿을 수 있었다고 한다.

그러면 여기에서의 "신은, 있다", "모든 것이 신의 뜻이라고 믿었습니다"라고 한 말에는 <나>의 어떠한 신의식이 존재하는 것인지 <나>의 믿음의 모습을 고찰함으로 풀어나가고자 한다.

다나카 요시히코(田中良彦)는 중기의 다자이에게 신이란 "존재를 허용하고 포괄하는 신"이라고 지적했는데[33] 다나카의 지적은 <나>의 신에 대한 의식과 <나>의 상황을 관련시켜 생각하면 긍정할 수 있다. '존재를 허용하는 신'의 의식은 <나>의 가정 환경과 그 시대 상황에 주목하는 것을 통하여 절실하게 "신은, 있다"고 되풀이하는 <나>의 심정이 밝혀진다. 즉, <나>는 어머니를 빨리 여의고, 엄격한 아버지와 병약한 여동생을 위하여 일가를 경영하며 결혼까지 늦었다. 그리고 1장에서 지적한 것처럼 <나>는 러일전쟁이라는 시대를 살아가면서 시대와는 관계없이 그 의식을 다만 여동생과 자신에게만 향하고 있다. 다시 말해, <나>는 청춘인 채로 죽어가는 여동생을 단지 방관하는 수밖에 없는 상황에서 생(生)에 대한 회한, 죽음에 대한 공포를 크게 느끼고 있으며, 그렇기 때문에 세상에서 떨어진 소외감과 고독을 안고 있었던 것이다. 그 고독과 고통 속에 있는 자매가 만들어 낸 허구가 정말로 「군함 행진곡」이 들려오는 기적을 일으켰다. 즉, 이 휘파람은 자신들의 고독과 소외감에서 해방시키고 자신들을 허용하고 따뜻하게 받아들여준 것이어서, 이렇게 단 한 번만으로 그녀들을 변화시킨 점에서 마술 휘파람[34]이 될 수 있었던 것이다. <나>는 마술 휘파람에 의해 자신들이 변화되었다는 그 감동을 소녀적인 감상에서 "신은, 있다"라고 표현했던 것이다.

그렇다면, 허구의 편지에서 <나>가 반복하여 말하는 신(神)이라는 것은 기댈 곳이 없는 자매가 매달리고 싶은 희망으로서의 신이라고 할 수 있다. 바꿔 말하면, '신의 총아'로서 신에게 사랑 받고 보호 받고 싶다는 소망에서 나온 <나>의 구원을 향한 절실한 생각이 만들어 낸 것이다. <나>는 휘파람이 들려오는 것으로 자신들에게 은혜를 준 신의 존재를 확실히 믿고, 여동생의 죽음에 대하여도 놀라지 않고 '모든 것이 신의 뜻'이라고 믿을 수 있었던 것이다.

1937년 10월에 발표된 「등롱(燈籠)」에는 세상 사람들이 아무도 자신을 알아주지 않는다는 인식으로부터 "저는, 신께 말씀 드리는 것입니다."[35]라고 신에게 고백하는 <나>상이 그려져 있다. 1938년 10월에 발표된 「오바스테(姥捨)」에는 "신께서도 용서해주실 거야.", "기도하는 자세였다. 절대, 그러는 척 폼을 잡는 게 아니라 진심이었다."[36]라는 것처럼, 궁지에 몰린 상황에서 자신을 용서하는 신을 떠올리고 기도하는 모습이 보인다.

이렇듯 당시의 다자이 문예의 신(神)의 한 단면으로 세상으로부터의 소외감과 고독 속에서 고백할 수 있는 신이라는 것이 있는데, 그것이 「벚나무 잎과 마술 휘파람」에서 과거의 <나>에게 있어 존재를 허용하는 신으로 연결되는 것이다.

5. 회상하는 현재의 <나>의 기도

5장에서는 회상하는 현재의 <나>의 모습을 고찰한다. 작품 마지막에 노부인이 된 현재의 <나>는 '물욕이 생기고 신앙도 희미해져' 있다. 즉 신에 대한 신앙과 희구(希求)가 희미해졌다고 이야기한다. 여기에서 주의 해야 할 것은, 현재의 <나>는 원숙한 눈을 가지고 35년 전 사건을 회상 하고 있으며 그때 "그 휘파람은 혹시 아버지가 부신 게 아닐까, 하는 의심 이 들곤 합니다."라고 35년 전에는 생각하지 못했던 아버지의 존재를 이 야기하고 있다는 점이다. 즉, "물욕이 생기고 신앙도 희미해져" 있다는 말은 그 날 들려온 「군함 행진곡」의 휘파람을 실은 아버지가 불었다는 사실을 이해하고 있기 때문이며, 단지 <나>가 세월이 흘러 세속화했다 는 것이 아니다. 하나자키 이쿠요(花崎育代)는 "'신'이 회상된 것에 의해 처음으로 '믿을' 수 있는 가능성으로써의 아버지가 제시되고 그 점에서 자매의 공감은 말할 필요도 없이 위서(偽書)와 연극의 삼자 합작의 허구 에 의해 아버지를 포함한 가족 세 명이 상호적인 관계를 가진 것으로 발견되었다"라고 지적했다.[37] 당시의 휘파람이 확실히 마술 휘파람이 되 었기 때문에 "신은, 있다"라고 믿게 만들어 자매를 구원한 장면은 아버지 가 연기한 '일생일대의 연극'의 결과이며, 이러한 아버지의 사랑이 담긴 성실이 자매간의 사랑을 감싼 가족단란의 모습으로 제시되었다. 즉, 과거 에는 자신을 허용하는 존재로 소녀적인 감상으로 소박하게 추구했던 '신' 이, 이야기하는 현재에는 가족단란이라고 하는 보다 현실에 가까운 사랑 의 형태로 변용된 것이다. 고통 중의 여동생에게 편지를 보낸 행위는 자

신을 포함한 형태의 기도이며, '벚꽃이 지고 어린잎들이 날 때'에 이 추억
을 회상하는 현재의 <나>는 성실한 아버지의 사랑과 자매 사랑이 이룬
가족단란을 회구하고 있다고 할 수 있다.

여기에서 아버지의 존재로 인한 가족단란에 대한 당시의 다자이 문예
의 의의에 대해서 생각하고 싶다.

「여학생(女生徒)」(『文学界』, 1939년 4월)에서

> ·그럴지도 모른다. 나는 확실히 틀려먹은 사람이 되었다. 하찮아졌다.
> 안 되지, 안 돼. 약해, 약해 빠졌어. 느닷없이 아악 하고 크게 소리를
> 지르고 싶어졌다. (중략)
> '아빠.' 하고 불러본다. 아빠, 아빠. 석양이 지는 하늘은 아름다워요.
> (중략) 이 하늘에는, 태어나서 처음으로 고개를 숙이고 싶어요. 저는,
> 지금 이 순간 신을 믿습니다. 이건, 이 하늘색은 무슨 색이라고 해야
> 할까? 장미. 불. 무지개. 천사의 날개.
> ·방으로 들어가니 전등이 환하게 켜져 있다. 조용하다. 아빠가 없다. 역
> 시 아빠가 없으면, 집안 어딘가에 휑하게 빈자리가 남아 있는 것 같아
> 서, 괴로움에 몸부림치고 싶어진다.38)

<나>는 아버지의 부재를 한탄하며 죽은 아버지를 부르고 있는데, 주
목하고 싶은 것은 아버지를 부른 뒤 '신'이 환기되는 점이다. 여기서 당시
의 다자이가 명확히 가족의 사랑으로 이루어지는 가족단란의 모습에 '신'
을 관련시키고 있다는 것을 알 수 있다.

마지막으로 현재의 <나>에 대해 정리하고자 한다. 과거의 <나>는
괴로운 상황 속에서 여동생에게 성실을 담아 열심히 말하고, 아버지의
휘파람에 의해 기적을 경험하여 '모든 것이 신의 뜻'이라고 확신했다. 그

러나 현재의 <나>는 구원 받았다는 실감을 회상하는 의의의 중심에 두면서, 원숙한 시점에서 아버지까지 포함시킨 가족단란에 구원의 대상을 찾아낸 것이다.

그리고 여기에서 주의해야 할 것은 <나>가 아버지의 행위에 대하여 "설마, 그런 건 아니겠지요.", "아니, 역시 신의 은총이겠지요."라고 말하면서 휘파람의 주인을 굳이 확인하려 하지 않는다는 점이다. 현재의 <나>에게 중요한 것은 휘파람을 누가 불었는가가 아니라, 단 한 번의 휘파람이 사람을 이렇게도 바꾸었다는 사실이며, 그러므로 <나>는 매년 '벚꽃이 지고 어린잎들이 날 때'에 과거에 자신들을 구원한 신은 '있다'고 믿었던 것을 회상하는 것이다.

이 '벚나무 잎(葉桜)'의 표제에 대해서는 히로세 신야가 "뒤에 남겨져 신의 은총에 대한 확신과 실생활상의 상실감, 결핍감 사이를 흔들리면서 사는 언니"상과 "사랑도 하지 않고 인생을 소비했다는 원한을 품고 죽은 여동생에 대한 추회(追懷)와 진혼"을 지적했는데,[39] 작품에는 확실히 벚꽃이 떨어진 뒤의 외로움과 애절감이 상기(想起)되어, 남겨진 언니의 고독과 청춘인 채로 죽어간 여동생을 겹칠 수 있다. 덧붙인다면 '벚나무 잎(葉桜)'의 싱싱한 초록의 이미지는 그녀들의 청춘이며, 또한 그 힘들었던 청춘 시절에 자신들을 구해 주었던 신은 '있다'고 믿었던 것을 회상하며, 노부인이 될 때까지의 <나>의 인생이 상실감과 결핍감만으로 가득 찬 어두운 인생이 아니었다는 의미를 말해 준다. 작가 다자이는 이러한 <나>를 통해서 가족단란과 사람을 변화 시키는 인간의 사랑과 선의라는 기적을 가져오는 신을 희구하고 있었다고 할 수 있다.

【주】

1) 津島美知子, 『回想の太宰治』, 人文書院, 1978.5, p.22.

2) 1937년 8월에는 요시카와 에이지(吉川英治)·요시야 노부코(吉屋信子)·하야시 후사오 (林房雄) 등의 작가가 각 신문사의 특파원으로 전지(戦地)에 파견되어 전쟁선전에 큰 역할을 담당하고 또한 히노 아시헤이(火野葦平)가 『보리와 병사(麦と兵隊)』(『中央公 論』 1938년 8월호) 등을 발표하여 인기작가가 되었기 때문에 이시카와 다쓰조(石川達 三)·구메 마사오(久米正雄)·하야시 후미코(林芙美子)·니와 후미오(丹羽文雄) 등 이십 여 명의 작가가 펜부대로 무한작전(武漢作戦)에 종사했다.

3) 작품의 일본어 본문은 『太宰治全集』 제3권(筑摩書房, 1998, pp.214~222)에 의한 것이고, 한국어 본문은 「벗나무 잎과 마술 휘파람」(최혜수 역, 다자이 오사무 전집 2 『사랑과 미에 대해서』, 출판사 b, 2012, pp.409~417)에 의한 것이다. 그 외, 다자이의 작품 인용은 모두 『太宰治全集』 제1권~제13권(筑摩書房, 1998.2~1999.5)에 의하고, 한자는 適宜新字体로 바꾸었다. 또한 이후의 다자이의 서간 등 번역이 없는 것은 필자 의 번역에 의한다.

『太宰治全集』 제3권, 筑摩書房, 1998, p.216.

あとで知つたことでございますが、あの恐しい不思議な物音は、日本海大海戦、軍 艦の大砲の音だつたのでございます。東郷提督の命令一下で、露国のバルチツク 艦隊を一挙に撃滅なさるための、大激戦の最中だつたのでございます。ちやう ど、そのころでございますものね。海軍記念日は、ことしも、また、そろそろや つてまゐります。あの海岸の城下まちにも、大砲の音が、おどろおどろ聞こえて 来て、まちの人たちも、生きたそらが無かつたのでございませうが、<u>私は、そん なこととは知らず、ただもう妹のことで一ぱいで、半気違ひの有様だつたので、 何か不吉な地獄の太鼓のやうな気がして、ながいこと草原で、死んだやうに、ぼ んやりなつてお寺へ帰つてまゐりました。</u>(傍線引用者、以下同様)

4) '마법피리'라는 뜻의 원문의 '마적(魔笛)'은 모차르트의 가극 『마적』에서처럼 '마적'이라 는 단어가 있으나 상기 인용 「벗나무 잎과 마술 휘파람」의 번역에 따라 '마술 휘파람'이 라 한다.

5) 히로세 신야(廣瀬晋也)는 「戦争というフレーム·芥川の菊と太宰の葉桜」(『芥川龍之介 往還Ⅰ』 『近代文学論文』 23, 1997.11, p.77.)에서 "話し手の女性の意識の如何にか かわらず、彼女たちの体験は、身体的に国家に限りなく接近したという意味にお いて、一回性の＜時＞と＜場＞という特殊性を所有することができたので、まさに その特殊性が回想をうながし、＜語り＞という体験の普遍化への衝動を起動させて いる。"라고 지적하여 전쟁이라는 시대와 작품이 적극적으로 관련되어 있다고 논했다.

6) "桜が散つて、このやうに葉桜のころになれば、私は、きつと思ひだします。" 작품의 제목으로도 사용되며 작품의 중요한 요소인 '葉桜'는 '꽃이 지고 어린잎이 난 벚나무나 그 상태'이기 때문에 본고에서는 최혜수 역(「벚나무 잎과 마술 휘파람」, 전게서)의 "벚꽃이 지고 이렇게 벚나무 잎만 남고 나면, 저는 항상 생각나는 게 있습니다."를 따르지 않고 "벚꽃이 지고 이렇게 어린잎들이 나면 저는 항상 생각나는 게 있습니다."로 번역했다. 이후로 '葉桜のころ'는 '꽃이 지고 어린잎들이 날 때'라는 표현을 사용한다.

7) いままで皆様にごめいわくおかけ致し、悪事もかさねたやうに思ひますが、今後は私も、やうやく、ゴマカシの無い一個の男児として、爽やかにおつきあひできるやうになりました。(1939년 6월 1일에 히레자키 준(鰭崎潤)에게 보낸 엽서.『太宰治全集』제12권, 筑摩書房, 1999.4, p.197.)

8) むかしのニヤケタ、ウソツキの太宰もなつかしいが、あれでは、生きてゆけません。(1938년 10월 17일에 야마기시 가이시(山岸外史)에게 보낸 엽서.『太宰治全集』제12권, 筑摩書房, 1999.4, p.155.)

9) 私は、も少し偉くなりたい。少しづつ少しづつ、皆の信頼をも回復し、立派な仕事して行かうと努めて居るのです。(1938년 10월 26일에 나카하타 게키치(中畑慶吉)에게 보낸 서간.『太宰治全集』제12권, 筑摩書房, 1999.4, p.155.)

10) リアルな私小説は、もうとうぶん書きたくなくなりました。フイクシヨンの、あかるい題材をのみ選ぶつもりでございます。／ (中略) けれども、この秋には、なんとかして生活の改善を断行するつもりで居ります。(1938년 8월 11일에 이부세 마스지(井伏鱒二)에게 보낸 서간.『太宰治全集』제12권, 筑摩書房, 1999.4, p.142.)

11) もう十年、くるしさ、制御し、少しでも明るい世の中つくることに、努力するつもりで、ございます。このごろ何か、芸術に就いて、動かせぬ信仰、持ちはじめて来ました。 (中略) 思へば、思ふほど、あれもありがたい、これもありがたい、とつぎつぎ、もつたいないことばかりで、とにかく、私はしつかり、やります。(1939년 1월 10일에 이부세 마스지(井伏鱒二)에게 보낸 서간.『太宰治全集』제12권, 筑摩書房, 1999.4, p.170.)

12) 伝馬義澄,「昭和一三年」,『国文学解釈と鑑賞』第58 巻6号, 至文堂, 1993.6, p.84.

13) 1938년 9월「만원(満願)」, 10월「오바스테(姥捨)」, 1939년 2월「I can speak」, 2~3월「후지 산 백경(富嶽百景)」, 3월「황금풍경(黄金風景)」, 4월「여학생(女生徒)」, 5월「사랑과 미에 대하여(愛と美について)」,「화촉(花燭)」,「추풍기(秋風記)」,「푸른 나무의 말(新樹の言葉)」,「불새(火の鳥)」, 6월「벚나무 잎과 마술 휘파람」이 있다.

14) 원문에는 "せめて言葉だけでも、誠実こめてお贈りする", "タンポポの花一輪の贈りもの"라고 하여 '贈り'가 또한 강조되어 있다.

15) 奥野健男,『太宰治』, 文芸春秋社, 1973.3. 인용은『文春文庫』, 1998, p.207.

16) 佐々木啓一,「『葉桜と魔笛』―Ⅱ 浮遊空間と美少女―演劇する太宰治―」,『太宰治」

演劇と空間』, 洋々社, 1989.5, p.84.

17) 渡部芳紀,「『女性』―女の独白形式」,『国文学』第36 巻4号, 学燈社, 1991.4, p.120.

18) 鶴谷憲三,「葉桜と魔笛」, 東郷克美編,『太宰治事典』, 学燈社, 1994.5, p.45.

19)『太宰治全集』제3권, 筑摩書房, 1998, p.222.
神さまは、在る。きっと、ゐる。私は、それを信じました。妹は、それから三日目に死にました。医者は首をかしげてをりました。あまり静かに、早く生きをひきとつたからでございませう。けれども、私は、そのとき驚かなかつた。何もかも神さまの、おぼしめしと信じてゐました。

20)『太宰治全集』제3권, 筑摩書房, 1998, p.222.
いまは、一年とつて、もろもろの物慾が出て来て、お恥かしゆうございます。信仰とやらも少し薄らいでまゐつたのでございませうか、あの口笛も、ひよつとしたら、父の仕業ではなかつたらうかと、なんだかそんな疑ひを持つこともございます。学校のおつとめからお帰りになつて、隣のお部屋で、私たちの話を立聞きして、ふびんに思ひ、厳酷の父としては一世一代の狂言したのではなからうか、と思ふことも、ございますが、まさか、そんなこともないでせうね。父が在世中なれば、問ひただすこともできるのですが、父がなくなつて、もう、かれこれ十五年にもなりますものね。いや、やつぱり神さまのお恵みでございませう。

21)『太宰治全集』제3권, 筑摩書房, 1998, p.215.
野も山も新緑で、はだかになつてしまひたいほど温く、私には、新緑がまぶしく、眼にちかちか痛くつて、ひとり、いろいろ考へごとをしながら帯の間に片手をそつと差しいれ、うなだれて野道を歩き、考へること、考へること、みんな苦しいことばかりで息ができなくなるくらゐ、私は、身悶えしながら歩きました。

22)『太宰治全集』제3권, 筑摩書房, 1998, p.221.
青春といふものは、ずゐぶん大事なものなのよ。あたし、病気になつてから、それが、はつきりわかつて来たの。

23)『太宰治全集』제3권, 筑摩書房, 1998, p.218.
·私も、まだそのころは二十になつたばかりで、若い女としての口には言へぬ苦しみも、いろいろあつたのでございます。
·私自身、胸がうづくやうな、甘酸つぱい、それは、いやな切ない思ひで、あのやうな苦しみは、年ごろの女のひとでなければ、わからない、生地獄でございます。まるで、私が自身で、そんな憂き目に逢つたかのやうに、私は、ひとりで苦しんでをりました。あのころは、私自身も、ほんとに、少し、をかしかつたのでございます。

24) 松島芳昭,「『葉桜と魔笛』にみる青春の終焉」,「解釈」巻号 33-2, 1987.2, p.34.

25) 木村小夜,「太宰治『葉桜と魔笛』論」,「叙説」巻号17, 1990.10, p.69.

26) 幸田国広,「＜掩蔽＞論－太宰治「葉桜と魔笛」教材論を軸に…」,『日文協国語教育』
　　巻号23, 1991.6, p.28.

27) 『太宰治全集』 제3권, 筑摩書房, 1998, pp.219~220.
　　せめて言葉だけでも、誠実こめてお贈りするのが、まことの、謙譲の美しい生きか
　　たである、と僕はいまでは信じてゐます。(中略)タンポポの花一輪の贈りものでも、
　　決して恥ぢずに差し出すのが、最も勇気ある、男らしい態度であると信じます。

28) 『太宰治全集』 제3권, 筑摩書房, 1998, p.220.
　　神さまは、きつとどこかで見てゐます。僕は、それを信じてゐます。あなたも、
　　僕も、ともに神の寵児です。

29) 『聖書知識』 第39号(1933.3, p.101.)의 「단편록(断片録)」에는
　　神様は私を立派な人間に造り上げようとしてお出でになるらしい。私が善い事を為
　　ようとすれば、屹度思ひがけない方法で助けて下さるし、何か間違つたことをし
　　ようとすると、あらゆる手段を講じてそれをさせまいとされる。私は確かに神の寵
　　児である。(傍線引用者)
　　라고 있는 것처럼 "私は確かに神の寵児である"라고 작품의 "神の寵児"라는 말과 겹
　　치는 표현이 있다. 필자는 '벚나무 잎과 마술 휘파람'을 신(神)을 '믿는다'는 '믿음만(信
　　仰のみ)'으로 충분하며 그로 인해 평안을 얻을 수 있다는 점, 또한 믿음과 연결된 형태
　　의 단순함의 중요성을 강조하고 있는 『聖書知識』을 통해 얻은 다자이의 기독교 이해
　　를 베이스로 하여 쓴 것으로 보고 있다.

30) 『太宰治全集』 제3권, 筑摩書房, 1998, pp.220~221.
　　「姉さん、あたし知つてゐるのよ。」妹は、澄んだ声でさう呟き、「ありがとう、姉
　　さん、これ、姉さんが書いたのね。」/(中略)/
　　「姉さん、心配なさらなくても、いいのよ。」妹は、不思議に落ちついて、崇高な
　　くらゐに美しく微笑してゐました。

31) 주 28과 동일.

32) 『太宰治全集』 제3권, 筑摩書房, 1998, p.220.
　　神さまは、在る。きつと、ゐる。私は、それを信じました。妹は、それから三日
　　目に死にました。医者は首をかしげてをりました。あまり静かに、早く生きをひ
　　きとつたからでございませう。けれども、私は、そのとき驚かなかつた。何もか
　　も神さまの、おぼしめしと信じてゐました。

33) 田中良彦,「太宰治・中期への要因に関する一考察―なぜ「神は在る」(東京八景)か―」
　　川越初雁高等学校「紀要」, 1991.3. 인용은 「中期への要因に関する一考察―なぜ「神
　　は在る」(東京八景)か―」,『太宰治と「聖書知識」』, 朝文社, 1994.4, p.83.

34) '마술 휘파람' 즉, '마적(魔笛)'이라는 말은 모차르트의 가극 『마적』(대본은 Johann
　　Emanuel Schikaneder)과의 관련에서 분석되었다. 모차르트의 『마적』에서는 제1막에서

파미나(Pamina)를 구하러 간 타미노(Tamino)에게 여왕의 선물로 주어지는 마법 피리가
많은 사람에게 사랑을 주고, 불행한 사람에게는 행운을, 쓸쓸한 사람에게는 연인을 준
다고 하고, 제2막에서 파미나와 타미노는 마적의 힘에 도움을 받아, 최후의 시련인
불과 물의 시련을 견딜 수 있었다. 미타니 노리마사(三谷憲正) (「『短編の愉楽』四」有
精堂出版, 1993, 인용은 「「葉桜と魔笛」小考」, 『太宰文学の研究』, 東京堂出版,
1998.5, p.109.)는 "'마적'은 사랑이라는 것이 이 세상에 존재하는 증명으로 등장하고
있다"고 지적하였고, 히로세 신야(廣瀬晋也, 전게논문, p.77.)는 "'마적'이라는 특수한
명사의 사용과 은총을 가져오는 음악"이라는 소재가 비슷한 점에서 다자이가 작품명의
일부로 사용했을 것이라고 지적했다.

35) 「등롱」(다자이 오사무 전집 2 『사랑과 미에 대해서』, 전게서, p.112.)
   『太宰治全集』 제3권, 筑摩書房, 1998, p.87.
   私は, 神様にむかつて申しあげるのだ。

36) 「오바스테」(다자이 오사무 전집 2 『사랑과 미에 대해서』, 전게서, p.127, 136.)
   『太宰治全集』 제3권, 筑摩書房, 1998, p.98, 107.
   ・神様だつてゆるして呉れる。
   ・祈る姿であつた。みぢんも、ポオズでなかつた。

37) 花崎育代, 「「葉桜と魔笛」論—ロマネスクの外／追想の家族—」, 山内祥史編,「太宰
   治研究」 4, 和泉書院, 1997.6, p.159.

38) 「여학생」(다자이 오사무 전집 2 『사랑과 미에 대해서』, 전게서, p.209, 211.)
   『太宰治全集』 3巻, 筑摩書房, 1998.6, p.172, 174.
   ・さうかもしれない。私はたしかに、いけなくなつた。くだらなくなつた。いけな
   い、いけない。弱い、弱い。だしぬけに、大きな声が、ワツと出さうになつた。
   (中略) 「お父さん。」と呼んでみる。お父さん、お父さん、夕焼の空は綺麗です。
   (中略) このお空には、私うまれてはじめて頭を下げたいのです。私は、神様を信
   じます。これは、この空の色は、なんといふ色なのかしら。薔薇。火事。虹。天
   使の翼。
   ・お部屋へひると、ぼつと電燈が、ともつてゐる。しんとしてゐる。お父さんゐ
   ない。やつぱり、お父さんがゐない と、家の中に、どこか大きい空席が、ポカン
   と残つて在るやうな気がして、身悶えしたくなる。

39) 廣瀬晋也, 전게논문, p.79.

모리 레이코의 『삼채의 여자』론[*]

―조선 여인 오타 줄리아를 중심으로―

박 현 옥

1. 서론

일본 현대문학 속에서 조선 여인 오타 줄리아(おたあジュリア)¹⁾를 모티브로 한 작품이 간행된 것은 1960년대 후반부터이다. 엔도 슈사쿠(遠藤周作)의 『유리아라고 부르는 여자(ユリアとよぶ女)』를 비롯하여 소년 소녀를 위한 다수의 작품들이 출판되었다. 특히 1980년도에는 네 편의 작품이 동시에 출판되었다. 두 편은 소년 소녀를 위한 작품으로 다니 신스케(谷眞介)의 『줄리아·오타(ジュリア·おたあ)』와 하라다 고사쿠(原田耕作)의 『오타·줄리아(おたあ·ジュリア)』이다. 그리고 모리 레이코(森礼子)의 『삼채의 여자(三彩の女)』와 후데우치 유키코(筆内幸子)의 『오타 줄리아의 생애(おたあジュリアの生涯)』가 출판되었다. 두 작품은 한국어로 번역되어 한국 독자에게도 소개되었다.²⁾ 이렇게 두 작품이 동시에 한국 독자에게 소개 된 배경에는 1970년도부터 고즈시마 섬에서 개최된 '줄리아 축제(ジュリア際)'가 큰 역할을 하였다고 할 수 있다. 왜냐하면 '줄리아

축제'로 인하여 '오타 줄리아'에 대한 역사적인 사료가 한국에 폭넓게 알려진 계기가 되었으며, 한국에서도 축제에 참가하기 시작하면서 한·일간에 종교 문화 교류가 활발하게 이루어졌기 때문이다.3)

작품 속에서 모티브가 되어 있는 오타 줄리아는 임진왜란 당시 일본에 끌려갔으며 1596년 구마모토의 우토에서 모레혼 신부에게 '줄리아'라는 이름으로 세례를 받고 신자가 되었다. 도쿠가와 이에야스(德川家康)의 기리시탄(切支丹) 박해로 인하여 배교를 강요당했으나 이를 거부하여 슨푸(현: 시즈오카(静岡))에서 도쿄 이즈(伊豆)의 오시마 섬(大島)과 니시마 섬(新島)을 거쳐 고즈시마 섬(神津島)까지 유배를 가게 된다. 이러한 오타 줄리아의 신앙에 가장 많은 비중을 둔 작품으로는 후데우치의 『오타 줄리아의 생애』를 들 수 있다. 작품은 선교사의 시선과 성서의 시편 등을 인용해 기리시탄으로서의 오타 줄리아의 삶을 부각시키고 있다. 그러나 본 논문에서 분석하고자 하는 모리 레이코의 『삼채의 여자』는 오타 줄리아의 생애를 중심으로 하여 임진왜란 당시 일본에 끌려간 도공들의 삶과 애환을 비롯하여 일본 기리시탄의 역사적 맥락 속에 나타난 기리시탄의 삶까지 폭넓게 다루고 있다는 것이다. 본 작품에 대한 선행연구는 아직 되어있지 않으나, 오타 줄리아를 모티브로 한 작품군 중에 「엔도 슈사쿠의 『유리아라고 부르는 여자(ユリアとよぶ女)』론―「유리아」에 투영된 오타 줄리아의 이미지―」의 졸고가 있다.4) 본 작품은 조선여인인 오타 줄리아의 모티브인 유리아의 이미지를 통하여 일본 기리시탄인 고니시의 고뇌를 나타내고 있으며, 같은 동양인인 그녀를 타자화시킴으로써 서양의 시점에서 본 종교문화 수용에 대한 관점이 아닌 동양의 시점에 본 종교문화 수용에 대한 관점을 상대화한 작품으로 분석하였다.

본 논문에서는 모리 레이코의『삼채의 여자』에 주목하여 오타 줄리아가 일본 현대문학 속에서 어떻게 형상화 되었는지 살펴보고자 한다. 먼저 수란(秀蘭＝오타 줄리아)과 도공 광희와의 관계를 통하여 임진왜란 때 일본에 끌려간 도공들의 삶에 대하여 살펴보고자 한다. 그리고 그녀의 기리시탄 신앙의 형성 과정과 조선 여인에 대한 표상이 어떠한 형상으로 나타나 있는지 분석한다. 이것을 토대로 하여 오타 줄리아라는 모티브가 작품 속에서 어떤 의미를 지니고 있고, 문학적으로 어떤 역할을 하는지에 대하여 살펴보고자 한다.

2. 수란(秀蘭＝오타 줄리아)과 도공 이광희

『삼채의 여자』는 13장으로 구성되어 있다. 작품의 역사적 배경은 임진왜란부터 시작하여 일본 기리시탄 박해까지 전개된다.『삼채의 여자』는 다른 작품과는 달리 오타 줄리아의 모티브를 통하여 그녀의 신앙만이 아닌 임진왜란 당시 일본에 끌려간 도공들의 삶까지 표현되어 있는 것이 특징이라 할 수 있겠다. 즉 오타 줄리아의 모티브는 역사 속에서 잊혀져간 도공들의 삶과 애환을 재조명하는 또 하나의 의미를 내포하고 있는 것이다.

그럼『삼채의 여자』에서 중요한 맥락을 형성하고 있는 '수란'5)(秀蘭＝오타 줄리아)과 도공 이광희 할아버지와의 관계를 통하여 도공들의 삶이 어떻게 나타나 있는지 살펴보도록 하자. 작가는 임진왜란 당시 포로로 끌려간 도공을 오타 줄리아란 모티브와 연결하여 작품 속에 등장시키고 있다. 그리고 이러한 도공들의 삶은 수란의 눈을 통하여 개인만이 아닌 그들 공동체가 이국땅에서 어떠한 형태로 살아왔는지를 보여준다. 작품의 서두는 도공 이광회가 아들 경진과 함께 화장토를 구하러 갔다 되돌아 오는 길에, 임진왜란으로 부모를 잃은 수란을 데려와 키우는 장면부터 서술된다. 즉 도공 이광회는 전란으로 인해 부모를 잃은 수란을 키워주는 부모 역할을 하며, 솜씨가 빼어난 도공이다. 도공 광회는 전란 중에도 도자기를 굽기 위한 화장토를 구하기 위해 밤중에 위험을 무릅쓰며 먼 곳까지 찾아간다. 아래 인용문을 통해 살펴보자.

> 아이구, 목숨이 줄었어요. 아버지. 이런 일은 이제 부탁이니 그만합시다. (중략) 아무리 화장토가 도자기 굽는데 빠트리면 안 되는 것이라고 해도, 목숨이 제일이지요. 아버지. 목숨 걸고 화장토를 찾아야 하는 것은 아니지요. 정말로, 목숨이 줄어든 것 같아요. 게다가 애쓴 보람 없이 헛수고만 하고, 한줌의 화장토도 구하지 못하고……이쯤에서 잠시 도자기 만드는 것은 단념하고, 밭일을 하며 지내는 것이 가장 좋지 않을까요. 아버지…….6)

아버지와 함께 화장토를 구하러 온 아들 경진이 이렇게 목숨까지 걸며 도자기를 구워야 하냐며 전란 동안은 농사일을 하면서 지내자고 하는 것이다. 그러나 도공 이광회나 아들 경진에 있어서 도자기는 단순한 물건이 아닌 생명과 같은 예술 정신이 담겨 있는 것이다. 예를 들어 도공 이광회는 나이 든 노인이지만 명절 외에는 하루도 쉬지 않고 녹로를 돌리고 있으며, 작업을 하지 않을 때는 술을 마시며 도자기의 형태를 구상하는데 누가 무슨 말을 해도 들리지 않을 정도로 깊이 생각한다.

이러한 도자기에 대한 예술 정신은 일본에 끌려가기 전 부자의 대화를 통해서 좀 더 명확하게 드러난다. 아들 경진은 일본에 끌려가기 전 도자기를 굽기 위해 준비해둔 '마을의 가마 생각만 하면 미쳐버릴 것 같다'고 하며, 가마 속의 불빛이 투명하게 빛나다 사라지는데 그것은 마치 자신의 '영혼의 색'과 같은 것이라고 말한다. 아들의 이 말은 아버지 또한 같은 생각이다. 즉 '영혼의 색'이라는 가마의 불빛은 좋은 도자기를 굽기 위해 한눈도 팔지 않고 온 정성을 다해 작품을 만들어 내는 도공 부자(父子)의 예술 정신이다. 그리고 이러한 그의 예술 정신은 어렸을 적 수란의 눈을 통해 표현된다. 수란은 인간은 두 종류가 있다고 생각하는데 첫 번째는 '자기가 하는 방법에 자신이 있어 그것만 맞다'고 믿는 인간, 두 번째는 '눈에 보이지 않는 것을 느끼는 인간'이다. 수란에 있어 광희 할아버지는 두 번째에 속한다. 즉 어린 수란의 눈을 통해서 그의 예술적 혼을 표현한 것이라고 할 수 있다. 이렇듯 수란의 양할아버지는 뛰어난 솜씨를 가진 도공인 것이다. 그리고 위의 인용문에서 아들 경진이 숨어 살자고 말한 것은 임진왜란 당시 일본인들이 도공들을 납치해 갔으므로 그러한 위험을 피하기 위해 농사일을 하자고 한 것이다.

그러나 결국 이들 부자는 일본에 끌려가게 된다. 작품 속에서 도공 이광희가 일본에서 가족과 함께 사는 마을은 하사미(波佐見)란 곳이다. 작가는 하사미란 장소에 초점을 맞추고 있다. 하사미 마을은 오무라 요시아키(大村喜前)[7]가 조선에서 도공들을 납치하여 정착한 시킨 곳으로 이우경을 비롯하여 다수의 도공들이 활동한 곳이다.[8] 그러나 하사미가 일본과 한국 양측 학계에서 주목을 받지 못한 이유는 노성환에 의하면 하사미 도자기가 "에도 시대부터 이곳에서 생산한 도자기가 이마리 항을 통해

'이마리 도자기(伊万里焼)'라는 이름으로 외부로 나갔고, 메이지 이후는 아리타 역을 통해서 '아리타 도자기(有田焼)'라는 이름으로 외부로 팔려나 갔기 때문"이라고 한다.9) 즉 출항지에 이름이 가려져 하사미란 지역명이 주목을 받지 못했다는 것이다. 작가는 이러한 하사미를 배경으로 하여 일본에 끌려온 도공들의 삶을 수란과 양할아버지인 광희를 통해서 그려내고 있다. 쓰시마에서 양할아버지와 뜻하지 않게 헤어진 수란은 성인이 된 후 수소문 끝에 하시미란 마을에서 재회를 하게 된다. 수란은 양할아버지 광희에게 함께 살자고 권하지만 할아버지는 아름답게 성장한 그녀를 보고, 이러한 제안을 거절하며 다음과 같이 말한다.

> 나는 수란아, 니가 쓰시마 항에서 거짓말에 속아 없어진 후, 어떻게 지낼까. 귀여운 아이니 누구에게나 귀여움을 받고 있을 거야.
> 그래도 구박 받고 있을지도 몰라. 쳇, 그것만 생각하며 지냈다. (중략) 고니시유키나가는 우리나라에 쳐들어온 일본 대장군이며, 쓰시마도 우리나라에서의 은의(恩義)를 잊어버린 미운 나라지만, 마님의 도움을 받은 은혜가 있다. 이제 우리도 겨우 좋아 졌지만, 쳇, 미덥지 않는 처지는 변함이 없다. 난폭한 짓을 당해도 울며 참아야 할 뿐이다. 함께 살고 싶은 마음은 기쁘지만, 만약, 비겁한 일본 남자의 눈에 뜨이면 어떻게 하니. 쳇, 쳇, 생각만으로도 등줄기가 서늘하다. 힘든 일도 있을 테지만, 쓰시마의 마님을 모시고 은혜에 보답하면서, 하루라도 빨리 나라(조선)로 돌아갈 수 있도록 애써 주거라…….10)

도공 광희는 이국땅인 이곳에서 자신이 수란을 보호해 줄 수 없다는 것을 잘 알고 있기 때문이다. 또한 도공 광희 할아버지는 이국땅에서 온 갖 고초와 험난함을 모두 참고 받아들이며 살아갈 수 밖에 없는 도공들의 삶을 비추어내는 역할을 하고 있다. 그리고 수란이 하사미 마을에서 본

또 하나의 풍경은 고향에 보았던 들놀이 모습이 이곳에서도 그대로 재현
되고 있었던 것이다. 사람들이 피리 소리에 맞추어 흰옷을 입고 소매를
펄럭이며 춤을 추고 있는 것이다. 누군가 노래를 부르기 시작하였다.

> 신이여, 보소서. 나라인 팔도(조선)을 갑자기 떠나, 무슨 조화인지 나
> 그네가 되어 떠도는 것을 업으로.[11]

그러나 이 노래는 흥이 담긴 노래가 아닌 지금의 포로 신세를 한탄하며
애절한 마음을 나타내는 것이다. 나라를 떠난 슬픔과 가족과의 생이별
그리고 이곳에서의 설움을 노래로 표현한 것이다. 즉 도공들은 이러한
타향살이의 고단함과 외로움을 조선에 있을 적 들판에서 모여 놀았던 놀
이 문화를 재현하면서 위안을 삼는 것이다. 본 작품은 수란과 도공 이광
희와의 관계를 통하여 임진왜란 당시 일본에 납치된 도공들의 삶을 재조
명하고 있으며, 동시에 일본과 한국에서도 그다지 주목받지 못한 하사미
마을의 도공들을 드러내고 있다는 점에서 의미 있는 작품이라고 할 수
있겠다. 이렇게 도공들의 삶은 수란=오타 줄리아의 시점을 통해 나타나
있다. 그럼 수란=오타 줄리아의 삶과 기리시탄 신앙은 누구를 통하여
나타나 있는지 다음 장에서 살펴 보도록 하자.

3. 오타 줄리아의 신앙 형성

『삼채의 여자』는 오타 줄리아를 모티브로 한 작품들 중에서 다른 작품
에 비해 그녀에 대한 신앙 형성 과정이 잘 묘사된 작품이라고 할 수 있다.

『삼채의 여자』에 묘사된 수란(=오타 줄리아)를 통하여 기리시탄으로서
의 신앙 형성 과정이 어떻게 나타나 있으며, 이러한 신앙 형성 과정은
작품 속에서 어떤 역할을 하는지 살펴보도록 하자. 작품 속에서 모티브가
되어 있는 오타 줄리아는 어린 나이에 일본에 끌려갔으므로 한국과 일본
양측 모두 그녀에 대한 역사적 기록이 없다. 그러므로 그녀의 신분과 이
름 그리고 어릴 적 시절은 작가의 상상력에 의해 만들어 진다. 예를 들면
엔도의 작품인 『유리아라고 부르는 여자』에 그려진 오타 줄리아는 임진
왜란으로 인해 부모님을 잃은 일반 서민의 딸로, 후데우치의 『오타 줄리
아의 생애』와 모리의 『삼채의 여자』는 양반의 신분을 가진 딸로 묘사되
었다. 이렇게 오타 줄리아를 양반의 딸로 설정하게 된 것은 『일본서교사
(日本西敎史)』의 내용 중에서 그녀를 '귀족(=양반)의 딸'로 기록된 사료
의 영향이 크다고 할 수 있을 것이다.12) 엔도와 후데우치의 작품은 기리
시탄 신자로서 오타 줄리아의 신앙이 형성된 모습으로 나타나 있으나,
모리의 작품은 그녀가 기리시탄이 되어 가는 과정에 많은 지면이 할애
되었다.

　작중에서 모티브가 된 오타 줄리아의 조선 이름은 수란, 일본에 끌려간
후는 오타, 그리고 세례 받은 후 이름은 줄리아이다. 『삼채의 여자』에서
화자에 의해 가장 많이 언급되는 이름은 '수란'과 '오타'이다. 특히 '오타'
라는 이름이 두드러지게 언급되는 것은 임진왜란 이후 그녀의 생애가 일
본을 배경으로 전개되기 때문이다. '수란'이라는 이름은 2장에서 살펴보았
듯이 조선 도공들의 삶을 그녀의 시점을 통해 나타내고 있다. 그리고 그
녀 자신이 조선 여인이며 양반의 딸이라는 자신의 정체성을 드러낼 때
'수란'이라는 이름을 떠올린다. 수란이 '오타'로 불리게 된 것은 조선에서

일본에 잡혀올 때 도공 광희가 왜병에게 그 아이는 얻어 왔다, 얻어 온 애라고 소리친 것을 왜병이 이름으로 착각하여 '오타'라고 부르게 된 것이다. 역사적 문헌 속에는 '오타 줄리아'로 기록되어 있다. '줄리아'는 세례명이므로 이에 대한 의견은 없지만, '오타'의 이름에 대하여는 그녀가 거쳐 간 지역에 따라 이견들이 전해져 오고 있다. 예를 들면 다무라는 한국의 김향식(金享植)에게 평양과 경상남도 방면에서 일본의 인사말 "어서오세요(いらっしゃいませ)"가 한국어로 "왔다(おたあ)"라고 하는 말을 듣고, 아마도 그녀가 일본에서 사람들이 집에 오면 "왔다(おたあ)"라고 하는 그녀의 말을 듣고 오타라는 이름을 지어준 것은 아닐까라고 한다.13) 그 외 그녀가 지낸 슨푸(駿府) 성에서 오타라고 불리었을 것이라는 설과 혹은 유배 도중에 그녀가 머무른 오시마 섬에서는 언니의 명칭을 붙여 오타아네(おたあ姉)라고 부르게 되었다는 것이다.

그러나 어느 것도 오타의 이름에 대한 근거가 명확하다고 단정 짓기는 어려운 것 같다. 왜냐하면 '오타 줄리아'가 슨푸 성에 갔을 때와 오시마 섬에 유배를 갔을 때는 이미 그녀가 성인이 된 후이기 때문에 이전부터 오타라고 불리고 있을 가능성이 높기 때문이다. 지랑(ジラン)의 서간에 의하면 슨푸 성에 "오타 줄리아라는 고려 출생의 신분이 높은 여성"이라고 쓰여 있듯이 그 전부터 오타라고 불리어 왔다는 것일 수 있다.14) 이렇게 오타 줄리아의 이름을 둘러싼 다양한 설이 대두하게 된 것은 현대에 들어서 그녀에 대한 관심이 높아졌기 때문일 것이다. 지금까지의 내용을 살펴보면 오타라는 이름은 임진왜란의 역사적 상황을 서술하기 위한 것과 또 하나는 그녀가 거쳐 간 지역에 의해 신앙인으로서의 의미가 나타나 있음을 알 수 있겠다. 『삼채의 여자』에서 '오타'라는 이름은 작품의 서두

에서 임진왜란의 시대적 상황을 서술하기 위한 의미로 시작하여 기리시탄 오타 줄리아로 변화해 가는 프로세스가 내포되어 있다.

그럼 오타 줄리아(=수란)의 기리시탄 신앙이 누구를 통하여 어떠한 과정 속에서 형성되었지 구체적으로 살펴보도록 하자. 작품 속에서 오타가 기리시탄을 접하게 된 것은 소 요시토시(宗義智)15)의 아내 마리아를 통해서이다. 마리아는 기리시탄 신자이며 고니시 유키나가(小西行長)의 딸이기도 하다. 수란은 쓰시마에 끌려온 후 졸병의 꼬임에 의해 가게에 팔려가게 된 것을 마리아가 구해준 후부터 금석성에서 그녀의 시녀로 일하게 된다. 마리아는 기리시탄 신자로 오타에게 기리시탄의 가르침을 권했으나 그녀가 "'신은 없다'고 하며 신앙을 받아들이지 않는다"라고 고니시에게 말한다. 이 말을 들은 고니시는 딸 마리아에게 "눈에 보이지 않는 것을 믿는다는 것은 어렵다. 또한 일단 믿어도 사람의 마음이 미망이 많은 탓으로 곧 의심하게 되거나 소홀해 지기 쉽다."라고 말한다. 그러나 오타는 처음으로 마리아가 자신의 양할아버지를 찾아주기 위해 소 요시토시에게 나가사키에 가게 해달라고 허락을 구할 때 마음속으로 "어떻게든 가게 해주십시오. 만약 다시 한번 그 사람들을 만들 수 있다면 당신을 믿겠습니다."라며 청원 기도를 한다. 그 후 오타는 마리아의 도움을 받아 양할아버지 광희와 재회를 하게 된다. 오타는 양할아버지에게 함께 살 것을 권하지만 양할아버지는 "은혜를 베풀어준 분들과 함께 살라"고 한다. 양할아버지 광희의 이러한 결정은 포로인 자신과 함께 살아가면 아름답게 자란 그녀를 타향에서 지켜줄 수 없다고 판단했기 때문이다. 오타의 첫 번째 기도는 그녀를 위한 개인 기도였다면, 두 번째는 자신의 모든 것을 바친 타인을 위한 기도였다.

　천주님……오다는 자신도 모르게 마음속으로 중얼거렸다. 당신이 만약 정말로 계신다면, 당신을 믿고 있는 이 사람들을, 그리고 기리시탄 금지령의 금제를 풀기위해 최후의 싸움터에 나간 고니시님의 피를 이어받은 저의 무릎 위의 이 작은 생명을 구해 주십시오. 그것을 위해서라면 저는 저의 행복을 단념 하겠습니다.16)

　이 두 번째 기도는 자신을 돌봐준 마리아와 갓 태어난 그녀의 아들의 생명을 구해 주시면 자신의 행복을 단념하겠다고 서원을 한 것이다. 이것은 고니시가 세키가하라(関ヶ原) 전투에서 동군(도쿠가와)이 아닌 서군편에 가담하여 싸웠으나 서군이 패배하면서 죽음을 맞이하게 된다. 이로 인해 고니시의 딸인 마리아와 갓 태어난 아이는 생명의 위협을 받게 되어 피난을 가게 된 것이다. 이때 오타는 '마님과 아이를 무사히 구해 준다면 자신의 행복'을 단념하겠다고 기도한 것이다. 그리하여 오타는 마리아와 같이 배를 타고 쓰시마에서 나가사키(長崎)로 피난을 간다. 나가사키로 간 후 오타는 마리아와 함께 수도원에 지내며 그녀가 생을 마칠 때까지 함께한 후 세례를 받게 된다.

　여기서 오타의 행복이란 세 가지를 들 수 있겠다. 첫 번째는 고니시로부터 하사미 마을에 가서 광희 할아버지와 함께 살아도 좋다는 것, 두 번째는 포로들을 조선으로 송환할 계획이 있으니 그때 귀국해도 좋다는 것, 세 번째는 오타가 좋아하는 지로마루(次郎丸)로부터 청혼을 받은 것이다. 이때 오타는 지로마루에게 고국으로 돌아갈 수 있는 날이 오지 않는 한 일본은 적국이므로 결혼할 수 없다고 청혼을 거절한 상태였다. 그러나 오타가 두 번째 기도를 했을 때는 이미 고니시로부터 하사미 마을에 가서 양할아버지와 살아도 좋고, 고국으로 돌아가도 좋다는 허락이 있었으므로 지로마루와 결혼도 할 수 있었던 것이다. 그러나 오타는 지로마루의 만류에도 불구하고 쓰시마를 떠나 나가사키로 향한 것이다. 게다가 고국으로 갈 수 있는 송환의 기회가 왔음에도 불구하고 이를 포기한 것은 앞으로의 그녀의 삶이 더 파란만장하게 전개될 것이라는 복선을 나타내고 있다. 오타는 이 두 번째를 기도를 드리고 나서야 자신이 첫 번째로 '가족을 만날 수 있다면 당신을 믿겠습니다'라고 기도한 것을 생각해 낸다. 즉, 지금까지 그런 기도를 한 것조차 까맣게 잊고 있었던 것을 떠올린 것이다.

이는 본장의 서두에서 고니시가 말한 '눈에 보이지 않은 것'을 믿는 것은 어려우며, 사람은 곧 의심하거나 소홀해 진다는 인간의 나약함을 표현하고 있는 것이다. 작품에서 마리아는 일상 속 기도 생활을 통해 오타가 기리시탄이 되어가는 과정에 영향을 끼치지만, 그녀의 아버지 고니시는 생을 마감하면서 유서를 통해 가족들에게 기리시탄으로서 어떠한 삶을 살아가야 하는지에 대한 삶의 지표를 알려주는 존재로서 역할을 한다. 고니시의 유서의 내용은 다음과 같다.

> 이번 불의의 사건을 당해, 괴로움의 정도는 서면으로는 다 쓸 수가 없다. 떨어지는 눈물을 참을 수 없다. 이 허무한 인생에서 견딜 수 없는 고초를 이 수일동안 견디어 왔다. 이제는 연옥에서 받아야 할 모든 죄를 속죄해야 하는 것에 몹시 괴로워하고 있다. 자신의 지금까지의 죄과가 이 괴로운 운명을 초래한 것은 확실하다. 그렇지만 몸에 닥친 불운은, 곧 신이 내려준 은혜에서 유래하였다고 생각하며, 주에게 한없는 감사를 드리고 있다. 마지막으로 그중에서 중요한 것을 말한다. 앞으로 너희들은 마음을 다해, 신을 섬기도록 하여라. 왜냐하면, 현세에서는 모든 것이 변화무쌍하여 변함없는 것은 무엇 하나도 찾을 수 없기 때문이다.[17]

　본 작품에서 오타의 신앙은 마리아를 둘러싼 주변인물인 고니시와 소 요시토시 등과의 관계 속에서 형성되어 간다. 좀 더 구체적으로 살펴보면 일본 속의 기리시탄 고니시 일가의 가족을 통해 묘사되었다고 할 수 있다. 즉, 오타는 마리아와 소 요시토시와의 관계 속에서는 기도를 배우고, 고니시를 통해서는 기리시탄으로서의 삶의 지표를 배우게 된 것이다. 오타 줄리아의 일생은 그녀가 기리시탄이 되어 가는 형성 과정을 그려내고 있지만 동시에 일본 속의 기리시탄이 전란의 상황 속에서 어떠한 삶을 살아왔는지에 대한 여정을 드러내는 역할도 동시에 하고 있는 것이다. 작품 속에 묘사된 시간과 공간의 변화 과정을 유심히 살펴보면 작가가 그녀의 신앙 형성을 통하여 작품 속에 모티브가 된 오타 줄리아의 파란만장한 삶을 다양한 각도에서 재조명하였다는 것을 알 수 있을 것이다. 다음 장에서는 이러한 과정을 거쳐 형성된 기리시탄인 오타 줄리아의 모습이 어떠한 모습으로 표상되었는지 살펴보자.

4. 기리시탄으로서의 오타 줄리아

　『삼채의 여자』에서 오타(＝수란)가 기리시탄을 수용하는 과정은 마리아와 고니시 그리고 소 요시토시 등을 통해서 표현되었다. 그럼 오타가 기리시탄이 된 후의 모습은 일본 현대문학 속에서 어떻게 형상화하였는지 살펴보고자 한다. 작품 속에서 오타가 조선 여인을 표상하는 코드는 수란 어머니의 '은장도＝당삼채'를 통해서 나타나 있다.

이 '은장도'는 작품 중반부터 결말까지 작품을 이끌어 가는 중요한 장면에서 키워드로 작용하고 있다. 작품 속에서 처음 '은장도'가 묘사된 것은 도공 이광희의 시선을 통해서이다. 도공 광희가 아들과 함께 화장토를 구하러 갔다 돌아오는 밤중에 울고 있는 아이가 있어 가보니 그 아이의 옆에 아름다운 여인이 죽어 있었다. 이 여인은 수란의 어머니로 피난을 가던 중 왜적을 만나 정조를 지키기 위해 '은장도'로 자결한 것이다. 이때 도공은 그 옆에서 울고 있는 어린 수란을 데려왔으며, 그녀에게는 단지 양반의 딸이라는 것만 알려주었다. 수란은 어려움에 처했을 때마다 이 말을 떠올리게 된다. 예를 들면 수란은 일본에 끌려온 후 쓰시마의 금석성에서 지낼 때 약초를 캐러 산에 갔다가 길을 잃어버려 두려워지자 어렸을 적 양할아버지가 말해 준 '수란은 양반의 딸'이라는 말을 떠올리며 자신을 가다듬는다. 즉 수란은 자신이 '양반의 딸'이라는 것에 자부심을 갖고 어려움을 극복해 간다. 그러나 수란은 그 외에 자신의 가족에 대한 것은 전혀 모르고 있었다. 왜냐하면 도공 양할아버지는 수란에게 어머니에 대한 이야기는 일체 하지 않았기 때문이다.

그러나 양할아버지 광희는 죽기 직전에 수란에게 어머니의 유품인 '은장도'를 건네주면서 어머니의 죽음에 대한 이야기까지 해 준다. 이때 수란은 어렸을 적 기억에 아버지의 옷에 학 무늬가 수놓아져 있었다는 것을 기억해 낸다. 이로 인해 수란은 아버지가 문관이며 양반이었다는 것을 명확하게 알게 된 것이다. 양할아버지가 수란에게 '은장도'를 건네 준 것은 그녀가 조선으로 돌아간 후 자신의 신분을 확인할 수 있는 징표로 아버지를 찾을 수 있게 하기 위함이었다. 수란은 이때야 비로소 어머니가 정조를 지키기 위해 자결하였다는 것을 알게 된 것이다. 작품 속에서 어

머니의 '은장도'는 조선 여인의 표상을 나타내고 있다. 즉 어머니의 '은장
도'는 정조를 지키기 위해 자결한 조선 여인의 상징이며, 이 상징 속에는
조선시대 여인의 절개와 지조가 내포되어 있는 것이다. 작가는 실제로
임진왜란 중에 유린을 당하느니 죽음으로 절개를 지킨 조선 여인의 정절
에 대한 부분을 작품에 도입함으로써 조선 여인에 대한 어머니의 이미지
를 부각시키고 있다. 장경남의 『임진왜란의 문학적 형상화』에 의하면 임
란의 실기 문학은 종군실기, 포로실기, 호종실기, 피란실기로 구분하면서
종군실기와 포로실기는 충성과 효성이, 호종실기는 충성이, 피란실기에는
정절이 주로 서술되었다고 한다.[18] 특히 피란실기 문학에는 왜적에게 유
린을 당하느니 죽음으로써 절개를 지킨 여인들의 '정절'에 대한 서술이
많았다며, 조정의 『임란일기』, 정희득의 『월봉해상록』, 오희문의 『쇄미록』
등을 소개하고 있다.[19] 이러한 '정절'에 대한 실기문학은 전란 속에서도
윤리적인 규범의식을 잃지 않은 여성의 모습을 나타내는 것이라고 할 수
있다. 작품 속에 묘사된 수란의 어머니는 이러한 피란실기의 역사적 맥락
속에 서술된 조선 여인의 모습으로 조선 여인의 '정절'을 표상하고 있다.

　이러한 상징적인 코드로서 '은장도'는 작품 속에서 또 하나의 역할을
하는데 그것은 수란의 신앙에 대한 절개와 조선여인의 이미지를 부각시키
는 것이다. 작품 속에서 '은장도'는 수란의 신앙을 가장 강하게 부각시키
는 결정적인 모티브로 작용한다. 오타는 기리시탄 신자가 된 후 나가사키
에서 도쿠가와 이에야스(德川家康)가 있는 슨푸 성으로 불려가게 된다.
그녀가 슨푸 성에 시녀로 불려가게 된 것은 약초를 잘 다루는 재주가
있었기 때문이다. 게다가 오타는 총명하며 아름다움까지 갖추고 있었다.
오타의 아름다움은 최고 권력자인 도쿠가와 이에야스의 눈에도 띄어 측실

로 하려는 속마음이 있었지만, 오가쓰(お勝)가 "약초차를 제조하는 데에
는 더럽혀지지 않은 몸이 아니면 효험이 없다"는 이유를 들어 그녀에게
접근하지 못하도록 한 것이다. 그러나 도쿠가와는 딸의 죽음을 계기로
모두가 있는 곳에서 오타를 범하려고 한다.

> 발자국 소리에 얼굴을 들었다. 다음 순간 오타는 (이에야스의) 강한
> 힘에 의해 끌어 안겨 있었다. 냄새나는 노인의 숨결이 뱀의 껍질처럼
> 차갑게 볼에 느꼈다. 오타는 얼굴을 돌리며 저항하였다. (중략) 시간이
> 정지한 것 같은 무언의 싸움이 계속되다가 가슴에 거친 손이 느껴진
> 순간, 갑자기 꽉 껴안고 있던 팔이 풀렸다. 정신이 들자 오타는 한쪽
> 손에 어머니의 유품인 장도로 자신의 목을 겨누고 있었다.[20]

이때 수란은 어머니의 유품인 '은장도'로 자신의 목을 찌르려고 하였다.
그러자 오가쓰가 도쿠가와를 향해 '오타는 기리시탄'이라며 그만두라고
한다. 작품 속에서 오타가 저항한 도쿠가와는 천하를 장악한 최고 권력자
로 모든 것을 손에 넣을 수 있는 절대적인 존재이다. 이러한 천하의 권력
자인 도쿠가와를 '은장도'로 위협한 것은 죽음을 각오한 것이나 같은 것이
다. 포로이며 시녀인 그녀가 최고 권력자인 도쿠가와에게 반항을 한 것이
다. 그 후 기리시탄 박해로 인하여 오타는 표면적으로 배교하라는 권유를
당하지만 이에 굴하지 않는다. 도쿠가와는 그녀에게 "내가 미련이 있는
것으로 생각하지 말라, 오가쓰가 어떻게 해서든지 또 하나 아이를 낳고
싶다기에 하는 말이다. 개심만 하면 언제라도 다시 불러 들이지"라며 그
녀에게 배교할 것을 권유한다. 그럼에도 불구하고 오타가 응하지 않자
고즈시마 섬으로 유배를 보낸다. 즉 천하를 손에 넣은 최고의 권력자이지
만 오타를 손에 넣을 수는 없었던 것이다. 눈에 보이지 않는 신(神)과

눈에 보이는 최고 권력자인 도쿠가와를 같은 연장선상에 놓음으로서 눈에 보이지 않는 신(神)을 선택한 오타를 부각시키고 있는 것이다. 즉 작품 속에서 오타가 절대 권력을 가진 도쿠가와에게 자신을 의탁하면 모든 것을 얻을 수 있는 위치에 있음에도 불구하고 기리시탄을 선택한 것이다.

이렇게 '은장도'는 오타의 신에 대한 절대적인 믿음과 절개를 나타내는 상징적인 의미를 드러내고 있으며, 동시에 그녀가 조선 여인임을 강하게 인식하는 도구로서 그 역할을 하고 있다. 작가는 오타 줄리아라는 조선 여인의 이미지를 조선 시대 여성의 정조, 즉 절개와 지조를 상징하는 '은장도'를 통하여 표현한 것이다. 『삼채의 여자』에서 장도는 오타 줄리아가 조선 여인이라는 정체성을 강하게 드러냄과 동시에 기리시탄으로서의 정체성까지 명확하게 드러내는 키워드가 되어 있는 것이다. 이렇게 작품의 제목 속에 들어있는 '당삼채=은장도'는 오타의 출생과 어머니의 죽음을 풀어내는 코드이면서, 그녀가 조선 여인임을 인식하는 키워드로서 그 역할을 한다.

그러나 작품의 결말에 고즈시마 섬까지 유배 온 오타는 지금까지 소중하게 간직하고 있던 '은장도'를 바다에 던져버린다. 이때 오타는 '은장도'를 던지기 전 바다를 보면서 다음과 같이 기도한다.

> 다정한 사람들이 계속해서 이 세상에서 사라져 간다. 하지만, 그 사람들이 살아가는 방법 속에 간직되어 있는 하늘나라로의 통로를, 언젠가, 자신도 지나 갈 것이다. 다양하게 고심하면서도······.21)

오타의 이 기도는 조선에서 일본에 끌려와 생을 마감한 도공 양할아버지를 비롯해 일본의 기리시탄인 마리아, 마리아의 갓난아기, 고니시 유키나가 등 죽은 자를 위한 기도이며, 언젠가 자신도 기리시탄으로써 죽음을 맞이할 것이라는 함축적인 의미가 들어 있는 것이다. 또한 작품 속에서 오타가 소중하게 간직하고 있던 '은장도'를 바다에 던진 것은 커다란 변화를 나타내는 것이다. 왜냐하면, 오타에게 있어 '은장도'는 어머니의 유품이며, 아버지를 찾을 수 있는 단서이며, 그녀가 고국인 조선을 떠올리는 상징적인 물건이기 때문이다. 또한 천하의 권력자인 도쿠가와로부터 자신을 지켜낸 의미 있는 것이기도 하다. 이러한 '은장도'를 바다에 던진 것은 눈에 보이는 것이 아닌 눈에 보이지 않은 신(神)을 기리고 찬양하는 기리시탄의 모습을 '은장도'라는 키워드를 통하여 오타 줄리아의 파란만장한 삶을 현대 일본문학 속에 형상화한 것이라고 할 수 있다.

5. 맺음말

이상으로 본고는 일본 현대문학 속에서 『삼채의 여자』에 나타난 오타 줄리아의 생애를 중심으로 하여 크게 세부분으로 나누어 살펴보았다. 첫 번째는 수란을 통하여 임진왜란 때 끌려간 도공들의 삶을 비추어 내는 존재로, 두 번째는 수란이 일본에 끌려간 후 기리시탄이 되어 가는 과정에 초점을 맞추어 살펴보았다. 세 번째는 오타(=수란)가 기리시탄이 된 후의 삶을 '은장도'라는 키워드를 통하여 살펴보았다.

『삼채의 여자』는 임진왜란의 역사적 배경을 서두로 하여 작품 속의 모티브가 된 오타 줄리아를 통하여 그 당시 일본에 끌려간 도공들의 삶을 조명해 냄과 동시에 그들이 공동체를 형성하고 살았던 하사미 마을을 소개하고 있다는 점에서 큰 의의가 있는 작품이라고 할 수 있겠다. 왜냐하면 하사미 마을에 대한 부분은 한국뿐만 아니라 일본에서 그다지 알려지지 않았으므로 역사 속에 가리어진 그들의 삶을 작품을 통해서 알 수 있는 계기가 되었기 때문이다. 그리고 오타(=수란)가 기리시탄을 수용하는 과정은 일본의 기리시탄 신자인 마리아와 고니시 소요토시의 등의 영향으로 형성되어 가는 과정으로 전개되었음을 알 수 있었다. 오타의 이러한 신앙의 형성 과정은 같은 여성으로서 기리시탄의 삶을 살아간 마리아의 모습을 부각시키며, 일본 역사 속에서 말살된 기리시탄인 고니시 유키나가의 삶을 드러내는 역할을 하기도 한다.

『삼채의 여자』에 쓰여진 오타 줄리아라는 모티브는 격변하는 시대의 흐름 속에서 모든 것을 수용하며 살아가지만, 그 안에서 자신이 지키고자 하는 신앙에 대하여는 어떠한 것에도 굴하지 않은 조선 여성으로서의 이미지로 묘사되었다. 이러한 조선 여인의 표상은 어머니의 '은장도'를 통하여 기리시탄으로서의 절개를 나타내고 있다. 즉 일본 현대문학 속에서 보이는 오타 줄리아의 이미지는 본인이 선택한 삶에 대하여 굽히지 않는 신념으로 나아가는 모습으로 형상화되었다. 이러한 문학적 형상화는 보이는 타자의 시점보다는 주체인 오타 줄리아의 내면적 시점에서 쓰였다. 『삼채의 여자』는 오타 줄리아라는 모티브를 중심으로 하여 임진왜란 때 일본에 끌려간 도공들의 삶을 비롯하여 일본 기리시탄의 삶까지 다양하게 조명해 내고 있으므로, 한·일 양국에 있어서 의의 있는 작품이라 할 수 있겠다.

【주】

* 본 연구는 2010년도 정부재원(교육인적자원부 학술연구 조성사업비)으로 한국연구재단
  의 지원을 받아 연구되었음(NRF-2010-327-A00412).

1) 한국에서 오타 줄리아에 대한 역사적인 문헌 자료는 전무하다고 할 수 있다. 왜냐하면
   임진왜란 때 어린 나이에 일본에 끌려갔기 때문이다. 오타 줄리아의 조선 이름과 생몰
   도 알 수 없다. 명확한 것은 1596년 구마모토 우토에서 모레혼 신부에게 가톨릭 세례를
   받았으며 이때 받은 세례명이 줄리아이다. 1611년 슨푸(현 시즈오카)에서 스페인대사
   비스카이노를 방문. 1612년 기리시탄 박해로 인하여 슨푸에서 오시마 섬을 거쳐 고즈
   시 섬까지 유배를 가게 된 기록들은 그 당시 일본에서 선교사 활동을 한 선교사들의
   서간문을 통해 알려지게 되었다. 루이스메디나의 문헌를 참고로 하여 작성하였음. J.G.
   ルイズデメディナ,『遥かなる高麗-16世紀韓国開教と日本イエスス会-』, 近藤出版社,
   1988.

2) 모리의『삼채의 여자』는 1983년 '성녀 줄리아'로, 후데우치의『오타 줄리아의 생애』는
   1996년 '오타 줄리아'라는 제목으로 번역되어 출판되었다. 그 외의 작품으로는 모리
   레이코(森礼子)『삼채의 여자(三彩の女)』, 후데우치 유키코(筆内幸子)의『오타 줄리아
   의 생애(おたあジュリアの生涯)』, 하라다 고사쿠(原田耕作)의『오타줄리아(おたあ·
   ジュリア)』, 아라야마 도오루(荒山徹)『사랑 슬픔을 넘어서(サラン 哀しみを越えて)』
   등이 있다.

3) 한국에서 '줄리아축제'에 참가하기 시작한 것은 1971년 제2회부터이다. 첫해 참가자는
   6명이었으나 1980년대부터 수가 점점 증가하여 1990년대에는 160명 이상이 참가한
   해도 있었다. 이로 인해 오타 줄리아 대한 자료가 한국에 폭넓게 알려진 계기가 된
   것이다. 이에 대한 근거자료는 고즈시마 섬 마을 산업관광과에서 자료를 제공 받았다.

4) 일본 현대문학에서 오타 줄리아를 모티브로 한 작품 중에서 엔도의『유리아라고 부르는
   여자』는 초기 작품이다. 졸고에서는 오타 줄리아에 대한 역사적인 문헌 자료의 형성과
   정과 엔도의 작품분석을 하였다. 박현옥, 「엔도 슈사쿠의『유리아라고 부르는 여자』론
   -「유리아」에 투영된 오타 줄리아의 이미지-」,『일본학연구』제35집, 단국대학교일
   본연구소, 2012.

5) 작품 속에서 수란(秀蘭)이라는 이름은 그녀가 조선인임을 강하게 드러내는 코드로 사용
   된다. 양할아버지를 비롯하여 조선인과의 관계 형성과, 자신이 어려움에 직면하였을
   때 양반의 신분을 떠올리게 하는 코드로써 '수란'이라는 이름이 사용되고 있다.

6) 「やれやれ、命がちぢまったぞな、お父っつあん。こないな仕事は、もうお願いさ
   げにしてくだされや……」（中略）「どんげい化粧土が焼きものづくりに欠かせんと
   いうても、命あっての物だねじゃがね、お父っつあん。なにも命がけで、化粧土

を探しにいくことはあるまいに。まっこと、命がちぢまったぞな。おまけに骨折り損のくたびれ儲で、一握りの化粧土も手に入らず……ここ暫く焼きものづくりは諦めて、そうっと畑仕事をして暮すのがいちばんじゃが、お父っつあん……」森禮子、『三彩の女』、主婦の友社、1983、p.4.

7) 오무라 번 주인 오무라는 임진왜란때 고니시가 이끄는 제 1군에 군사 1,000명을 데리고 참가하였다. 퇴각하면서 도공들을 납치해 일본으로 데려갔다. 기리시탄 신자였으나 후에 불교로 개종하였다. 鳥津亮二、『小西行長－「抹殺」されたキリシタン大名の実像－』、八木書店、2010、p.128.

8) 兪華濬、「李參平－日本の神になった朝鮮陶工－」、『日本の架け橋になった人びと』、明石書店、2003、p.37.

9) 노성환、「하사미 도자기와 조선도공」、『日本語文學』、韓國日本語文學會、2010、p.288. 본 논문은 하사미 마을에서 활동했다는 이우경을 비롯하여 그 당시 그곳에 활동한 도공들에 대해 알려진 기록들이 사실인지에 대한 고증과 하사미 마을에 남겨진 조선의 가마터 등을 고찰한 논문이다.

10) 「わしはな秀蘭、お前が対馬の港で連れ去られてから、どうしておるじゃろか。愛らしい子じゃから誰ぞに可愛がられておろう。じゃが、やはり虐められているかもしらんと、チョッ、そればかり思いくらしてな。(中略)小西行長はわしらの国に攻め込んで来た日本の大将で、対馬国もわしらの国から恩義を忘れた憎い国じゃが、奥方さまに助けられた御恩じゃ。今ではわしらもようよう暮しがたつようになったが、チョッ、なんの頼りもない身には変りはない。乱暴されても泣き寝入りばかりでな。一緒に暮したいという気持はうれしいが、もし、卑しい日本の男の目についたらどうする。チョッ、チョッ、思うただけでも背筋が寒いわ。辛いこともあるじゃろうが、対馬の奥方さまに仕えて御恩にむくいいるとともに、一日早うわしらが国に戻れるよう、力を籍してくれ……」。주 6)과 같은 책、pp.77～78.

11) 神よ照覧し給えや 御代の八路(朝鮮)をころりと廻って 何のためにか 客になり歩くばかりを業として……。주 6)과 같은 책、p.75.

12) 오타 줄리아의 출생에 대한 소개는 대부분 본서에 기록된 부분이 인용되어 있다. クラセ著・大政官本局課訳、『日本西教会史 下巻』、博聞社、1880、p.197. 그리고 현대 일본에서 출판된 오타 줄리아 대한 자료 형성 과정은 졸고、「엔도 슈사쿠의 「유리아라고 부르는 여자」론」에서 자세하게 다루었다. 「엔도 슈사쿠의 「유리아라고 부르는 여자론－'유리아에 투영된 오타 줄리아의 이미지－」、『일본학연구』제35집、단국대학교 일본연구소、2012.

13) 田村襄次、『孤島の華』、おたあジュリア表慶会、中央出版社、1979、p.36.

14) J.G. ルイズデメディナ、『遥かなる高麗-16世紀韓国開教と日本イエスス会-』、近藤出版社、1988、p.217.

15) 소 요시토시는 쓰시마도주(對馬島主)이며 아내 마리아는 고니시 유키나가(小西行長)의 딸이다. 고니시(아오구스딩) 일가는 기리시탄 신자이며, 소도 고니시의 영향을 받아 기시시탄 신자가 되었다. 소 요시토시는 임진왜란 때 장인 고니시와 함께 1군으로 조선에 침입했으며, 정유재란 때는 2진으로 침입하였다. 본 작품 속에서는 임진왜란에 대한 전투의 부분보다는 아내 마리아와 관계를 통하여 기리시탄으로서의 삶과 신앙에 초점이 맞추어져 있다.

16) 天主様……と、知らずにおたあは心の中で呟いた。あなたがもし、ほんとうにいられるのなら、あなたを信じているこのひとびとを、そして切支丹禁制をとくために最後の戦に出て行った小西さまの血をひく、わたしの膝の上のこの小さな生命を、助けてください。そのためなら、わたしは自分の幸せを諦めます。주 6)과 같은 책, p.98.

17) 今回、不意の事件に遭遇し、苦しみのほど書面では書き盡しえない。落涙おくあたわず、このはかなき人生で耐えられる限りの責苦をここ数日来、忍んできた。今や煉獄で受くべき諸々の罪を償うべく、苦しみぬいている。自分の今日までの罪科がこの辛い運命をもたらしたのは確である。されど身にふりかかった不運は、とりもなおさず神の与えたもうた恩恵に由来すると考え、主に限りない感謝を捧げている。最後にとりわけ大切なことを申しのべる。今後はおまえたちは心をつくし、神に仕えるように心かけてもらいたい。なぜなら、現世においては、すべて変転きわまりなく、恒常なるものは何一つとして見当たらぬからである。주 6)과 같은 책, p.129.

18) 張庚男, 『임진왜란의 문학적 형상화』, 아세아문화사, 2000, p.214.

19) 張庚男, 앞의 책, p.235

20) 荒い足音に顔をあげた。次の瞬間、おたあは強い力で抱きすくめられていた。臭い老人の息が吹きかかり、蛇の膚のように冷たいものを頬に感じた。おたあは顔をそむけ、あらがった。(中略) 時間が停止したような無言の争い　がつづき、胸に荒い手が感じられた瞬間、だしぬけに抱きすくめられていた腕が離された。気づくとおたあは、片手に母の形見粧刀を握りしめて、自分の首筋にあてていた。주 6)과 같은 책, pp.163～164.

21) 優しい人たちが次つぎにこの世から去っていく、と思った。けれど、その人びとの行きざまのなかに秘められている　天への通路を、いつの日か、自分も通って行こう。さまざまに惑いながらも……。주 6)과 같은 책, p.220.

한국과 일본 종교문학의 특성연구*
—엔도 슈사쿠(遠藤周作)와 이문열, 김동리 문학을 중심으로—

이 평 춘

1. 서론

종교의 정의를 어디에 두어야 할지 그 범위가 방대하기는 하지만, 우선 이곳에서는 인간에게 있어서 초월적 가치를 갖게 하는 것을 '종교'라 정의해 두겠다. 초월적 존재이기 때문에 인간에게 있어 절대적 가치로 부각된다. 이러한 가치를 갖는 종교적 유형은 여러 가지가 있다. 그것이 어느 것이든, 인간은 때로 그 종교와 풀기 어려운 매듭으로 묶여 있다.

인간이 신앙 생활을 하면서 초월적 가치를 추구하지 않는다면 종교의 독자적 영역이 성립할 수 없다. 인간은 신앙으로 현세적 활동으로 얻을 수 없는 초세상적 가치를 추구한다. 인간이 이런 초월적 가치를 추구하는 본성이 있는 한 인간은 종교적 존재다.[1]

그러나, 아무리 종교가 초월적 가치를 갖는다 해도, 그 종교를 신앙하는 인간을 배제시킨 가치라면 그 종교는 존재가치를 상실하게 된다. 따라서 종교와 인간의 상호작용 안에서만이 종교는 절대가치를 갖는 것이다.

그런 면에서 '문학' 또한, 인간의 생각과 정신의 표현이며 인간의 영혼에서 발아한 전파를 이 지상에 쏘아내는 작업의 산물이다. 그 전파의 주체는 인간에 있다. 문학이란 텃밭에 수없이 널려있는 인간의 모습을 소재로 하여 다른 누군가에게 읽혀지기를 기다리고 있는 것이다.

한국문학의 평론가 김윤식은 "아무리 소설을 읽어도 나는 현실을 잘알 수 없다. 그래도 나는 소설을 계속 읽을 것이다. 이유는 간단하다. 언어밖에 가진 것이 없는 내 앞에 소설이 있었고, 있고, 있을 테니까."2)라고말했다. 아무리 읽어도 현실을 잘 알 수 없지만, 그래도 읽어야 하는 이유는 우리 인간이 현실적 조건 안에서도 초월적 가치를 추구하기 때문이다.

따라서 본 연구는 '종교'와 '문학'을 하나의 카테고리로 묶어,3) 문학 속에 나타난 한국과 일본의 종교적 특성을 고찰하고자 한다.

2. 본론

엔도 슈사쿠(遠藤周作, 1923~1996)는 독자적 색깔을 지닌 일본의 가톨릭 작가이다. 본고에서는 엔도문학에 나타난 '神'에 중점을 둔다. 엔도문학에 나타난 '神'은 초기, 중기, 말기에 따라 변화하게 되는데, 그 변화의 배경이 무엇인가를 고찰하여야만, 일본의 많은 기독교 작가들과 엔도가 변별되는 이유를 규명해 낼 수 있을 것이며, 그 과정을 통해야만 '일본적 종교문학의 특징'을 도출해 낼 수 있을 것이다.

엔도가 일본의 다른 작가와 구별되는 이유는 일본의 범신성(汎神性)을 부정하지 못한 채, 그리스도교의 '神의 세계'로 들어가기 위해 투쟁한 것이다. 그 결의를 드러낸 것이 1947년의 『神들과 神과』4)이다. 따라서 『神들과 神과』의 고찰은 엔도문학의 근본을 캐는 작업이 될 것이며, 이 작업을 통하여 도출된 '神'과, 한국작가의 작품 속에 나타난 '神'의 모습이 비교 될 것이다.

텍스트로 사용될 한국작가의 작품은, 이문열의 『사람의 아들』과 김동리의 『사반의 십자가』이며, 이 작품 속에 나타난 종교적 특성을 분석하는 것이 본 논문의 목적이다. 이 분석을 통하여 일본의 종교문학과 한국의 종교문학에 나타난 '神'像을 조명, 비교하여 양국의 근원적인 차이점이 있는지, 없는지를 알아보고 있다면 어디에 원인이 있고 없다면 공통점이 무엇인지를 규명해 내어, 양국의 종교적 차이와 공통점은 결국 문화적 차이이자 공통점임을 작품을 통하여 고찰하고자 한다.

2.1. 엔도 슈사쿠의 「神들과 神과」, 『깊은 강』

엔도 문학의 스타트는 대학 시절 『四季』에 발표한 「神들과 神과」5)라는 평론부터 시작된다. 이 평론에서 제기된 유일신의 '神'과 일본의 범신적 '신들'의 문제는 엔도 문학의 긴 여정을 지배하게 된 테마가 되었다. 그리스도교에서는, 인간과 神과 천사 간의 엄격한 존재 조건의 격차를 두고 있다. 인간은 물론 神의 품으로 돌아갈 수 있다. 그러나 그것은 동양적인, 수동적 형태는 아니다. 인간은 인간밖에 될 수 없는 고독한 존재 조건을 지니고 있다. 따라서 神도 아니고, 천사도 아니다. 그런 의미에서 인간은 神과 천사와 대립할 수밖에 없는 존재이다. 따라서 神과의 투쟁 없이 神의 나라에 돌아갈 수 없다는 것이다.6)

엔도는 '神들의 나라'에서 '神의 나라'7)로 여행하고자 할 때 "多神에서 唯一神으로 바꾸려고 투쟁했던" 로마인의 고충을 확실히 느끼지 않을 수 없다고 말한다. 神들의 자녀인 일본인들은 神의 자녀인 인간들의 심리, 언어, 자세를 느끼기 위해서는 가톨릭시즘을 아는 것만으로는 아무 소용이 없는데, 그 이유는 가톨릭시즘은 사상뿐만 아니라 사상의 배경에 문제가 있기 때문이다. 특히 가톨릭시즘을 알면 알수록 일본인 엔도는 "神들의 자녀로서의 피가 울부짖는 소리를 듣지 않으면 안 된다"라는, 神들의 세계에서 살아가고 있는 인간의 입장에 대해서 언급하고 있다. 이렇듯 '神들의 세계'에 유혹당하면서도 '神의 세계'8)로 여행하기 위해서 엔도가 필요로 했던 것은 인간의 한계를 극복하려 했던 능동적 자세에서 생겨난 결의와 투쟁이었던 것이다. 이것이 「神들과 神과」를 발표할 당시의 초기의 신관이었다.9)

엔도는 『침묵』을 발표한 후 1967년 『文藝』 1월호에 「아버지의 종교·어머니의 종교」를 발표하고, 가쿠레 기리시단(かくれキリシタン)10)의 배교의식(背敎意識)을 근거로 "그리스도교는 '아버지'의 종교에서 '어머니'의 종교로 서서히 옮겨가기 시작했던 것이다"라고 말한다. 또한, 가쿠레 기리시단이 마리아 관음보살을 필요로 한 것은 "엄격한 '아버지' 대신에 자신들을 용서하고, 그 아픔을 알아주는 존재를 추구 했"기 때문이며, 그런 이유에서 그들은 "하느님을 예배하기보다 마리아를 숭배하게 되고, 마리아 관음보살을 만들어낸 원인이 되었다"라고 말하고 있다.

엔도가 마리아 관음보살에 대해 이처럼 해석하고 있는 것은 마리아가 보여주고 있는 '母性的 부드러움'에 그 근거가 있다고 생각된다. 엔도 문학에 묘사된 '神'像은 초기의 '父性的 神'으로부터 서서히 '母性的 神'으로 바뀌어 갔지만, 엔도 자신이 그것을 어떻게 정의(定義)하고 있는가는 「구약성서의 '神'과 신약성서의 '神'의 차이」[11] 가운데에서 잘 드러나 있다. 우선, '父性的 神'에 대해 다음과 같이 언급하고 있다.

　　하느님이 무서운 神이라고 하는 점입니다. 하느님은 자신을 배신한 자를 벌하거나 심판하거나 하는 하느님입니다. 이는 유대교의 神이라는, 유다민족과 결부된 하느님이 자신을 배신하는 자, 자신과는 다른 神을 숭배하고 있는 이민족과 싸우지 않으면 안 되었다, 라는 성격에서 기인하는 것인데, 그런 어려운 논의는 별개로 하고, 어쨌든 구약성서의 하느님이란 무섭고, 심판하는, 그리고 벌하는 듯한 하느님입니다.[12]

이에 대해 '母性的 神'에 대해서는,

　　신약성서 가운데 쓰여 있는 神의 이미지는 그러한 무서운, 엄한 부친의 이미지의 하느님은 아닙니다. 엄한 부친이라기보다는 오히려 어머니에 가까운듯한 이미지입니다. (중략) 적어도 신약성서 속에서 예수가 설파한 神은 우리의 理想과 같은 어머니, 즉 자식과 함께 괴로워하며, 자식이 어떠한 잘못을 범하더라도 끝내는 이를 용서하고, 자식의 슬픔을 마음으로부터 위로해 주는듯한 모친의 이미지인 것입니다.[13]

라고 언급하고 있다. 이것이 엔도가 인식하고 있는 '父性的 神'과 '母性的 神'像이었다. 그리고, 『깊은 강』[14]에서는 인도의 갠지스 강을 "母性的인 강"으로 묘사하면서 '사랑의 神'을 그려냈다.

엔도에게 있어서의 '깊은 강'은 어머니처럼 모든 것을 받아들이는 강이

었다. 모든 종교, 인류, 문화를 초월하여 흐르는, 포용력으로 충만한, 깊고
도 너른 강이었다. 그리고,

> 그것은 또한 배신한 제자들을 미워하기는커녕 그래도 필사적으로 사
> 랑 하려한 어머니와 같은 예수의 이미지에서 생겨났던 것이다. 배신한
> 자식을 사랑해준 어머니와의 관계. 거기에서 인간의 모든 죄를 짊어진
> 예수의 이미지가 탄생했다. 그리고 인간의 나약함, 슬픔을 이해해 주는
> 동반자 예수의 이미지가 생겼다.

라고 이야기하듯이 "인간의 나약함, 슬픔을 이해해주는" 동반자로서의 '母
性的인 예수'와 겹쳐지는 것이다. 작중 인물들은 그 모성적인 '깊은 강'을
만나, 각자 자신의 인생 속에서 새로운 생명을 발견하게 된다. 그리고
이 작품의 주인공인 오츠를 통하여 '사랑의 신'으로의 변용을 이야기한다.

> 소년시절부터 어머니를 통해 내가 단 하나 믿을 수 있었던 것은 어머
> 니의 따스함이었습니다. 어머니가 잡아주는 손의 따스함, 안아주었을 때
> 의 몸의 온기, 사랑의 따스함, 형과 누나에 비해 우직한 나를 저버리지
> 않았던 따스함. 어머니는 내게도 당신이 말씀하시는 양파의 이야기를
> 늘 들려 주셨는데 그때, 양파란 이보다 더 따스하고 따스한 덩어리 ―
> 즉, 사랑 그 자체라고 가르쳐주셨습니다.
> 성장하여 어머니를 잃었지만, 그때 어머니의 따스함의 근원에 있었던
> 것은 양파의 일부분이었다고 생각했습니다. 그래서 결국, 내가 추구한
> 것도 양파의 사랑뿐이고, 소위 교회가 말하는 많은 교의는 아닙니다.
> (물론 그런 생각도 내가 이단적이라고 보였던 원인입니다) 이 세상의
> 중심은 사랑이며, 양파는 오랜 역사 속에서 그것만을 우리 인간들에게
> 알려 주었던 것이라고 생각합니다.15)

그렇다면, 왜 '사랑의 신'이어야 하는가. 이에 대해 엔도는 「나의『예수의 생애』」에서 다음과 같이 말하고 있다.

> '神의 사랑'이라는 말을 하기는 쉽다. 하지만 그 '神의 사랑'을 현실에서 증명하는 것은 절망적이라 할 정도로 至難한 일이다. 가혹하고 비정한 현실은 우리 인간들에게 세 가지, 즉 神의 不在나 침묵, 혹은 징벌만을 알리는 듯 생각되기 때문이다. 그 가혹하고 비정한 현실 속에서 여전히 '神의 사랑'을 증명한다는 일에 예수는 생애를 걸었던 것이다. (중략) '사랑의 神, 神의 사랑'을 그는 설파하게 된다.16)

엔도는, 왜 '사랑의 신'이어야 하는가에 대해, '예수'가 그 사랑에 생애를 걸었기 때문이라고 했다. 따라서, 초기문학에서는 '父性的 神'의 세계를 그렸던 엔도가, '사랑'을 위해 자신의 생애를 걸고 그 사랑을 실현한 예수 때문에, 그 예수를 매개로 하여 '母性的 神'을 통과하면서 '사랑의 神'에 도달하기에 이른다. 그리고 이 모성적 신, 사랑의 신으로의 변용은 엔도가 뿌리내려야 할 곳이 일본이라는 범신적 세계관에서 형성될 수밖에 없었고, 그 범신적 세계관에서 융화될 수밖에 없었던 신이었다.

2.2. 이문열 『사람의 아들』

1948년 서울 청운동에서 태어난 이문열은,17) 1970년 서울대 국어교육과를 중퇴한 후, 1977년 대구『매일신문』 신춘문예에 「나자레를 아십니까」라는 작품이 가작으로 입선되면서 작가 활동을 시작했다. 그의 나이 29살이었고 이때부터 본명 이열(李烈)에서, 필명 이문열(李文烈)을 사용하기 시작했다. 1978년에는 대구『매일신문』에 입사해 편집부에 근무하

였으며, 이때 쓴 『새하곡』이란 중편소설이 1979년도『동아일보』신춘문
예에 당선되었다.

『사람의 아들』은 1979년(31살)『세계의 문학』에서 중편으로 출간되어
제3회 '오늘의 작가상'을 수상하였으며 1987년 장편으로 개작, 1993년
다시 부분 손질하여 출간되었고, 2004년 6월에는 출간 25주년을 기념하
는 4판 개정판이 출간되었다.

『사람의 아들』은 이문열의 첫 장편소설이다. 그러나 이 작품은 처음부
터 장편소설로 쓰인 소설이 아니라, 처음에는 400여 장의 중편소설이었던
것을 1987년에 장편으로 개작을 하며 1,300여 장으로 늘어났다. 중편의
골격은 그대로 두면서 개작을 한 이유에 대하여

> 초판에 대한 가장 큰 불만은 민요섭과 조동팔이 찾아낸 '새로운 신
> (神)'의 모습을 확연히 드러내지 못한 점이었다. 이런저런 마뜩찮은 고려
> 로 초판에서 빼두었던 '쿠아란타리아서'를 제자리에 돌려놓는다. 두 번
> 째로 불만스러웠던 점은 민요섭의 회귀에 대한 설명 부족이다. 앞서의
> 반기독적 논리의 치열함에 비해 그는 너무도 손쉽게 기독교로 돌아가고
> 있는데, 그 점 후반부에서 어느 정도는 보충이 되었다고 본다. 원래는
> 민요섭의 일기 같은 걸 삽입해 철저하게 규명해 보려고 했으나 이번에
> 는 이 정도로 그친다. 세 번째는 자료의 부족으로 얼버무려 버린 아하스
> 페르츠의 편력이다. 엘리아데와 다른 여러 종교사가, 비교종교학자들의
> 도움을 얻어 구체적인 여행기로 재생시켰다.[18]

이것이 이후에도 다시 부분적으로 수정, 오자, 탈자 보완을 하며 1993
년 출간되었고, 25년이 지나도록 절판되지 않고 읽혀져 온 작품은 2004
년 6월에 출간 25주년을 기념하는 4판 개정판으로 출간되었다. 그 25주
년 판에 부쳐 이문열은, "'은경축(銀慶祝)'이 다가오면서 먼저 나를 사로

잡은 것은 세월이 가도 줄어들 줄 모르는 부끄러움과 빚진 느낌이었다. 부끄러움은 젊고 무모했기 때문에 용감하게 덤벼들 수 있었던 이 작품의 주제와 배경 때문이다. 주제가 되는 기독교 철학은 중세 천 년 동안 서양 천재의 절반을 소비했고, 배경이 되는 시대와 지역은 세계 삼대 고대 문명의 바탕 위에 헬레니즘과 헤브라이즘이 교차하는 지점이었다. 빚진 느낌은 이 『사람의 아들』을 시작으로 수십 권의 책이 더 출간되었지만 아직도 여전히 이 책이 내게 가장 많은 것을 준 책이라는 데서 비롯된 감정이다. 과연 이 책이 그런 대접을 받는 게 합당한 일인가."19)라고 과분한 사랑을 받고 있는 책에 대한 부끄러움과 감사의 글을 남기며, 이렇게 개정을 하게 된 이유는 문학에 입문한 시기에 그 만큼의 애정을 갖고 쓴 소설이기 때문이라 했다.

소설의 내용은, 주인공인 민요섭의 피살사건을 수사하는 남 경사의 수사 추적 과정을 축으로 하면서, 민요섭이 일기형식으로 쓴 내용인 예수시대에 기독교를 부정했던 '아하스 페르츠'의 이야기로 구성된 액자소설이다. '민요섭'은 전형적인 실존주의적 인물과 마찬가지로 전통적인 기독교 세계관을 거부하는 인물이다. 어릴 때 전쟁고아가 되어 미국인 선교사의 양자로 자라난 그는 누구보다도 열심한 기독교 신자였으며 신학생이었다. 민요섭은 나환자 촌이나 고아원을 다니며 사회에서 버림받고 소외된 사람들을 위하여 희생을 아끼지 않았다. 그러던 그가 점차 전통적인 기독교 세계관에 깊은 회의를 느끼고 마침내는 신을 부정하기에 이르며, 신학교도 중도에 포기하고 신과 교회에도 등을 돌리고 만다. 이윽고는 반기독교적 논리를 앞세우고 사회 현실적 문제에 눈을 돌린다. 내세의 삶보다는 오히려 현세의 삶에 무게를 두며 사회 현실에 참여함으로써 현세에서의 인간 구원에 더 큰 관심을 갖게 되고, 구체적 방법으로 직접 부두가의 막노동을 하며 노동운동에도 가담하게 된다. 이렇게 민요섭은 이론이나 논리보다는 실천에 무게를 두게 된다. 현세에서 인간의 고통을 조금이라도 덜어주기 위해 노력하던 민요섭에게 '조동팔'이라는 제자가 나타나는데, 조동팔은 민요섭의 그런 실천 사상에 매료되며 그의 믿음과 행동을 충실히 따른다.

그런 민요섭과 조동팔은 전통적인 신을 대신할 '새로운 신'을 찾으려고 한다. 민요섭의 일기에서 나타난 '아하스 페르츠'는, 모순되고 고통스러운 현실에서 신의 은총이나 사랑보다는 자유와 정의에 더욱 가치를 두게 되었으며, 신은 죄와 고통에 번민하는 인간에게 믿음을 강요하지 말라는 메시지를 담고 있다. '아하스 페르츠'[20]는, 神이 창조한 인간세계가 죄악과 고통에 물들어있으며, 神은 이러한 현실에서 어떠한 구원도 제시하지 못한다고 하는 절망적인 神의 모습으로 그려져 있다. 작가는 이러한 등장인물을 통하여 인간이 고통과 절망에 괴로워함에도 불구하고, 아무런 빛도 구원도 제시하지 않는 神의 침묵을 이야기한다.

아하스 페르츠의 일대기는 바로 민요섭이 새로운 신을 찾는 과정에서 생겨난 인물이다. '아하스 페르츠'는 새로운 신과 진리를 찾기 위하여 고향을 떠나 이집트, 가나안, 페니키아에서 소아시아, 북아시아, 바빌론, 페르샤, 인도, 로마까지 먼 구도의 길을 떠난다. 마지막 순례길인 로마의 한 거리에서 장님의 이야기를 듣고 영혼의 새로운 개안을 한 그는 유대 땅으로 다시 돌아와 쿠아란타리아 지방에서 마침내 예수를 만난다. 그러나, '아하스 페르츠'는 '예수'와의 논쟁으로 갈등을 빚게 되며 '신의 아들'인 '예수'가 죽음에 이르자 '사람의 아들'인 '아하스 페르츠'가 이 세상의 고통과 절망에서 인간을 구원할 존재처럼 생각되었다.

그러나, '새로운 신'을 찾고 있던 조용팔이 쓴 「쿠아란타리아書」21) 역시 그들이 찾고자 한 신의 기록을 담은 경전이다. 조용팔이 설명하는 그들이 찾아낸 신은 다음과 같다.

> "너희들의 신? 그럼 쿠아란타리아서에서 말하는……?"
>
> "그렇소 우리는 벌써 오래전부터 한 신을 찾아냈소 글재주가 모자라 거기서는 그렇게밖에 그려내지 못했지만 그 신은 우리들의 오랜 구도(求道)의 결정(結晶)이자 이성의 최종적 추출물이었소 대충은 읽었을 줄 믿지만—선악의 관념이나 가치판단에 관여하지 않는 신, 먼저 있는 존재를 뒤에 온 말씀으로 속박하지 않는 신, 우리의 모든 것을 용서하고 시인하는 신, 천국이나 지옥으로 땅 위의 삶을 간섭하지 않는 신, 복종과 경배를 원하지 않고 희생과 헌신을 강요하지 않는 신, 우리의 지혜와 이성을 신뢰하며 우리를 온전히 자유케 하는 신—.(이문열 2004:364)

민요섭과 조동팔은 전통적인 기독교 세계관으로부터 이탈하여 새로운 신을 모색하게 되었다. 그 이유는 다음과 같이 유대교 속에 내재되어 있는 신의 모습은 엄격하고 무정한 '父性的 神'으로 인식되고 있었기 때문이다.

> 당신은 비록 사람의 몸을 빌려 왔지만 육신을 가진 우리의 진정한 비참을 모르고 있소 언제 우리에게 지상의 빵으로 육신을 배불리고 다시 천상에 영혼의 재물을 쌓을 여유가 있었소? (중략) 당신 아버지의 저주로 땅은 가시덤불과 엉겅퀴를 냈고 좋은 기둥감 하나 얻기 위해서만도 우리는 수십 년을 기다려야 하지 않소? (중략) 저 광야의 내 첫물음에서 당신은 그걸 거부하셨지요. 당신은 자식에 대한 부양의무를 저버린 채 효도만을 강요하는 무정한 아버지의 대리인일 따름이었소….
>
> (이문열 2004:276)

따라서 신약의 '예수'조차도 그 아버지의 대리인에 불과하다고 인식하게 되었고, 그러므로 '예수'는 '신의 아들'로서 인간의 구원과는 무관한 존재였기 때문에 '사람의 아들'이라는 '아하스 페르츠'를 조형해 낼 수밖에 없었다. 하여 그들이 만들고 창조해 낸 신은 「쿠아란타리아書」에 쓰인 "우리의 모든 것을 용서하고 시인하는 신, 천국이나 지옥으로 땅 위의 삶을 간섭하지 않는 신, 복종과 경배를 원하지 않고 희생과 헌신을 강요하지 않는 신, 우리의 지혜와 이성을 신뢰하며 우리를 온전히 자유케 하는 신"이 되었다. 이것이 그들이 찾아낸 '새로운 신'이며, 모든 것을 감싸고 포용하는 모성적 신의 모습이었다. 그리고 이것이 그들이 추구해야할 신의 본질이라고 생각하기에 이른다.

이는 엔도 슈사쿠의 초기 문학에 나타난 신과 같은 모습의 신이다.

> 하느님이 무서운 神이라고 하는 점입니다. 하느님은 자신을 배신한 자를 벌하거나 심판하거나 하는 하느님입니다. 이는 유대교의 神이라는, 유다민족과 결부된 하느님이 자신을 배신하는 자, 자신과는 다른 神을 숭배하고 있는 이민족과 싸우지 않으면 안 되었다, 라는 성격에서 기인하는 것인데, 그런 어려운 논의는 별개로 하고, 어쨌든 구약성서의 하느님이란 무섭고, 심판하는, 그리고 벌하는 듯한 하느님입니다.[22]

엔도 역시 두려운 부성적 신인 야훼의 신으로부터, 어머니와 같이 따스한, 인간의 슬픔을 감싸 안는 모성적 신을 추구하게 되었고 예수를 매개로 하여 모성적 신을 조형해 내었다. 그런 의미에서, 일본 작가 엔도 슈사쿠의 "자식이 어떠한 잘못을 범하더라도 끝내는 이를 용서하고, 자식의 슬픔을 마음으로부터 위로해 주는듯한 모친의 이미지"의 神像과, 한국의 작가 이문열의 '우리의 모든 것을 용서하고 시인하는 신, 천국이나 지옥으로 땅 위의 삶을 간섭하지 않는 신, 복종과 경배를 원하지 않고 희생과 헌신을 강요하지 않는 신'으로서의 공통점을 갖고 있음을 고찰해 낼 수 있었다.

그리고, '사람의 아들'인 아하스 페르츠의 방황은 조상들의 신인 야훼의 모습 속에서 제설혼합주의(諸說混合主義(syncretism))의 흔적을 깨닫는 순간부터 시작된다.23) 이점 또한, 엔도에게 있어서 벗어날 수 없는 일생의 테마였다. 일본의 범신론적인 '신들'의 풍토는 유일신의 세계로 들어가기 위해서는 넘기 어려운 문제였기 때문이다. 따라서, '神들의 나라'에서 '神의 나라'로 여행하고자 할 때 "多神에서 唯一神으로 바꾸려고 투쟁했던" 로마인의 고충을 확실히 느끼지 않을 수 없다고 하였으며, 모성적 신, 사랑의 신으로의 변용은 엔도가 뿌리내려야 할 곳이 일본, 범신적 세계관에서 형성될 수밖에 없었던 신이었다는 점이었다. 이 문제와 동일한 문제의식이 이문열이 조형해 낸 '아하스 페르츠'의 문제,

> 페니키아 해변을 지나고 아빌레네를 거쳐 시리아로 접어드는 동안 아하스 페르츠가 만난 신들은 바알 외에도 많았다. 그모스(모압인들의 신) 몰록(암몬인들의 신) 키벨레(소아시아 곡신) 아티스(소아시아 목양신) 엘가발(에메사의 태양신) 요브(제우스가 중근동에서 변형된 신) 하몬(카르타고인들의 신) 못(페니키아인들의 신) 아낫(페니키아의 곡물신) 아타나 아피이아(에기나의 月神) 밀곰(암몬인들의 신) 네르갈(구다인들의 신) 아시마(하맛인들의 신) 니브하즈 다르닥(아와인들의 신) 아드람멜 아남멜렉(스발와임인들의 신)……. 아직 여러 지방에서 숭배되고 있는 신들은 물론 경전에 나오거나 대상들에게 전해 들은 적이 있는 신이면 그 편린이라도 더듬어보기 위해 아하스 페르츠는 노력을 아끼지 않았다.24)

즉, '아직 여러 지방에서 숭배되고 있는 신들'에서 공통적으로 찾아낼
수 있었다. 이러한 문제의식 속에서 추구하게 된 이문열의 '새로운 신'의
모습 역시, 엔도가 도달하고자 했던 '多神에서 唯一神으로'의 변이 과정
의 내용과 일치하고 있음을 고찰할 수 있었다.

2.3. 김동리 『사반의 십자가』

김동리(본명 김시종, 1913~1995)는 경북 경주시에서 5남매 중 막내로
태어나 여덟 살에 경주 제일교회 부속학교를 졸업하고, 기독교 계통 학교
인 대구 계성 고등학교에 입학해, 16세에 서울로 올라와 같은 기독교 계
통의 학교인 경신 고등 보통학교 3학년으로 전학했다. 그가 작가로 데뷔
한 후 발표한 「무녀도」25)와 『사반의 십자가』26)와 같은 기독교를 주제로
작품을 쓴 것은 아마도 이 영향이 컸으리라 생각한다. 그는 토착적이고
민속적인 소재로 휴머니즘에 입각한 시와, 소설을 쓰기 시작하였으며, 그
러한 작품을 쓰게 된 이유는 한국의 고유한 전통 속에서 토속적인 풍습을
계승하고 한민족의 토양이었던 샤머니즘과 토테미즘에서 민족적 아이덴
티티를 찾고자 했기 때문이었을 것이다.

『사반의 십자가』는 1955년 11월부터 1957년 4월까지 『현대문학』에
연재하면서 발표되었고, 1957년에 단행본으로 출간되었다. 그리고 이 작
품을 1982년에 개작하여 다시 출간하게 된다. 이 작품의 주된 등장인물은
성서의 인물인 '예수'와 '사반'이며, 소설의 배경은 한국이 아니라, 예수시
대의 유대사회와 그 주변을 배경으로 하고 있는데 '예수시대의 유대사회'
라는 설정은, 당시 '일제' 통치하에 있어야 했던 암울한 조선의 은유적

표현이었다. 이러한 등장인물과 배경을 의도한 이유에 관해 김동리는,

> 나는 어려서부터 예배당에 다녔고, 또 중학도 미션 계통이었기 때문에, 그 당시의 우리의 불행한 처지를 예수 당시의 유대나라(로마에 대한)의 그것과 흡사하다고 일찍부터 생각하고 있었다. 따라서 나는 그 당시의 나의 정신적 체험을 (정면으로 쓴다는 것은 생각도 할 수 없는 형편이었으니까) 예수 당시의 유대 나라로 무대를 바꾸어서 생각해 보리란 생각이 어느덧 나에게 깃들여 있었던 것이다. (중략) 나는 처음부터 마음 속으로 생각하여 오던 두 사람의 전형에서, 허무와 절망을 대표하는 '사반'보다 희망과 구원에 결부된 예수를 주인공으로 삼아야 하리라고 생각하게 되었던 것이다.[27]

그러나 이러한 애초의 의도와 계획은 '인본주의적 인간'이라는 관점에서 수정되게 된다.

> 내가 막연히 '희망과 구원'을 결부시키려 했던 예수의 '광명과 승리'는 '지상'의 것이 아니었기 때문이었다. 이와 같은 예수의 초월적인 천국 사상이나 피안주의가, 현대적이며 지상적이기를 요구하는 인간주의 의식과 서로 용납이 되지 않는다. 내가 인간주의를 포기하든지 그렇지 않으면, 예수를 통하여 '광명'과 '승리'를 결부시키려고 한 나의 애절한 희망을 끊든지 둘 중에 어느 것을 취하지 않으면 안 되게 되었다. 그러나 이것은 두 가지 다 나에게 있어 불가능한 일이었던 것이다.[28]

김동리가 '초월적인 천국 사상'과 '현대적이며 지상적'인 두 세계에서 고뇌한 산물로『사반의 십자가』가 태어난 것이다.

그는 이러한 두 세계의 갈등에 대하여, 근대 인간주의는 삶의 기준(척도)을 신보다 인간에 두는 점에 있어, 그 방법을 신앙보다 실증으로 삼는

점에 있어, 그 목적을 피안(천국)보다 현세(지상)로 택하는 점에 있어, 각
각 기독교와 대조적인 위치에서 출발하여 발전하고 종결하였다. 근대문명
은 고스란히 '신'과 '인간'이 결고튼 공방전의 산물이라고 해도 지나친 말
이 아닐 것이다. '신의 사망'과 함께 공방전이 종언을 고했을 때, 인간은
어느덧 한 발짝도 전진할 수 없는 절벽에 서게 된 자기 자신을 발견하게
되었다. 오늘의 '허무의 세계', '불안과 혼돈의 풍토'는 여기서 빚어진 것[29]
이었기 때문이다.

이처럼 '신'과 '인간'의 결고튼 공방전의 산물이라 인식하고 있는 김동
리의 기독교 세계관이 그대로 투영된 작품이 바로『사반의 십자가』이며,
작품 속에서 그 대립이 구체적으로 형상화되어 있다.

이 작품의 핵심 줄거리는 사반과 예수의 대립이다. 작품에서의 예수는
소외된 자들에게 사랑을 실천하기보다는 초자연적인 이적을 행하며 천상
적인 구원만을 주장하는 초월주의자이다. 이러한 예수는 현실에서는 아무
런 의의를 지니지 못한 초월성만을 갖게 하였다. 반면, 사반은 지상주의자
이며 현세주의자이다. 그는 로마의 식민지배 아래서 고통 받는 민족을
구하기 위해 혈맹단을 조직한 민족주의자이다. 이들의 대립은 세 번의
만남을 통해서 전개된다. 그리고 대립의 극적인 절정은 마지막 두 인물의
십자가 처형 사건을 통해 이루어진다. 예수의 십자가 처형은 예수만이
아니라, 왼쪽과 오른쪽에 죄인 2명과 함께 이루어졌다. 오른쪽의 죄인은
임종에 이르러 회개한 대가로 예수로부터 "나와 함께 낙원에 이를 것이
다"라는 약속을 받은 인물인 반면에, 혈맹단원이었던 왼쪽 죄인 '사반'은
마지막 순간까지 "예수여, 그대가 하나님의 아들이거든 십자가에서 내려
오라!"고 절규하며 죽어간다. 김동리는 왼쪽 죄인에 대하여,

　나는 우도보다 좌도(左盜)쪽에 마음이 쏠렸다. 실국의 한이 얼마나 뼈
저리게 원통하고 사무치면 죽음을 겪는 고통 속에서도 위로받기를 단념
했을까 싶었다. 로마 총독 치하의 당시 유대 사람들도 일제 총독 치하의
우리와 같이 그렇게 암담한 절망 속에 신음했을 것이라 생각했다. 여기
서 그 좌도는 나의 가슴속에 새겨진 채 사라지지 않았다.[30]

　김동리에게서 사라지지 않고 남아 있던 '좌도'가 『사반의 십자가』에서
'사반'으로 그려지게 되었으며, '신'과 '인간'의 공방전의 산물로서 "예수
여, 그대가 하나님의 아들이거든 십자가에서 내려오라!"는 절규를 토하게
된다. 이 사반의 절규에 착목한 김동리는 이 소설의 제목을 '예수의 십자
가'가 아니라 '사반의 십자가'로 지었다고 본다. 이 두 세계, '신'과 '인간'
의 끝없는 투쟁이 김동리의 소설에서도 역시 나타나고 있음을 고찰할 수
있었다.
　현세주의인 사반과 천상주의인 예수, 결국 두 인물은 접점을 찾지 못한
다. 인간의 운명을 개척하려고 했던 사반은 죽음에 이르기까지 반항적
자세로 일관한다. 예수가 절규와 비탄으로 죽음을 맞는데 반해, 사반은
죽음을 평안히 받아들인다. 이들은 죽음을 수용하는 자세에서 차이를 보
인다. 이를 두고 인간주의의 승리로 받아들이기에는 무리가 있다. 김동리
는 민족의식과 인간의식을 결부하여 신과 인간과 민족의 관계를 사반을
통하여 실현하고자 했다. 그러나 그 의도는 편협된 시각으로 효과를 거두
지 못했다는 결론에 이르게 된다.[31] 따라서 김동리 자신도 한국에 뿌리내
리고 있는 보수적인 기독교로부터,

　　그러나 인생은 '불안과 혼돈의 풍토' 속에 안주할 수 없으며, '허무'로
써 족히 그 목적을 삼을 수는 없다. 우리는 새로운 생명의 창조와 내일

의 전진을 위하여 모든 것을 근본적으로 재검토할 필요가 있다. '인간'은
그 자신의 성장과 발전과 영광을 위하여 '근대'의 경우와 같이 반드시
'신'과 '인간'이 면목을 달리하고 손을 잡게 되는 날은 오지 않을까. 오늘
의 '허무의 계절'은 '신'과 '인간'이 다함께 한번씩 '거듭날' 날을 마련하
기 위하여 있는 과도기가 아닐까.32)

라며 '불안과 혼돈의 풍토'로부터 '희망의 계절'로 가기위해서는 '신'과 '인
간'이 거듭나 화합을 이루어야 한다는 '새로운 신의 모색'에 이르게 된다.
그러기위해 '인간'과 '신'의 관계에서, 신은 하늘에 존재하는 것이 아니라,
바로 인간들이 모여 살고 있는 이 현세적 땅위에서, 다름 아닌 인간에게
있어야 한다는 것을 전하고자 했다.

그래서 『을화』33) 이후에는, '신보다 인간을, 내세보다 현세를 택한 사
람으로서 인간에게 충실하고, 현세에 충실한 길을 통하여, 신과도 통하고
내세와도 통하는 철학이나 종교를 찾아볼 수 없겠느냐는 화두를 던지게
된다. 이것은 토착적이고 민속적 휴머니즘에 입각한 작품을 써 왔던 그에
게 있어서, 기독교와의 접목도 한민족의 토양이었던 샤머니즘과 토테미즘
을 벗어나서는 의의를 찾을 수 없었기 때문이었다.

김동리 자신이 1982년의 「개작에 붙여」에서, "나도 신에 대해서나 십
자가에 대해서 나름대로의 해석을 가지고 있지만, 이 작품에서 그 문제를
본격적으로 다루려 했던 것은 아니다. 이 작품에 나오는 예수의 이적(異
蹟)에 관한 이야기나 하닷의 점성술은 나의 다른 작품에서 다루어지는
샤머니즘과도 일치함을 밝혀둔다."34)라고 한 내용에서도 그 배경을 알
수 있다. 이와 관련하여 김윤식은,

「무녀도」나 「황토기」로 대표되는 김동리 문학에서 저러한 기독교를
소재로 한 작품의 등장이 많은 사람들에 의해 논리적 모순으로 인식되
기 쉬웠음도 사실이다. 그러나 조금 주의해서 살핀다면 기독교의 이해방
식이 샤머니즘의 시선으로 윤색되었음을 알아낼 수 있다. 가령, 『사반의
십자가』의 경우를 보면 그 주인공은 사반이며, 사반 및 여주인공 실비아
와 그녀의 아내 하닷이 한결같이 샤머니즘의 변형이었음이 판명된다.
이 작품들을 두고 예수의 하늘나라 설교란 유심론을 펴는 통속적 불교
의 설법과 같다든지 예수의 기적행위란 마치 동양의 도술사의 거동과
흡사하다고 지적되는 것은 이 때문이다.[35]

라고 했듯, 김동리에게 있어서 이 작품이 태동된 배경에는 샤머니즘과
토테미즘을 근거로 하고 있음을 알 수 있다. 그리고 이러한 샤머니즘적
배경이 배제되지 않고 작품 전반에 내재되어 있는 것은 김동리의 기독교
세계관과 맞물려 있는 것이다. 유년시절 접하게 된 전통적이고 보수적
기독교관을 통하여 '신'과 '인간'의 문제로 고뇌하게 된 그에게 있어서 '새
로운 신' 찾기가 요구되었고, 그 요구에 의해 조형된 '새로운 신'의 모습이
바로 한국의 전통신앙에 뿌리내릴 수 있는 기독교관이어야 했다. 김동리
는 그 '새로운 신' 찾기 여정을 통과하며 『을화』에 이르기까지의 과정을
김윤식과의 대담에서 말하고 있다.

　　「무녀도」의 1, 2차에 걸친 개작이 단편 속에서의 일이라면, 『을화』가
　　장편(중편)이란 점에서 구별될 터입니다. 그렇다면 '새로운 신이나 종교
　　찾기' 그것이 문학적 형상화로서의 '새로운 인간형의 창조'라는 이 주제
　　가 장편(중편)으로 이루어진 것이 소설 『을화』라 할 것이다.[36]

　김동리의 '새로운 신' 찾기 과정에서 조형한 '神'은 샤머니즘적 바탕에

서 이루어졌으며, 그 '神'은 한국이라는 전통적 풍토에서 뿌리를 내릴 수밖에 없는 신이었고, 그 기독교의 신은 전통적 샤머니즘과 토테미즘과의 융화를 통하여 이루어질 수밖에 없었음을 알 수 있었다.

신춘자는 '새로운 신' 찾기 과정에 도달한 김동리 문학에 대하여,

> 비록 그 샤머니즘의 세계는 원시적인 것이었고 토속적인 것이었으나 김동리는 그것을 현대로 끊임없이 되살려 내었고, 현대에도 여전히 의미가 있는 샤머니즘의 세계에서 인간 구원의 메시지를 찾아내려고 하였다. 그가 찾아갔던 샤머니즘의 세계는 무엇하고도 쉽게 친화되는 세계여서 불교도, 기독교도 얼마든지 포용하는 세계였다. 마침내 그는 휴머니즘의 세계까지 샤머니즘 세계에 포용하는 수완을 보이기도 한다. 제3 휴머니즘은 그 변형된 샤머니즘의 한 형태인 것이다. 이런 맥락에서 볼 때 『사반의 십자가』는 김동리가 자신의 작품에서 일관되게 추구해 온 샤머니즘의 세계를 기독교적 색채를 더해서 변경한 것[37]

이라고 한 것에서도 알 수 있듯, 김동리의 『사반의 십자가』는 '기독교의 신'이 한국적 토양에서 어떻게 전통적 샤머니즘과 융화되었는가를 여실히 보여주는 작품이다. 김동리의 '무엇하고도 쉽게 친화되는 세계여서 불교도, 기독교도 얼마든지 포용하는 세계였다'는, 마치 엔도가 『깊은 강』에서 '기독교의 부활과, 불교의 전생까지도 함께 흐르는 깊은 강'으로 인식하고 있는 것과 맥을 같이 하고 있음을 알 수 있는 대목이다.

이러한 고찰을 통하여, 앞서 열거한 일본의 엔도 슈사쿠와, 한국의 이문열 문학에서 나타났던 '神'像과 동일한 '神'像이, 김동리 문학에서도 존재하고 있음을 고찰해 낼 수 있었다.

3. 결론

본 논문은 일본작가와 한국작가의 '기독교 문학'을 비교하여, 양국의 종교적 특징을 도출해 내는데 목적이 있었다. 구체적 작가는 일본의 엔도 슈사쿠와, 한국의 이문열, 김동리이고, 이들의 문학 속에 나타난 '神'像을 조명하여 근본적인 차이, 내지는 공통점이 있는가를 규명해 내는 것에 목표가 있었다. 앞서 열거한 바와 같이, 두 나라 작가들의 작품을 통하여 도출되어진 결론은, '기독교'를 수용함에 있어 두 나라의 종교적 특이점이나, 근원적 차이점은 존재하지 않았고, 오히려 공통적인 요소가 많았다는 것이다.

그것은, 익히 알고 있듯 일본의 종교적 특징인 야오요로즈노 카미(八百万の神/팔백만의 신)[38]의 종교적 특징을 갖고 있는, 일본의 작가 엔도 슈사쿠에게 일신론의 기독교 수용의 문제는 그야말로 어려운 문제였다. 따라서 '우리 동양인이 神의 자식이 아니라 신들의 자식'이라는 점을 부정할 수 없었다. 오히려, 그 '신들의 자식'인 자신을 인정하지 않으면 안 되었다. 때문에 거기에는 갈등이 있고, 투쟁이 있었다라고 고백하고 있다. 하여 일신론의 엄격하고 부성적인 신을 수용하기 위해서는, 일본의 토양에 맞도록 변형시키지 않으면 안 되었다. 그 변형의 모티브가 된 것이 모든 것을 받아들이고, 용서하며, 포용하는 '예수'를 매개로 '모성적 神'을 통과하면서 '사랑의 神'에 도달하기에 이른다. 그리고 사랑의 신으로의 변용은 엔도가 뿌리내려야 할 곳이 일본이었으므로, 야오요로즈노 카미를 바탕으로, 범신적 세계관에서 융화돼야 하고, 융화될 수밖에 없는 신이었

다. 이것이 일본작가인 엔도에게 나타난 '기독교문학의 신관'이었다.

그런데, 놀랍게도 이러한 양상은 한국의 작가인 이문열과, 김동리에게 있어서도 공통적으로 나타나고 있었다. 이문열에게 있어서는 『사람의 아들』의 민요섭과 조동팔을 통해 전통적인 신을 대신할 '새로운 신'을 찾게 하였고, 민요섭의 일기에서 사람의 아들로 등장한 '아하스 페르츠'를 통하여 신의 모습을 제시한다. 그리고 역시 '새로운 신'을 찾고 있던 조용팔이 쓴 「쿠아란타리아書」에서 그들이 찾는 신을 조형해 낸다. 그리고 이러한 '새로운 신'을 찾아야 할 이유에 대해서, 여러 지방에서 숭배되고 있는 신들인 제설혼합주의(諸說混合主義(syncretism))에서 시작되고 있다는 점을 제시하고 있는데, 이점에 있어서 엔도문학의 '神들과 神과'와의 공통점을 발견할 수 있었다.

그리고 김동리의 『사반의 십자가』는 한국적 샤머니즘을 배제시키지 못한 김동리의 기독교 세계관과 맞물려 있다. 유년시절 접하게 된 전통적이고 보수적 기독교관을 통하여 '신'과 '인간'의 문제로 고뇌하게 된 그에게 있어서 '새로운 신' 찾기가 요구되었고, 그 요구에 의해 조형된 '새로운 신'의 모습이 바로 한국의 전통신앙에 뿌리내릴 수 있는 기독교관이었다. 따라서 김동리의 『사반의 십자가』는 '기독교의 신'이 한국적 토양에서 어떻게 전통적 샤머니즘과 융화되었는가를 여실히 보여준 작품이었다.

이러한 비교분석과 고찰을 통하여 일본의 종교문학(기독교문학)과 한국의 종교문학에 나타난 '神'像은 차이보다는 오히려 공통점이 많음을 알 수 있었다. 그 이유는 한국과 일본이 같은 동양권에 속해 있으며, 인접한 나라로서 문화적, 종교적, 역사적, 사회적으로 긴밀한 관계를 맺어왔고, 피할 수 없는 서로의 영향권 안에 있었으며, 양국에 존재하는 동양적 샤

머니즘과 범신적 혼합주의가 그 배경에 내재되어 있었기에, 기독교 수용
에 있어서도 범신적 혼합주의와 분리될 수 없었음을 알 수 있었다. 이러
한 현상이 종교적, 신앙적 형태로 맞물려 표출되어 왔고, 작가의 의식
속에서도 갈등 양태로 나타나 문학 작품으로 표출되었다고 볼 수 있겠다.

【주】

* 이 논문은 2011년 정부(교육과학기술부)의 재원으로 한국연구재단의 지원을 받아 수행 된 연구이며(NRF-35C-2011-2-A00710), 『日本文化硏究』 第50輯(동아시아일본학회, 2014)에 발표된 논문이다.

1) 장 욱, 『토마스 아퀴나스의 철학』, 동과서, 2003, p.219.

2) 김윤식, 『초록빛 거짓말, 우리소설의 정체』, 문학사상사, 2000, p.6.

3) 본 논문에서는 다양한 종교 중에서 기독교의 유일신에 주안점을 두며 '기독교 문학'을 중심으로 논을 진행한다.

4) 엔도 슈사쿠, 「神들과 神과」, 『四季』, 1947.12.

5) 엔도 슈사쿠, 「神들과 神과」, 『四季』, 1947.12.

6) '神과의 투쟁 없이 神의 나라에 돌아갈 수 없다는 것'이 엔도 초기문학에 나타난 신관이 었다. 엔도는 일본이라는 범신적 풍토에서 자신이 神의 자식이 아니라 신들의 자식임을 인정할 수밖에 없었고, 따라서 神의 세계로 들어가기 위해서는 투쟁할 수밖에 없었다고 기록하고 있다. 따라서 엔도 초기문학에 나타난 '神'像은 '神의 세계로 들어가기 위해서 는 투쟁할 수밖에 없는' 전투적인 '부성적 神'의 모습으로 그려지고 있다.

7) 神은 그리스도교의 유일신을 의미하고, 신들이란 神의 복수형으로서 범신적 신관(神觀) 의 의미로 사용한다.

8) 엔도는 호리 다쓰오(堀辰雄)의 영향을 받으며 일본의 神들의 존재와 가톨릭의 일신론과 의 격차를 자각하게 되었다. 즉, 엔도 문학의 출발점이라고 할 만한 『神들과 神과』를 쓸 때 그는 이미 호리 다쓰오의 책을 탐독하고 있었고 『하나 아시비(花あしび)』와의 연관성을 지니고 있었다. 그에 머물지 않고 『하나 아시비』에 의해서 눈 뜨게 된 일본 고대로부터의 야마토(大和)의 神들의 세계와 자신이 믿고 있던 가톨릭의 일신론 세계 의 괴리(乖離)를 『神들과 神과』 속에 썼던 것이다. 그러나, 엔도는 호리 다쓰오와는 달리 '神의 세계'를 지향했다. 호리의 '神들의 세계'에 공감하면서도 그것을 부정하고 일신론의 세계로 들어가려 했다. 그 결의로 '神들의 세계'와의 투쟁을 언급하고, 또한 일신론의 구조인 '神'과의 투쟁을 받아들이려 했던 것이다. 그러므로 거기에는 투쟁이 있다. 따라서 이 시기 엔도가 품고 있었던 신관(神觀)은 인간의 죄를 심판하는, 무섭고 엄한 부성적 신관이었다.

9) 엔도가 문학가로서 출발했던 것은, 대학 시절의 평론 『神들과 神과』를 잡지 『四季』 5호(1947년12월)에 발표한 후부터이다. 그리고, 소설가로서 출발한 것은 프랑스 유학 후의 『아덴까지』부터이고, 『아덴까지』(1954년 12월)부터 『깊은 강』(1993년 6월)까지 수많은 작품을 남겼다. 이 46년간 엔도문학의 중심테마였던 '神'의 문제는 여러 모습으

로 변이하게 된다. 변이의 배경에는 여러 계기와 사건들이 존재하고 있다.

10) 1549년 예수회의 프란시스코 사비엘에 의해 일본에 그리스도교(가톨릭)가 전파된 후, 에도 막부(江戶幕府)의 박해로 인해 신앙생활이 금지되었는데, 이로 말미암아 숨어서 신앙생활을 하던 시대와 신자들을 일컬음.

11) 엔도 슈사쿠, 『나의 예수』, 詳傳社, 1976.7, p.60.

12) 엔도 슈사쿠, 『나의 예수』, 詳傳社, 1976.7, p.60~61.

13) 엔도 슈사쿠, 『나의 예수』, 詳傳社, 1976.7, p.61.

14) 엔도 슈사쿠, 『깊은 강』, 講談社, 1993.6.

15) 엔도 슈사쿠, 『깊은 강』, 講談社, 1993.6, p.188.

16) 엔도 슈사쿠, 「나의 『예수의 생애』」, 『요미우리신문(讀賣新聞)』, 1973년 6월 4, 11, 18, 25일.

17) 이문열, 「귀향을 위한 만가」, 이문열·권성우 외 『이문열論』, 도서출판 三人行, 1991, pp.10~11.
    내 고향은 분명 영양군 석보면 원리동이지만 불행히도 나는 그곳에서 태어나는 인연은 갖지 못했다. 조상으로부터 물려받은 천석 재산을 팔아 허망한 건국사업에 열중하시던 아버님 덕분에 내가 태어난 곳은 청운동의 지금은 헐려버린 어느 아파트였다. 그리고 어디선가 한번 쓴 적이 있는 대로 그 뒤로도 2년간 나는 서울거리를 이리 저리 옮겨가 며 자라다가 세 살 때 6·25가 터지면서 비로소 어머님의 친정인 영천을 거쳐 고향에 돌아가게 되었다. 갑자기 가장을 잃고 어린 5남매와 시어머니만 남게 되자 아직도 팔리 지 않고 있던 고가와 전답을 의지하기위해 어머님께서 주장하신 귀향이었다.

18) 이문열 (1987.2), 「2판(개정판) 작가의 말」, 『사람의 아들』, 민음사, 2004년의 「25주년 판에 부쳐」에서 인용, p.385.

19) 이문열, 「25주년 판에 부쳐」, 『사람의 아들』, 민음사, 2004.6, p.383.

20) 김욱동, 『실존주의적 휴머니즘의 문학 이문열』, 민음사, 1994.7. p.99.
    아하스 페르츠에 관한 이문열의 재해석은 주목할 만하다. 서구에서는 흔히 '방랑하는 유태인'이라는 이름으로 잘 알려진 아하스 페르츠는 그 동안 서구 유럽 문학에서 상당 히 중요한 역할을 하여 왔다. 이 전설적인 인물에 관한 이야기는 13세기의 문헌에 처음 보이며 그의 인종이 유태인으로 확인된 것은 비로소 17세기에 이르러서인 것으로 전하 여진다. 그는 예수 그리스도가 처형당하던 날 아침 그를 조롱하고 학대하였다는 이유로 예수가 재림할 때까지 이 세상을 떠돌아다니도록 저주를 받은 것으로 알려져 있다. 그러나 이 인물에 대하여 이문열은 이제까지 알려진 것과는 다른 해석을 내린다. 즉 아하스 페르츠가 끝없이 이 세상에 떠돌고 있는 것은 예수가 내린 저주 때문이 아니라 그 스스로 내린 결심 때문이라고 그는 주장한다. 당시로는 천한 직업이었던 구두 수선 공의 신분으로 맨발에 가죽 무릎받이를 하고, 손에는 깁다 만 로마군의 군화와 실 펜

바늘을 든 채 이 세상에 떠돈다는 것은 어디까지나 기독교인들의 악의에서 날조한 것에
지나지 않는다는 것이다.

21) 이남호, 「『사람의 아들』 神의 은총과 인간의 정의」, 이문열·권성우 외 『이문열 論』,
도서출판 三人行, 1991.2, pp.209.
아하스 페르츠를 통하여 제시되는 이러한 생각은 바로 민요섭의 그것이다. 그러나 아하
스 페르츠의 생각이 곧 민요섭의 결론이 되는 것은 아니다. 민요섭의 궁극적인 사상은,
그가 새로 고쳐 쓴 성경이라 할 수 있는 「쿠아란타리아書」에서 제시된다. 이 제목은
아하스 페르츠가 마침내 진정한 神을 만난 곳이 쿠아란타리아이며, 이 神이 말씀하신
것을 기록한 형식으로 되어 있기 때문이다. 이 내용은 『사람의 아들』 안에서 뿐만 아니
라 우리 소설 문학사 안에서도 기억될 만한 독창성과 깊이가 있다고 판단된다. 사실
아하스 페르츠의 기독교에 대한 부정은 절실한 것이긴 하지만 또 누구나 할 수 있는
이야기이다. 그러나 아하스 페르츠의 생각에서 한 걸음 더 나아가, 아하스 페르츠마저
부정하여 새로운 천지창조를 구상해 낸 「쿠아란타리아書」의 내용은 야심만만한 것이
며, 독창적인 것이며, 이 소설에서 가장 빛나는 부분이다.

22) 엔도 슈사쿠, 『나의 예수』, 詳傳社, 1976.7, p.60.

23) 서영채, 「소설의 열림, 이야기의 닫힘」, 류철균 編 『살림 작가 연구 이문열』, 살림,
1993, p.178.

24) 『사람의 아들』의 본문을 인용했으며, 괄호안의 설명은 '註'를 참고로 하여 필자가 첨삭
하였다. p.156.

25) 김동리, 『무녀도』, 을유문화사, 1947.

26) 김동리, 『사반의 십자가』, 일신사, 1958.

27) 김동리, 「『사반의 십자가』 후기」, 『김동리 전집 5』, 민음사, 1995, p.384.

28) 김동리, 「『사반의 십자가』 후기」, 『김동리 전집 5』, 민음사, 1995, p.384.

29) 김동리, 「『사반의 십자가』 후기」, 『김동리 전집 5』, 민음사, 1995, p.385.

30) 김동리, 「『사반의 십자가』 후기」, 『김동리 전집 5』, 민음사, 1995, p.387.

31) 방민화, 「샤머니즘의 소설적 변용」, 『김동리 소설연구』, 보고사, 2005, p.225.

32) 김동리, 「『사반의 십자가』 후기」, 『김동리 전집 5』, 민음사, 1995, p.385.

33) 김동리, 『을화』, 문학사상사, 1986.

34) 김동리, 『사반의 십자가』, 홍성사, 1982 ; 『김동리 전집 5』, 민음사, 1995년 「개작에
붙여」, p.388에서 인용.

35) 김윤식, 「무녀도에서 을화에 이른 길」, 『을화 외』 한국소설문학대계26 해설, 두산동아,
1997.

36) 김윤식, 「해설 『을화』론- 이승과 저승 사이에 걸린 등불 하나」, 김동리 전집 6 『을화』,
민음사, 1995, p.208.

37) 신춘자, 「기독교의 구원과 『사반의 십자가』」, 『김동인·김동리의 기독교문학』, 푸른사
    상, 2005, pp.60~61.

38) 야오요로즈노 카미(八百万の神/팔백만의 신)-『古事記』에 의한, 일본의 神이 팔백만이
    나 된다는 자연 숭배 사상에서 기인되는 범신론적인 신관(神觀)이다.

오오카 쇼헤이의 『들불』과 기독교

김 승 철

"내가 비록 죽음의 그늘 골짜기로 다닐지라도"
시편 23편 4절

1. 전쟁과 허무와 생명

올해로 탄생 100주년을 맞이하는 작가 오오카 쇼헤이(大岡昇平, 1909~1988)는 2차 세계대전 중 구(舊)일본군의 병사로서 징집되어 전장에 나갔던 수많은 젊은이들 중의 하나였다. 1909년, 현재의 도쿄 신주쿠(新宿區)에서 주식 중매상을 하는 상인의 장남으로서 태어난 그는 1944년에 징집되어 훈련을 받고 필리핀의 보병 부대로 보내진다. 그의 표현을 빌리자면 "고작해야 총포를 메는 법밖에 배우지 못한 상태에서" 전지로 투입된 것이었다.[1] 징집될 당시 그는 이미 35세였으며, 결혼하여 처와 두 자녀가 있었다. 그는 민도로 섬의 산 호세에서 경비의 임무를 띠고 복무하던 중 말라리아에 감염된다. 그리고 그해 12월, 미군이 민도로 섬에 상륙하면서 오오카가 소속되어 있던 부대는 섬의 고지(高地)로 퇴각할 수밖에 없었다. 다른 패잔병들과 함께 산 속을 3달 가까이 방황하면서 극단의 기아와 병과 싸우며 죽음의 고비를 넘나들던 오오카는 죽음 직전에 미군의 포로가 되어 레이테 섬의 병원에 후송된다. 그리고 1945년 8월에 일본이 항복하면서 그해 12월에 귀국하여 아카시 시(明石市)에 소개(疏開)되어 있던 가족과 재회한다.

오오카는 전쟁의 허무와 공포, 그리고 강제적으로 전장에 끌려나와 "하나의 부품"으로 전락해버린 병사가 느끼는 걷잡을 수 없는 분노를 그의 『레이테 전기(レイテ戰記)』(1971)에서 다음과 같이 토로하고 있다. 『레이테 전기』는 오오카가 한 강연에서도 언급하는 레마르크의 『서부전선 이상없다』에 필적되는 일본의 대표적 전쟁문학으로 평가될 수 있을 것이다.

8일과 9일의 전투는 리몬 고개의 전투 중 가장 처참한 이었다. 미군 병사도 연일 계속되는 싸움으로 신경질적이 되어 있었다. 이 날은 반드시 주능선(主稜線)에 도달하려고 안간힘을 썼다. 자신들에게 가혹한 싸움을 강요한 일본 병사에 대해서 화를 내고 있었던 것이다.

무엇을 위해서 우리들은 싸우지 않으면 안 되는가, 수천 마일이나 떨어진 조국에서 부자는 더욱 더 부자가 되고, 어딘가 있을 기분 나쁜 놈에게 아내를 빼앗기기 위해 필리핀에 왔단 말인가, 하는 생각이 머리를 떠나지 않았다. 하로나 타크로반에서 막료(幕僚)나 신문기자가 필리핀 여인들과 춤을 추고 있는데 왜 우리들만이 비를 맞으면서 목숨을 걸고 싸워야 한단 말인가 하고 생각하니 화가 나서 견딜 수 없었던 것이다.

일본군 병사들은 또 물자의 차이를 여실히 말해주는 미군과의 싸움을 비겁하다고 여기면서 화를 내고 있었다. 3일간의 싸움에서 많은 전우가 죽어 나간 것에 분노하고 있었다. 끝없이 내리는 빗속에서 증오와 분노가 뒤엉키면서 백병전을 벌이고 있었던 것이다.

오오카가 자신의 전쟁체험을 바탕으로 집필한 또 다른 작품인『포로기 (俘虜記)』(1949)에서 쓰고 있듯이, 그가 직면하지 않으면 안 되었던 죽음 은 운명과도 같이 그를 엄습해 오는 것이면서도 그러나 생명의 약동을 보다 뚜렷하게 드러내는 투명한 성질의 것이기도 하였다.

> 나는 이미 일본의 승리를 믿지 않았다. 나는 조국을 이러한 절망적인 싸움에 끌고 들어간 군부가 미웠지만 내가 여기까지 그들을 막기 위해 그 무엇도 하지 못한 이상, 그들에 의해서 주어진 운명에 항의할 권리는 없다고 생각하였다. 일개의 무력한 시민과, 일국의 폭력을 행사하는 조 직을 대등하게 놓는 이러한 생각이 나는 우습다고 여겼지만, 지금 무의 미한 죽음의 덫에 걸려든 자기의 어리석음을 비웃지 않기 위해서도 이 렇게 생각할 필요가 있었다. (중략) 미래에는 죽음만이 있을 뿐이지만, 우리들이 그것에 대해서 표상할 수 있는 것은 완전한 허무일 뿐이었다. ……그러나 죽음의 관념은 끝없이 되돌아 와서 생활의 모든 순간에 나 는 엄습하였다. 나는 드디어 죽음은 아무 것도 아니다, 다만 확실한 죽음 을 피해서 나는 지금 살고 있으며 그것이 문제라는 것을 깨닫게 되었다. 그러나 죽음의 관념은 기분 좋은 관념이기도 하였다. 필리핀 섬의 원 색의 아침이나 저녁 놀, 야자와 화염수(火焰樹)는 나에게 광희(狂喜)를 가져다주었다. 어디를 가도 죽음의 그림자를 보면서도 나는 이러한 식물 과 동물을 압도하고 있는 열대의 풍물을 눈으로 한없이 탐하였다. 나는 죽음 앞에서 이러한 생의 범람을 보여준 운명에 감사하였다.

소설가 오에 겐자부로는 오오카의 작품에 대해서 "자신이 경험했던 전 쟁으로부터 그 자신의 통일적인 강인한 주제, 즉 근본적이 정동(情動)의 덩어리이고 전쟁 속에서 의지와 생명의 자각을 갖춘 미립자인 자기가,

결코 해결될 수 없는 살아있는 공포와 분노의 결합을 자신의 혼(魂) 속에
확보한 것"2)이라고 평하였지만, 부조리의 극한으로서의 전쟁에 강제적으
로 끌려 나간 오오카의 내면을 흐르는 '의지와 생명의 자각'이야말로 그의
문학세계의 중요한 축을 이룸에 틀림없을 것이다. 나아가 그러한 '의지와
생명의 자각'은 전쟁의 거대한 광기 속에서도 '인간적인 위엄'을 잃지 않
도록 유지시켜준 최초의 보루였다.

오오카의 내면을 흐르는 '의지와 생명의 자각'은 그가 소년 시절 조우하
였던 기독교적 체험으로까지 소급된다. 오오카가 64세가 되어서 쓴 자서
전인 『소년 - 어떤 자전의 시도(少年-ある自伝の試み)』(1973)에 의하면
그는 소학교 시절부터 아동용 잡지인 『붉은 새(赤い鳥)』에 동요 등을 기
고하는 등, 문학에 관심과 재능을 지니고 있었다. 오오카는 1921년(大正
10) 감리교계통의 미션스쿨인 아오야마 가쿠인(靑山學院)중학교에 진학
하였는데, 학교에서 이루어지던 기독교 교육을 통해서 "기독교의 감화를
받아" 일요일에는 교회에 출석하였고, 장래 목사가 되고자 결심한 적도
있었다.

> 13살의 내가 예수의 하느님에게 끌렸던 까닭에 내가 휴머니스틱한
> 성향을 가지게 되고, 그 후 20년 그에 반대하는 생각을 계속해서 가지고
> 있었음에도 불구하고 그것이 저 결정적인 순간에 갑자기 나타난다는 가
> 설은 성립하지 않는다. 소년 시대의 몽상은 소년시대와 함께 없어진다고
> 해도 조금도 문제가 되지 않는다. 그러나 지금 내가 병상에서 저 사건을
> 회상하면서 '신의 음성'과 같은 관념에 휩싸이고 있다는 것은 진실이다.

1926년 구제(舊制) 세이죠(成城)고등학교에 진학한 오오카는 고바야시
히데오(小林秀雄, 1902~1983)나 시인인 나카하라 주야(中原中也, 1907

~1937)와 교분을 맺으면서 그들로부터 영향을 받았다. 고바야시는 니시다 기타로(西田幾多郞)와 함께 전전(戰前) 일본의 최고 지식인으로 불리던 인물이었으며 전후에도 일본의 사상계에 다대한 영향을 끼친 문학비평가였다. 전쟁이 끝나 제대하여 일본에 돌아온 오오카에게 전장에서의 경험을 작품화할 것을 권했던 것은 다름 아니라 고바야시였다. 또한 오오카는 가와카미 데쓰타로(河上徹太郞, 1902~1980)와 나카하라와 더불어 동인지를 창간하기도 하였고, 나카하라의 시를 편집, 출판하기도 하였다.

1929년(昭和 4)에 교토(京都)제국대학 문학부에 들어가 불문학을 전공한 오오카는 지이드나 스탕달에 심취하였으며, 졸업 후 고베(神戶)의 한 선박 제조 공장에서 근무하던 중 징집되어 필리핀의 전장으로 보내진다.

2. 신의 존재 증명으로서의 '왼손'

『들불(野火)』 역시 오오카가 전장에서 겪었던 체험을 바탕으로 쓰여진 작품으로서, 1948년부터 『문체(文體)』나 『전망(展望)』 등의 잡지에 연재하였던 것을 1952년에 창원사(創元社)에서 단행본으로 출판한 것이다. 오오카는 이 작품으로서 제3회 요미우리(讀賣)문학상을 수상하였다. 『들불』은 이미 다수의 외국어로도 번역된 작품으로서 이에 대한 평가는 다양하지만, 우리들이 이 작품에 대해서 지니는 관심은 역시 기독교적인 맥락에서 이 작품을 어떻게 읽을 수 있을까 하는 데 있다. 『들불』은 모두 39장으로 구성되어 있는데, 그중 몇몇 장의 소제목을 일별해 보는 것만으로도

이 작품에 내장되어 있는 기독교적 세계관을 짐작할 수 있다. 「닭이 울다」(10장), 「낙원의 사상」(11장), 「소금」(19장), 「빛」(25장), 「들의 백합」(30장), 「공중의 새」(31장) 등은 성서에 등장하는 용어를 그대로 소제목으로 하였음을 알 수 있다.[3]

주인공 다무라(田村) 일등병은 지병인 폐병으로 말미암아 자신의 부대에도 병원에도 머물지 못하고 버림받은 신세가 된다. 병원에서는 자기가 먹을 식량을 지참한 병사만을 받아주었기 때문이다. 그러나 다무라는 이렇게 버림을 받았다는 사실이 오히려 '일종의 음성적인 행복감'으로 받아들여졌다. '어찌 되었든 생애의 마지막 며칠간을 군인이 생각하는 대로가 아니라 자신의 생각대로 쓸 수가 있기 때문이었다.' 그는 적을 죽이기 위해 국가가 그에게 강제로 짊어지게 만들었던 총과 칼에 대해서도 지극히 시니컬한 태도를 취하고 있다. 그가 칼을 처음 썼던 것은 적군을 죽이기 위함이 아니라 개를 죽이기 위한 것이었으며, 패잔병이 되어 '국가에 대해서 무의미한 존재'가 된 후 산속을 헤매던 그가 총을 사용한 것은 역시 적군을 향한 것이 아니라 생면부지의 필리핀 여인이라는 '무고한 사람'이었기 때문이다.

이미 식량이 바닥나고 극심한 기아 상태에서 산간을 헤매다가 그가 조우하였던 것은 그를 포함해 일본군을 적대시하던 필리핀인이 일구어 놓은 밭이었다. 이러한 행운은 지극히 감사할 만한 일이었으나 "극동(極東)의 무신론자"라고 자신을 정의하는 다무라로서는 "누구에게 감사해야 할 지 모를 일이었다.", "나는 죽음 앞에서 이렇게 생의 범람을 보여준 우연에 감사하였다. 나는 지금까지의 반생에 조금도 만족하지 못하고 있었으나 어쩌면 나는 혜택 받은 운명 속에서 살아온 것은 아닐까 하는 생각이 머리를 스쳤다. 그때 나를 찾아온 '행운'이라는 단어는, 만일 내가 거부하지 않는다면 쉽게 '신'이라는 단어로 대체할 수도 있는 것이었다."

어느 날 다무라는 멀리 숲속에 솟아있는 십자가를 발견한다. 오오카는 이때 다무라의 마음속에 떠오르는 상념을 다음과 같이 쓰고 있는데, 이는 오오카가 기독교와 만나게 되었던 과정을 드러내줌과 동시에 근대 일본과 일본의 지성인들이 기독교와 만났던 동기와 그들이 겪었던 마음속의 갈등과 그로 말미암아 기독교로부터 멀어지게 된 과정과 내용을 축약해서 묘사한다는 점에서도 대단히 흥미로운 대목이 아닐 수 없다. 조금 길지만 이 부분을 인용해 보고 싶다.

　　나는 전율했다. 고독감에 떨고 있던 내게 이 종교적 상징의 급작스러운 출현은 육체적이라고도 할 만한 충격을 주었다. 십자가는 아마도 숲 저쪽의 바다에 임한 마을의 회당의 꼭대기를 장식하고 있을 터였다. 나는 그들[미국인]을 조금도 미워하지 않았다. 하지만 내가 속한 나라가 그들이 속한 나라와 싸우고 있는 이상 우리들 사이에는, 십자가를 포함해서, 여하한 인간적인 관계도 있을 수 없었다. ……십자가라는 만국적(萬國的) 사랑의 상징도 적에게 소유된 이상 다만 위험한 상징에 지나지 않았다. 그러나 나는 그 십자가로부터 눈을 뗄 수가 없었다. ……그날 밤 나는 십자가를 생각하면서 지냈다. 죽음을 목전에 두고 포식을 한 내 마음의 공허는 쉽사리 이 인간적인 영상에 의해서 메워졌다.
　　십자가는 내게 낯선 것은 아니었다. 내가 태어났을 때 일본 여러 곳에는 이미 이 이국의 상징이 있었다. 나는 먼저 호기심에서 그것에 접근하였고 이어서 그 로맨틱한 교양에 심취하기도 하였지만, 그 후 내가 쌓은 교양은 어떠한 종교도 부정하는 것이었으며, 나의 청년기는 '방법'에 의해 소년기의 미몽(迷夢)을 배제하는 데에 소비되었다. 그 결과 내가 도달한 것은 사회에 대해서는 합리적이고, 자신에 대해서는 쾌락적인 그러한 원리였다. 소시민인 나의 신분으로서는 이것은 반드시 나의 욕망에 충분히 만족할 가져다주는 것은 아니었으나, 어쨌든 나는 거만한 태도를 유지하면서 후회는 없었다. 만일 내가 이러한 생활원리를 패잔병의 고독 속에서까지 계속 지니고 있었다고 한다면 새삼스레 소년 시절의 미몽에 마음이 동요되는 일은 없었을 것이다. 멀리 보이는 십자가로부터 눈을 떼지 못하고 이토록 고민하지는 않았을 것이다.

나는 나의 소년시대의 사상이 과연 미몽이었던가에 대해서 다시금 반성해 보았다. 내가 인생의 입구에서 신과 같은 불합리한 존재에 마음이 끌렸던 것은 내가 그처럼 무지한 때문이었지만, 그 때는 생활에 즉한 하나의 이유가 있었던 것을 기억해 냈다. 내가 의지하여야만 될 초월적 존재를 불렀던 것은 그 당시 알았던 성적(性的) 관습을 자기의 의지로서는 억제할 수 없었기 때문이었다. 그리고 내가 그 행위를 나쁘다고 느꼈던 것은 그것이 쾌락을 가져다준 행위였기 때문이었다. 이 사이에 작용하고 있던 감정을 나는 그 후에도 모든 미숙한 감각의 혼돈으로서 무시하고 있지만, 그것은 과연 다 지나가버린 것이라고 할 수 있을까. ······ 저 쾌감을 죄라고 느꼈던 나의 감정은 옳바른 것이었을까, 아니면 그러한 감정을 부정하고 현세적 감정의 사면(斜面)에 몸을 맡겼던 성인의 지혜가 올바른 것이었을까, 둘 중 하나일 것이다.

나는 숲속의 작은 집의 어두운 천정을 올려다보면서 생각을 계속했지만, 대답은 보이지 않았다. 나의 생각은 오히려 이 이국(異國)의 신을 믿고 있던 시절의 나날들, 그 신에 의해서 보내진 사람들의 말을 읽고, 찬송가를 부르고, 아무런 욕망 없이 사람들을 사랑하던 소년시절의, 지금 생각해보면 평온하다고 여겨지는 그 날들의 추억에 사로잡혔다.

위의 인용은 서구로부터 전해진 기독교가 대부분의 일본 근대의 젊은 지성인들에게 있어서 윤리적 엄격함으로서 수용되었으며, 이러한 기독교의 윤리적 요구에 부응할 수 없었던 일본의 청년들이 기독교로부터 거리를 지니게 되었음을 집약적으로 보여준다. 오오카뿐만 아니라 지금까지 우리들이 이 연재에서 고찰해 보았던 문학자들 ―아리시마 다케오, 시마

자키 도손 등—에게 있어서 기독교는 우치무라 간조로 대표되는 엄격한
윤리적 종교에 다름 아니었다. 그들은 기독교의 이러한 철저한 요구에
자신이 따를 수 없음을 정직하게 고백하고 기독교로부터 거리를 두게 되
었던 것이다. 그들에게 기독교는 실존적인 요구로서가 아니라 금욕적이고
윤리적인 요청으로서 부각되었던 것이다. 더욱이 자신들에게 전달된 기독
교가 이성의 합리적 요구에 견디지 못함을 알게 되었을 때 그들에게 기독
교는 '미몽'의 종교에 불과하였다.4)

그러나 죽음의 골짜기를 헤매면서 삶과 죽음의 경계를 넘나드는 다무라
에게 기독교는 이제 구원을 향한 절규에 대한 응답으로서 다가온다. 소년
시대의 종교성에서 멀어졌던 다무라로부터 "'데 프로푼디스(de profundis)'
가 갑자기 그의 입술로부터 흘러나왔던 것이다." 그는 꿈에서 자신의 죽
음을 목도하면서 "제가 깊은 심연에서 당신을 부르나이다."는 성서 『시편』
의 고백을 자신의 고백으로 신을 향해서 부르짖었던 것이다. 그 고백은
그가 수많은 시체가 널부러져 있는 마을을 찾아갔을 때 회당 안에서 들었
던 하늘로부터의 소리이기도 하였다. "내가 산을 향하여 눈을 들리라. 나
의 구원은 어디서 오는가."(『시편』 121편) 하지만 그가 이러한 소리를
들었을 때 그 자신은 "외계와의 관계가 완전히 단절되었음을 의식하였다.
지상에서 나의 구원을 부르는 목소리에 대답하는 것은 아무도 없었던 것
이다." 더욱이 다무라는 이후 회당 안에서 갑자기 조우한 필리핀 여인을
사살하게 된다. 다무라는 이로서 '신에게 뿐만 아니라 사람들과도 사귈
수 없는 몸이 되었음'을 절감하게 된다. 구원을 찾아 헤매던 그를 사로잡
은 것은 빠져나올 수 없는 죄의식이었던 것이다.

그런데 그의 죄의식은 끊임없이 '누군가가 보고 있다'는 의식과 연계된

다. 이처럼 '누군가가 나를 보고 있다'는 의식은 다무라가 극도의 기아 상태에서 시체를 먹으려는 충동에 사로잡히게 될 때 다시금 새롭게 그를 사로잡게 된다. "새로운 시체를 발견할 때마다 나는 주위를 둘러보았다. 나는 다시금 누군가가 보고 있다고 생각하였다."

하지만 극한 상태까지 이른 굶주림은 시체를 먹으려는 충동으로 그를 사로잡는다. "나를 먹어도 좋아"라고 하면서 죽어간 장교의 시체를 내려다보면서 다무라는 이상하게도 "해안의 마을에서 보았던 십자가상의 예수의 팽팽하게 늘어뜨려진 팔을 생각하였다." 그는 이윽고 시체를 먹으려고 몸을 움직인다.

나는 오른손으로 칼을 뽑았다.
나는 누구도 나를 보고 있지 않음을 다시 한 번 확인하였다.
그 때 이상한 일이 일어났다. 칼을 쥔 나의 오른손 손목을 왼손이 잡았던 것이다. 이 기묘한 동작은 이후 내 왼손의 습관이 되었다. 내가 먹어서는 안 될 것을 먹고 싶다고 생각하면, 그 음식이 눈앞에 나오기 전부터 내 왼손은 저절로 움직여서 숟가락을 쥔 쪽의 손, 즉 오른손의 손목을 위에서부터 잡는 것이었다.
내가 가서는 안 될 곳에 가려고 하면, 내 왼손은 어린 시절부터 첫걸음을 내어딛는 습관이 밴 다리, 즉 오른발의 발목을 잡는 것이었다.
그리고 이러한 불안정한 자세는 내가 그 잘못된 의지를 가지는 것을 중지시켰다고 납득하기까지 계속되었다.
지금 나는 이 습관에 익숙해 있어서 별로 이상하다고는 생각되지 않지만, 그 때는 매우 놀랐다. 오른손 손목을 위에서부터 잡았던, 그 살아 있는 왼손이 자신의 것이 아닌 것처럼 여겨졌다. (중략)
이 이상한 자세를 나는 또 누군가가 보고 있다는 생각이 들었다. 그 눈이 사라질 때까지 이 자세를 허물어서는 안 된다고 생각하였다.
'너의 오른손이 하는 것을 왼손이 모르게 하여라.'

목소리가 들려왔지만 나는 별로 놀라지 않았다. 보고 있는 자가 있는 이상 목소리 정도는 들려온다고 해도 이상할 것은 없다.

목소리는 내가 죽인 여자의, 짐승의 목소리는 아니었다. 마을 회당에서 나를 불렀던, 그 거대한 목소리였다.

'일어나라, 이제 일어나…….'

나는 일어났다. 이것이 내가 타자에 의해서 몸을 움직인 첫 경험이었다.

나는 일어나 시체로부터 떨어졌다. 시체로부터 한 걸음 한 걸음 떨어짐으로서 오른손은 쥔 왼손의 손가락은 한 손가락 한 손가락씩 떨어져 나갔다. 가운데 손가락, 약손가락, 새끼손가락이 함께 떨어졌으며, 집게손가락과 엄지손가락도 함께 떨어져 나갔다.

자신의 오른손을 왼손으로 누르고 나서 다무라는 "나는 또 누군가가 나를 보고 있다고 생각했다"라고 말한다. 가메이 히데오(龜井秀雄)가 지적하고 있듯이 "그는 누군가가 보고 있다고 여겨서 오른손을 왼손으로 누른 것이 아니라 왼손이 억제적으로 움직였기 때문에 누군가가 보고 있다는 환시가 생겨났던 것이다." 나아가 가메이는 "다무라 일등병이 왼손에 머물고 있는 무언의 의지를 매개로 해서 신을 느꼈다는 것은 ……오오카의 생활사 그 자체와 관계된다"고 보면서 "청년기의 오오카가 다니던 교회에는 대단히 인상적인 신의 손이 그려진 그림이 걸려있었던 것은 아닐까하는 추정이 성립된다"고 말한다. 그리고 "이를 더 거슬러 올라가 본다면 유년기의 오오카 쇼헤이의 동상(凍傷)에 걸린 손을 따뜻한 물에 담가서 아픔을 덜어주던 어머니의 손, 그러나 또 무언의 질책으로서 그의 손을 잡아끌기도 하였던 어머니의 손의 이미지까지 소급될 수 있음에 틀림없다."[5]

가메이가 언급하고 있듯이 손이란 개인을 뛰어넘어서 하나의 문화 전

체가 거기에 담겨 있는 장소이며, 이런 점에서 손은 문화의 근본으로서의
종교에까지 소급되는 기제가 된다. 이른바 "손의 자기초월적인 능력의 신
비화"를 여기서 엿볼 수 있는 것이다. 가메이는 워터 소렐의 『인간의 손
이야기』의 구절을 인용하면서 특히 "왼손은 마법의 비밀을 쥐고 있다고
여겨진" 문화에 대해서도 소개하고 있는데, 이는 손이 때로는 저주를 하
고 때로는 병을 고치는 기능을 담당하고 있음을 보여주는 좋은 예라고
하겠다. "성서에도 실로 많은 손 이야기가 있지만, 원래 유대교는 신의
모습을 그리는 것을 허락하지 않았기 때문에 신의 존재와 신의 행위를
나타내 보이고 싶을 때에는 상징으로서 신의 손을 대용하였기 때문에 그
전통과 민간신앙적인 것이 결합되어서 손의 풍부한 이미지를 낳았던 것이
다. 이렇게 해서 마태복음 6장 3절에 '오른손이 하는 일을 왼손이 모르게
하라'는 말이 생겨나게 되었고, 오오카 쇼헤이는 레이테 산중에서 그 구절
을 듣게 된다."6)

그러나 가메이가 지적하고 있듯이 원래 마태복음에 있는 구절은 위선
을 경계하는 의미로서 "자선을 베풀 때에는 오른손이 하는 일을 왼손이
모르게 하여 그 자선을 숨겨 두어라. 그러면 숨은 일도 보시는 네 아버지
께서 갚아 주실 것이다"라고 쓰여 있다. 따라서 가메이는 오오카가 이
구절에 착상하여 인육을 먹으려는 오른손을 왼손이 억제하는 장면을 묘사
한 데에는 "상당한 무리"가 있다고 지적하면서, "아마도 오오카는 이를
잘 알면서도 이른바 이 구절의 의미상의 이문(異文)을 만들어 냈음에 틀
림없다"라고 부언하였다.

그러나 "오른손이 하는 일을 왼손이 모르게 하여라"는 성서의 구절이
오오카에게 지니고 있던 의미는 그 구절에 뒤따르는 구절에 숨겨져 있었

던 것은 아니었을까? 다시 말해서 "(자선을 베풀 때에는) 오른손이 하는 일을 왼손이 모르게 하여라"라는 명령의 성립근거는 "숨은 일도 보시는 네 아버지"의 존재에 있다고 하지 않을 수 없다. 여기서 오오카가 읽어냈던 것은 "숨은 일도 보시는 아버지"였던 것이다. 산중을 헤매던 다무라 일등병이 "누군가가 보고 있음을 느꼈다"라고 되풀이해서 말하는 것은 바로 "숨은 일도 보시는 아버지"에 대한 완곡한 표현이라고 하겠다.[7]

그렇다고 한다면 시체를 먹으려는 자신의 오른손을 저지하는 왼손은 오오카에게 있어서 "숨은 일도 보시는 아버지"로서의 신에 대한 존재 증명에 다름 아니다. 왼손의 존재는 "자신과는 다른 무언가에 의해서 자신이 움직여진다"는 사실에 대한 증거이기도 하다. 그러므로 왼손은 자신에게 속해 있으면서도 "자신의 것이 아닌", "타자"로서 느껴지는 것이다. 그 왼손이야말로 오오카가 죽음에 직면해서 보았던 신의 모습이었으며, 오오카를 흡인하는 죽음의 입구에서 그를 지켜준 최후의 보루였던 것이다.

인간은 죽음에 직면해서 신을 만난다. 이런 의미에서 신은 언제나 음화(陰畵)로서 밖에 경험되지 않는다. 그 죽음은 자신의 죽음이기도 하고 타인의 죽음이기도 하지만, 오오카의 경우에는 인육을 먹는 행위, 즉 타인의 죽음을 다시 한 번 죽임으로서 자신의 인간성이 극한까지 부정되는 죽음으로서 경험되었다. 그 죽음의 극한에서 오오카는 신을 만났던 것은 아니었을까? 오오카가 즐겨 읽던 시인 나카하라 주야에게는 다음과 같은 단가(短歌)가 남아있다.

> 모든 사람을 죽이고 싶은 나의 마음
> 그 마음 내게 신을 보여주나니
> 人みなを殺してみたき我が心　その心我に神を示せり

오오카가 나카하라를 만났던 것은 1928년(昭和3)의 일이었다. 당시 나
카하라는 연인 하세가와 야스코(長谷川泰子)를 고바야시 히데오에게 빼
앗기고서 불행의 밑바닥으로부터 치밀어 오르는 시작(詩作) 활동을 활발
히 전개하고 있었다. 그런데 연인을 친구에게 빼앗긴 나카하라의 마음속
에 자리 잡고 있던 이러한 지옥체험은 부정할 수 없는 잔혹한 현실이고,
"인간은 타인을 죽이지 않고서는 살아갈 수 없는 존재이며, 약육강식의
세계야말로 피할 길 없는 인간의 현실이라는 사실을 자각하는 순간, 인간
은 부정적인 형태로서 절대자를 생각하지 않을 수 없는 것이다. 신은 이
처럼 '슬픔'과 '불행'의 음화(陰畵)로서, 은밀히 불러 찾을 수밖에 없는 존
재인 것이다."8) 오오카가 『포로기』의 에피그라프로서 신란(親鸞)의 『탄
니쇼』(歎異抄)에 나오는 "내 마음이 선하여 죽이지 않는 것이 아니다(わ
がこころのよくてころさぬにはあらず)"라는 구절을 인용하는 것도 유
사한 맥락에서라고 할 수 있다.

다시 『들불』로 돌아가자. 다무라는 미군의 포로가 다무라는 자신에게
주어지는 모든 음식을 먹기 전에서 '머리를 땅에 대는[叩頭]' 일종의 종교
적인 의식(儀式)을 거행한다. 이는 자신의 입으로 들어가는 음식이 조금
전까지만 해도 살아있던 존재였음을 기억하고 그들에게 사죄(赦罪)하기
위한 의식이었다. 이제 자연 속의 모든 것은 '신의 몸'이고 '신의 피'라는
성육신적 의미로 충만하게 된다. 그에게는 이제 파리 한 마리도 신적 존
재가 된다. 중세 유럽의 신비주의자 마이스터 엑카르트는 "신의 눈으로
보면 한 마리의 모기도 신이다"라고 하여 신의 존재와 모기의 존재의 일
치성을 말하였지만, '극동의 무신론자'인 다무라의 눈에 비친 파리도 '신
의 피'에 다름 아니었다. 이러한 의식은 점점 에스칼레이트(escalate)되어

그는 드디어 모든 음식을 거부하게 되고 급기야 '미친 사람[狂人]'이 되어 도쿄 교외에 있는 정신병원에 입원하게 된다. 에라스무스가 '바보'의 입을 빌어 당시 교회의 어리석음을 질타하고, 니체가 '광인'의 입을 빌어 '신은 죽었다'고 외쳤던 것처럼, 오오카는 '광인'이 된 다무라의 입을 빌어서 - "내가 이것을 쓰는 것은 도쿄 교외의 정신병동의 한 방에서이다" - 우주의 모든 생명체에 대한 성만찬적인 지론을 전개하는 것이다.

오오카는 『들불』의 마지막 대목을 일련의 가정(假定)과 고백으로 끝맺는다.

> 만일 내가 나의 오만함으로 인하여 죄에 빠지려 했던 그때, 저 알 수 없는 습격자에 의해 나의 후두부가 가격된 것이라면······.
> 만일 신이 나를 사랑하였기 때문에 미리 그 타격을 준비해주신 것이라면······.
> 만일 그렇게 때렸던 것이 저 석양이 바라보이는 언덕에서 굶주림 내게 자신의 살점을 권하였던 거인이라면······.
> 만일 그가 그리스도의 변신이라면······.
> 만일 그가 참으로 나 한사람을 위하여 이 필리핀 섬의 산야에까지 보내어진 것이라면······.
> 신에게 영광 있으라.

오오카는 『들불』의 첫머리에 "내가 비록 죽음의 그늘 골짜기로 다닐지라도"라는 『시편』 23편 4절의 구절을 에피그라프로서 기입하였고, "신에게 영광 있으라"라는 구절로 작품을 끝맺고 있다. 이런 점에서 『들불』은 자칭 "극동의 무신론자"인 오오카가 자신의 몸을 가지고 써 내려간 신의 존재 증명이라고 할 수 있을 것이다.

【주】

1) 大岡昇平, 「『レイティ戰記』の意図」, 『日本文藝論集』 2, 1970, p.2.

2) 大江健三郎, 「大岡昇平ー死者の多面的な証言」, 『群像 日本の作家19 大岡昇平』 小學館, 1992, p.23.

3) 제12회 동북아시아 기독자문학회의(2009년 8월 27일~29일, 수원)에서는 오오카 쇼헤이의 『들불』도 하나의 세션에서 다루어졌다. 이 원고를 작성함에 있어서 위의 모임이 도움이 되었음을 밝히면서 감사를 표하는 바이다.

4) 佐藤泰正, 「陰畵としての神ー『少年』と『野火』を中心に」, 『群像 日本の作家19 大岡昇平』, 小學館, 1992, p.174. 사토 야스마사는 기독교에 대한 오오카의 관심이 희석되어 간 이유로써, 그가 나츠메 소세키로 대표되는 당시의 문학에 심취한 것과, 일본어로 이미 번역되어 있었던 르낭의 『예수전』을 읽음으로써 "소년이 믿고 있던 '예수의 사적'(事蹟)의 절대성이 붕괴되었다"고 지적하고 있다.

5) 龜井秀雄, 「大岡昇平の手ー精神の宿り」, 『群像 日本の作家19 大岡昇平』, 小學館, 1992, p.34.

6) 上同, p.37.

7) 전장에서 굶주림의 극한에 도달한 병사가 전사한 전우의 인육을 먹었다는 소재는 엔도 슈사쿠의 『깊은 강(深い河)』에도 등장한다. 하지만 엔도는 시체를 먹었다는 쓰카다(塚田)의 고백에 대해서 외국인 가스통(ガストン)의 입을 통해서 당신의 행위는 이미 용서받았다고 선언한다. '신에게는 모든 것이 용서된다'고 하는 엔도의 신앙고백은 '신이 계신다면 이것만은 용서받을 수 없다'고 읽혀질 수 있는 오오카의 고백과 좋은 대조를 이룬다. 이에 대해서는 보다 깊은 고찰이 요구된다고 하겠다.

8) 礒田光一, 「解説」, 『日本文學全集37 大岡昇平』, 河出書房, 1970, pp.391~392.

아쿠타가와 류노스케의
「오가타 료사이 상신서」에 대한 고찰

조 사 옥

1. 시작하는 말

일본에서의 기독교 포교가 프란시스코 자비엘에 의해 시작된 이래, 1610년에 22만 명의 신도를 돌보고 있었다고 하는 예수회의 보고가 있다. 다른 수도회의 신도를 더하면 30만 명 정도로 추정되고 있다. 그 4년 후에는 선교사의 대부분이 국외로 추방되고 엄중한 금교령(禁教令)이 내려져 박해의 정도가 심해졌다. 사료에 의해 입증된 순교자 수는 4,045명이지만, 실제로는 4만 명을 넘었다고 보고 있다.[1]

간에이(寛永, 1624~1644) 중반에는 신부(伴天連)들이 대부분 검거되어 투옥, 사형되었다. 1633(寛永10)년에는 일본 예수회 관구장(管区長)의 지위에 있었던 크리스토바오 페레이라(Cristóvāo Ferreira)가 나가사키(長崎)에서 체포되어, 오물 위에 거꾸로 매다는 '아나즈리(穴吊)'라는 심한 고문을 받고 배교(棄教)했다. 신부가 배교한 것은 처음 있는 일이었다. 1640년 에도(江戸)막부는 종문개소(宗門改所)를 설치하고, 기독교를 배

교한 이노우에 치쿠고노카미(井上筑後守)를 초대 개역(改役)으로 임명하여 철저하게 기독교도들을 근절시키려 했다. 그 2년 후 페레이라의 배교에 분기한 이탈리아인 안토니오 루비노(Antonio Rubino) 일행인 신부 5명과 종자(從者) 3명이 배교한 페레이라 신부를 회심시키기 위하여 사쓰마(薩摩)에 상륙하였지만, 바로 체포되어 나가사키(長崎)로 보내졌다. 1643년 그들은 심한 고문에도 굴하지 않고 처형되었다. 같은 해 스페인인 베드로 마르케스(Pedro Marques) 일행인 신부 5명과 종자 5명이 같은 목적으로 일본에 잠입해 왔지만, 극심한 고문으로 인해 대부분이 배교해 버렸다. 이후 일본에는 신부가 한 명도 없었고, 기독교인은 강제적으로 배교하게 되어 숨어서 신앙 생활을 하는 잠복 기리시탄(潛伏: 隱れキリシタン)이 되었다.

마쓰다 기이치(松田毅一)는 "무엇 때문에 일본에서 기독교 종문이 금지되기에 이르렀는지를 재확인하는 것은 극히 중요한 과제이다."라고 말하며 몇 가지 원인을 들고 있다. 그는 중국에서 전해진 불교가 일본에 토착화되고, 같은 외래사상인 기독교가 거부된 원인에 대해서 다음과 같이 말하고 있다.

> 불교는 많은 일본인들이 스스로의 의사로 선택하고 섭취한 것인데 비해, 기독교는 말하자면 서구 쪽에서 일방적으로 혹은 반강제적으로 밀어붙여진 것이기 때문에 토착화되지 못한 것이 아닐까.[2]

그것도 하나의 원인이라는 것은 부정할 수 없다. 그러나 일본의 불교에는 기독교처럼 위로부터의 탄압이 없었던 것도 생각하지 않으면 안 된다.

또한 불교와 기독교의 성격 차이도 들지 않을 수 없다. 불교는 일본에서 신도(神道)와 습합(習合)되어 있는 점에서 볼 때 타종교와 타협할 수 있는 종교이지만, 기독교는 타협할 수 없기 때문이다.

이런 점에서는 에비사와 아리미치(海老沢有道)의 견해에 귀를 기울일 필요가 있다. 기독교를 수용한 오다 노부나가(織田信長)를 비롯하여 기독교를 탄압한 도요토미 히데요시(豊臣秀吉), 한층 탄압을 강화한 도쿠가와 이에야스(徳川家康) 자신이 "당대의 정치적 사상적 상황 속에서 자기를 신격화하여 그 통치권의 사상적 기반을 작위적으로 형성하고, 그 절대지배의 합리화와 권위화를 꾀했다."3)라고 보고 있다. 따라서 당연히 신격화된 그들과 유일신을 믿는 기독교와는 양립할 수 없게 되고, 기독교가 금지되는 것은 당연했다. 또한 도쿠가와 막부(徳川幕府)에서는 신불신앙(神仏信仰)에 의한 기독교에 대한 탄압도 행해졌다. 이전에 기독교 영주(大名)에 의해 사원이 파괴된 일이 있었기 때문이었다.

본 논문에서는 먼저 오다 노부나가, 도요토미 히데요시, 도쿠가와 이에야스에 대한 신격화(神格化)와 삼교일치(三教一致)에 의하여 기독교가 탄압을 받게 된 역사를 살펴본다. 또한 도쿠가와 막부와 신불신앙에 의해 기독교가 박해를 받은 것을 그린 아쿠타가와 류노스케의 '기독교소설' 「오가타 료사이 상신서(尾形了斎覚え書)」를 통해서 기독교 박해의 역사를 살펴보고, 숨은 역사를 찾아서 전하고 있는 순교자와 배교자의 심리에 대해 고찰하고자 한다.

2. 절대 권력자의 신격화

일본에 들어온 기독교는 처음에 강력한 통일권력의 허가를 받아 그 보호와 후원으로 일본 전체를 기독교화 하는 것을 목표로 하고 있었다. 하지만 전국의 각 영주(大名)들에 의해 받아들여지기는 해도 통일정권에 의해서는 수용되지 않고 배제되었다. 전국 통일 지배를 목표로 한 정권이 보기에는 기독교 무사들의 충성심은 경이로운 것이었기 때문에 기독교 영주들을 중심으로 한 기독교도(기리시탄)들의 단결을 두려워하여 기독교 신앙을 가지는 것을 엄금하게 되었다. 히데요시(秀吉)나 이에야스(家康)는 신불(神仏)에 대한 서약문(起請文)에 의해 주종(主從) 영주(大名) 간의 결속을 다지고 또한 기독교를 중심으로 한 민중의 단결을 끊으려고 했다. 스스로를 신격화함으로써 그 지배체제를 탄탄하게 하려 했던 것이었다.

절대 권력자의 자기신격화는 이미 오다 노부나가에게서도 나타나고 있다. 노부나가가 신불(神仏)을 무시하고 부정하고 있는 것에 대해 예수회의 프로이스(Fróis) 신부는 "우리들이 주 데우스(デウス)의 정의의 대답"으로서 이교 박멸자(異教撲滅者)인 오다 노부나가에게 기대를 걸면서도, 오다 노부나가가 "일본에서는 그 스스로가 살아있는 신불(神仏)이다."[4]라고 말한 것에 주의를 기울였다. 1982(大正10)년 경에는 노부나가가 "죽어야할 인간이 아니라 신이라고 하여 불멸하는 자인 것처럼 존경할 것을 희망하고" 아즈치(安土)에 소켄지(摠見寺)를 건립하여, 그곳에 제국(諸國)으로부터 우상이 모여들었다. 이는 "이것들을 숭배하게 하기 위해서가 아니라, 이로써 자신을 숭배하게 하기 위해서였다."라고 한다. 이는 다름 아닌 자기를 최고의 신으로 하여 신불을 자신의 지배하에 두고자 하는

것이었다.5) 프로이스는 계속해서 "노부나가(信長) 자신이 신체(神体)이며 살아있는 신이고 부처이다. 이 세상에 다른 주(主)는 없고, 그의 위에는 만물의 창조주도 없다고 하며, 현세에서 숭배되기를 바라고 있었다."라고 말하고 있다.

오다 노부나가의 기독교 정책을 계승하여 도요토미 히데요시는 처음에는 기독교에 대해서 호의적이었다. 하지만 규슈(九州) 평정 이후 일본의 천하통일(天下統一)이 실현된 시점에서 요시히데(秀吉)는 1587년 6월 19일 기독교 영주(大名)인 다카야마 우콘(高山右近)을 파면하고 정(定) 5개조 '신부 추방령(伴天連追放令)'을 발령하여, 기독교종문(キリシタン宗門)을 체제(體制) 외의 종교로 규정했다. 동령(同令)에서 요시히데는 일본을 '신국(神國)', 기독교종문((キリシタン宗門)을 '사법(邪法)'이라 단정하고, 신부들에 대해 20일 이내에 일본에서 퇴거할 것을 명했다. 흑선(黑船)에 대해서는 내항(来航)을 인정하고, 상교 분리책(商敎分離策)을 명확히 하고 있다. '천하(天下)'에 절대 권력자로서의 지위를 구축하기 위해서는, 종교적 권위의 최고위자로서 자기 자신을 신격화하지 않으면 안 되었다.

히데요시(秀吉)는 일본신들 중의 하나인 하치만신(八幡神)이 되려고 했는데, 이 하치만신은 천황(天皇)의 조상신인 아마테라스 오오미카미(天照大神)에 필적하는 신이고, 일본인들 사이에서는 군신(軍神)으로서 숭배되고 있었기 때문이다. 히데요시의 일본 신국론(日本神国論) 속에는 '히데요시 신(秀吉神)'이 지배하는 '천하'의 의미가 포함되어 있었다. 일본의 예수회 관구장(管区長) 코우로스(Couros)는 박해가 격화된 1621(元和7)년에 기초한 「박해의 제원인에 관한 보고」 속에서, 노부나가나 히데요시의 신격화와 히데요시가 '전쟁의 새로운 신(新八幡)'이라는 명칭 아래 숭배되

고 있다는 것에 대해 말하고 있다.6) 여기서 '데우스(デウス)'를 만물의
창조주로 하는 기독교의 절대 신앙과 절대 지배자로서 '히데요시 신'을
숭배하는 것은 당연히 양립될 수 없는 상황이 발생하게 된 것이다. 천하
통일의 목표가 선 규슈 정벌 이후, 일본을 '신국(神国)'이라고 하며 신불
파각(神仏破却)을 이유로 기독교 탄압을 시작한 요시히데는 천하통일을
완성한 단계에서, 그때까지 잠재적이었던 '삼교일치'를 사상적 지주(思想
的支柱)로 삼을 것을 명시하고 있다.

  1591(天正19)년 7월 25일, 포르투갈 령(領) 인도 부왕 앞으로 보낸 답
신에서, "신(神)으로 만물의 근본으로 삼는다. 이 신을 인도(竺土)에서는
불법(仏法)이라하고, 중국(中国)에서는 이를 유도(儒道)라고 하며, 일본에
서는 이를 신도(神道)라고 한다. 신도를 알면 불법(仏法)을 알고 또한 유
도(儒道)를 안다."고 말하며, 범신론적(汎神論的) 삼교일치 사상과 봉건윤
리를 '국시(国是)'로서 선언한 것이다. 게다가 1597년 2월 최초의 대순교
인 26성인을 처형한 후 1597(慶長2)년 7월 27일(양력 9월 8일) 필리핀
국왕(장관) 앞으로 보낸 글에서는 '신도(神道)를 주(主)로 삼는다'고 하고
있다. 이 '신도(神道)를 주(主)로삼는다'고 하는 삼교일치 사상을 '국시(国
是)'로 하는 것은 히데요시 정권만의 것은 아니었다.

  도쿠가와 이에야스도 막번 체제(幕藩体制) 확립을 위한 방책으로서 쇼
군(将軍)의 절대 지배권(絶対支配權)을 받들고 또한 합리화하는 사상정책
을 추진하였다. 이에야스는 무가의 동량(棟梁)인 정이대장군(征夷大将軍)
이 되는 필수조건으로, 미나모토노 요리토모(源頼朝)처럼 황윤(皇胤: 천
황의 혈통 자손)이어야 한다고 생각한 것이다. 따라서 이에야스는 정권을
잡자 겐지(源氏)의 명족(名族) 요시히데에게서 계보(系圖)를 물려받아, 세

이와겐지닛타씨(清和源氏新田氏)의 자손이라는 식으로 계보를 작성하고, 황윤(皇胤)으로서 정이대장군의 선지(宣下)를 조정으로부터 부여받은 것이다.[7] 여기서 천황을 대신하여 왕도정치를 펼치는 사람으로서, 직속 가신단(直屬家臣団)뿐만 아니라 제족(諸族)과 영민(領民)을 복종시키는 공의지배(公儀支配)의 명분이 성립되었다. 이에야스도 히데요시의 신국론을 계승하고, 기독교 금제를 강화함으로써 이를 구체화해 갔다.

더욱이 이에야스는 히데요시처럼 자신을 신격화하여 죽음이 가까워진 1616(元和2)년 4월, 그의 사체를 구노 산(久能山)에 안치하고 관동(關東) 8주(八州)의 진수로서 닛코암(日光廟)을 건립하여 그곳에 모시도록 측근에게 전하고, 요시다 신도(吉田神道)의 신류인 본승(神竜院梵舜)에게 사후 신이 될 수 있는 절차에 대해서 물었다.[8] 이는 당시 요시다 가(吉田家)에 의해서 신의 위격화(位格化)가 행해지고 있었다는 것을 이야기 하는 것이다.[9] 4월 17일 토쿠가와 이에야스(德川家康)의 사망 후 그의 유언대로 구노 산(久能山)에 안치되고, 요시다가(吉田家)의 종원유일신도(宗源唯一神道)에 의해 종묘를 영유하게 되었지만, 난코보 덴카이(南光坊天海)가 이의를 제기하여, 다이곤겐(大権現)으로서 닛코(日光)에 안치되었다. 이렇게 이에야스는 도쇼 다이곤겐(東照大権現)으로서 신격화되었던 것이다. 노부나가·히데요시·이에야스라고 하는 세 사람은 자신을 신격화하여 그 통치권의 사상적 기반을 작위적으로 형성하고, 그 절대지배의 합리화와 권위화를 꾀한 것이 공통적이다.

3. '신부(伴天連) 추방문'에 의한 금교와 탄압

1598년 8월 도요토미 히데요시의 사후, 도요토미 히데요리(豊臣秀頼) 쪽 서군(西軍)과의 세키가하라(関ヶ原) 전투에서 승리한 도쿠가와 이에야스는 1603년 에도에 막부(幕府)를 설치하고, 강력한 막번(幕藩) 지배 체제를 확립했다. 이에야스는 히데요시보다 우호적인 외교를 진행했기 때문에 기독교인들에게 기대감을 주었다. 그러나 이에야스의 우호 외교는 새로 온 스페인 사람들과 직접 교섭함으로써 에도에 가까운 우라가(浦賀)를 개항하여 남만(南蛮) 무역권을 장악하는 것과 채광기술을 도입하는 것에 주안점을 두고 있었다. 그렇게 교섭하는 동안 스페인계 수도회인 프란치스코회, 도미니크회, 아우구스티노회 등이 마닐라에서 계속해서 일본으로 들어와 활발한 포교 활동을 개시하게 되었다.

1598년 말에 이에야스는 프란시스코회 선교사인 제로니모 데 지저스(Jeronimo de Jesus) 신부를 불러서 스페인 선(船)을 관동(關東) 지방으로 유치해 달라고 하는 알선을 의뢰했다. 이에야스는 지저스에게 에도 체류와 포교를 허가하였고, 이에 따라 지저스는 1599년 에도에 교회를 건립하고 관동의 포교에 착수했다. 이는 이에야스가 필리핀, 멕시코와의 무역 관계를 수립하고, 스페인 배를 관동 지방에 주둔시켜 무역 거점을 구축하기 위해서였다. 1600년 이에야스는 지저스 신부를 사절로서 마닐라에 파견했다. 도쿠가와 정권의 거점인 관동 지방과 스페인령 멕시코와의 무역을 꾀하여 그 중개자로서 그를 보낸 것이었다. 다음 해인 1601년 마닐라에서 돌아온 지저스는 세키가하라 전투에서 승리한 이에야스를 알현하고 필리핀 총독의 서간을 건넸다. 하지만 지저스 신부의 요청에도 불구하고,

관동 지방과 마닐라 사이의 무역 교섭은 진전를 보이지 않았고, 지저스는
9월 병사했다.

그 다음 해인 1602년 6월 1일, 신임 필리핀 총독은 이에야스에게 답장
을 보내어 멕시코와의 무역 실현을 위해 노력 할 것을 통고하고, 선교사
에 대한 원조를 요청했다. 그러나 이에야스는 일본 측이 희망하는 무역에
대해서는 대답하지 않고 계속 선교사를 파견해오는 스페인 측에 대해서
화를 냈다. 우호적인 통상무역 관계는 강력하게 희망하고 있었지만, 선교
사에 의한 선교활동은 금한다는 것을 외국인 상인에 대한 '수인장(朱印
狀)'10)에 명시했다. "외국인은 일반적으로 일본 국내의 어느 곳에서나 원
하는 곳에서 주거할 수 있도록 허락하지만, 기독교의 가르침을 공표하는
것은 엄금"한다고 하는 것이었다.

이에야스 측 동군(東軍)과 히데요시 측 서군(西軍)에 의한 세키가하라 전
투 수개월 전인 1600년 3월, 네덜란드 배 리프디(Liefde) 호가 분고(豊後)
의 사시우(佐志生)에 표류하다 도착(漂着)하자, 영국인 항해사 윌리엄 아
담스(William Adams)와 네덜란드인 항해사 얀 요스틴(Jan Joosten)이 이
에야스의 환대를 받았다. 이에야스는 리프디 호를 사카이(堺)로 회항시키
고, 몸소 그 배에 찾아가 승무원인 포수를 아이즈(会津) 정벌에 데려갔
다.11) 이는 일본을 둘러싼 국제 관계의 무대에, 가톨릭 국가인 포르투갈과
스페인에 더하여 프로테스탄트 국가인 네덜란드와 영국이 등장한 것을 의
미한다. 네덜란드와 영국은 기독교 포교와 무역을 분리하여 일본과 무역할
것을 희망했다. 이에야스는 영국인 항해사 윌리엄 아담스(Wiliam Adams)
를 오사카 성(大阪城)으로 불러 외교고문으로 임명했다. 그 결과 선원에
게 일본에 입항할 수 있는 수인장(朱印狀)을 부여하여, 네덜란드 배가 히

라도(平戶)에 오고갈 수 있게 되었다. 또한 히라도(平戶)의 영주(大名) 마쓰우라(松浦)의 지원을 얻어서 1609년, 히라도(平戶)에 네덜란드 상관(商館)을 개설할 수 있게 되었다. 1613년에는 존 세리스(John Seris)가 이에야스를 면회하여 영국 국왕 제임스 1세(JamesI)의 서간을 전하고 그도 수인장(朱印狀)을 받아서 히라도(平戶)에 영국 상관을 개설했다.

가톨릭 국가인 포르투갈과 스페인, 프로테스탄트 국가인 네덜란드와 영국은 서로 종교적으로 갈등관계였고, 해상에서도 격투를 벌이고 있었다. 네덜란드와 영국은 상관 개설에 있어서 종교적인 것을 일체 거론하지 않고 상업적인 이익만을 추구했기 때문에 막번(幕藩)은 양국과의 무역을 환영했다. 그러나 그 일은 나가사키(長崎)와 마카오 간의 무역을 독점해온 포르투갈 상인이나 생사(生糸) 무역이 경제적인 기반이었던 예수회에 큰 타격을 주었다.

예수회와의 접촉은 조안 로드리게스(Joao Rodorigues)를 통해서 이루어졌다. 이에야스는 예수회에 대해서 나가사키(長崎)와 교토(京都), 오사카(大阪) 주거를 허가하고, 오르간티노(Organtino) 신부를 만나 1601년 후시미(伏見)에 수도원 건설을 위한 토지를 부여했다. 나가사키(長崎)와 마닐라 간에 쌓아온 무역 실적을 무시할 수 없었기 때문이다.12) 이에야스(家康)는 1604년 조안 로드리게스의 방문을 받고, 포르투갈 배의 결항으로 재정난에 빠져있던 예수회에 희사하거나 대부를 해주는 등 경제 원조를 하였다. 1607년에는 일본 예수회 관구장(管区長) 프란시스코 바지오가 가미가타(上方)와 슨푸(駿府), 에도에까지 가서 이에야스와 히데타다(秀忠)를 알현하였다.

1605년 도쿠가와 이에야스는 쇼군(將軍) 자리에서 물러나 은거하여 슨푸에 살고 있었지만, 뒤를 이은 쇼군 히데타다(秀忠)는 1605년 가을, 에도 와 관동 지방의 영지(領地)에 금교령(禁敎令)을 내렸다. 그러나 이에야스 의 관대한 태도가 영향을 끼쳐, 이 시기 지방의 영주(大名)들은 기독교에 호의적이었다. 히젠(肥前)의 나베시마(鍋島)가 영내에서의 도미니크회 선 교사들의 포교와 교회건설을 허락한 것은 1606년 11월의 일이었다. 이는 스페인선의 후카보리(深堀) 입항과, 이에야스와 일본 주교 세르케이라 (Cerqueira)와의 만남이 크게 영향을 끼쳤기 때문이다.

또한 도미니크회의 관구장대리(管区長代理) 모랄레스(Morales) 신부는 1608년 8월 슨푸로 가서 이에야스와 면담하고, 수도원 건설 허가를 받아 내어 다음 해 나가사키에 수도원을 세울 수 있었다. 또한 프란시스코회와 의 관계는 1606년 마닐라의 무역선이 우라가(浦賀)에 내항(內航)한 것을 계기로 밀접해졌다. 따라서 프란시스코회 선교사의 우라가 거주 허가를 얻어, 1608년에는 수도원을 설립할 수 있게 되었다.

이와 같이 포르투갈이나 스페인과의 무역을 추진하기 위해, 기독교 포 교는 우선 묵인되고 있었다. 그러나 이에야스는 당초보다 포교 금지 쪽을 더 지향하고 있었고, 1587년 도요토미 히데요시가 발령한 '신부 추방령 (伴天連追放令)'이나 상급무사를 대상으로 한 금교령(禁敎令)을 철회하지 않았다. 또한 히데요시가 '신부 추방령(伴天連追放令)' 이후 취해 온 무역 과 포교를 분리 하고 통제하는 태도에도 변함이 없었다. 1605년 필리핀 총독에게 보낸 서간 중에서, 일본은 선조 대부터 신국(神國)이기 때문에 기독교와는 양립될 수 없으므로 포교를 금지한다고 통보하고 있다.

1606년 4월 오사카 성 성곽 마을에 이에야스의 비공식적인 승낙을 얻 은 무사들에 대한 금교령이 내려져서, 1589(天正15)년에 히데요시가 발

령한 금교령의 유효성이 확인되고 있다.13)

그러나 1612년 3월, 에도, 슨푸, 교토 등지에 기독교 금교령을 내리게 된 사건이 일어났다. 먼저 1610년 1월 6일, 나가사키 해상에서 발생한 포르투갈 상선 마드레 데 데우스(Madre de Deus) 호 사건을 들 수 있다.14) 데우스 호 사건의 결과 포르투갈 배의 나가사키(長崎) 내항이 2년간 중단되고, 이에야스에게 신뢰를 받고 있던 조안 로드리게스(João Rodrigues) 신부는 1610년 마카오로 추방되었다. 예수회 기독교(기리시탄) 공동체는 로드리게스 신부의 추방으로 막대한 피해를 입었다. 도쿠가와 막부(德川幕府)와 연결된 창구를 잃어버렸기 때문이다. 마카오 시(Macao市)는 1611년 막부에 사절단을 파견하였는데, 종래와 같이 무역을 하는 것이 허락되어 수인장(朱印狀)을 부여받았다. 이에야스는 로드리게스 대신으로 영국인 아담스(Adams)를 중용했다.

한편 혼다 마사즈미(本多正純)의 수족이 되어 나가사키에 출입하고 있던 오카모토 다이하치(岡本大八)가 아리마 하루노부(有馬晴信)에게, 데우스호 사건의 공적으로 인해 이에야스가 포상을 줄 의향이 있다고 하면서, 그것을 실현시키기 위한 운동비로서 다액의 뇌물을 사취(詐取)하고, 옛 영토 회복에 관한 가짜 사령서를 하루노부에게 부여한 사건이 일어났다. 하루노부의 옛 영토가 당시에는 나베시마령(鍋島領)이었던 히젠의 후지쓰(藤津)와 소노기(彼杵), 키시마(杵島) 삼군(三郡)을 원래대로 영지를 바꾸도록 주인인 마사즈미에게 말하겠다는 것이었는데, 사령서(辭令書)의 실행이 지연되어 하루노부가 마사즈미에게 문의하였다가 뇌물수뢰 사건이 표면화되었다. 1612년 4월 21일, 오카모토 다이하치(岡本大八)는 화형에 처해지고, 6월 5일 아리마 하루노부는 사사(賜死)되었다.15) 본건은 신부(伴天連)들과는 무관한 것이었지만, 두 사람이 모두 기독교인(기리시탄)이었다는 것 때문에 교회로서는 치명적으로 불행한 사건이었다.

1613년 12월 23일, 도쿠가와 이에야스의 측근인 곤치인 스덴(金地院崇伝)이 집필한 '신부 추방문(伴天連追放文)'이 발포되어 쇼군 히데타다(秀忠)에 의해 전국으로 공포되었다. '신부 추방문'의 주장은 일본이 유교적 정치이념을 근본으로 한 신국(神国)이자 불교(仏教) 국가인 것을 전면에 내세워, 일본 정복의 수단이 되어있는 기독교를 '사교(邪教)'로 단정하고 규탄하려고 하는 것이었다. 다음은 '신부 추방문'의 내용이다.

> 여기에 기독교의 도당들이 우연히 일본에 와서 단지 상선을 보내어 자재를 유통 시키려는 것이 아니다. 무분별하게 사법(邪法)을 퍼뜨려 바른 종교(正宗)를 현혹시키고 이로써 성내(城中)의 정권(政号)을 무너뜨리고 자신들이 정권을 장악하려고 한다. 이는 큰 화가 움트는 것이다. 제지하지 않을 수 없다.
> 일본은 신국(神国)이며 불국(仏国)이기 때문에 신을 경외하고 부처를 존경하며 인의(仁義)를 오로지하여, 선악의 법을 바로 잡는다. (중략) 사법(邪法)이 아니고 무엇이겠는가.

여기서 기독교인들은 전통적인 정법과 윤리를 파괴하고, 일본에 혁명을 일으키려하는 집단이라는 것을 강조하고 있다. 또한 히데요시의 삼교일치론은 인도 부왕에게 보낸 국서와 내용이 일치하고 있는데, 이와 같이 히데요시 이래 봉건국가 권력의 주도하에서 이루어진 삼교일치 사상은 외래의 '기독교종문(吉利支丹宗門)'을 배격 박멸시키려는 것으로 강화되어, 민심통일의 원리이며 막번체제의 성립과 강화를 지탱하는 것이었다.16)

다음 해인 1614년 정월에 일본 각지의 선교사들과 다카야마 우콘 등의 유력한 기독교인들이 나가사키로 보내지게 되었다. 같은 해 가을에는 나가사키에 모인 선교사와 기독교인들이 외국으로 추방되었고, 11월 7, 8일 (음력 10월 6, 7일)에는 4,000명 정도가 여러 척의 배를 타고 마카오와 마닐라로 보내졌다. 이는 '대추방'이라 불리고 있다.[17]

하지만, 오사카 성에서 겨울 전투의 격전이 행해진 것은 다음 달 26일이다. 이보다 먼저 오사카 성의 도요토미(豊臣) 측은 전운이 감돌자, 천하의 주인을 잃은 낭인(浪人)들을 모으고 있었다. 도쿠가와 막부(德川幕府)는 그 속에 기독교인 병사가 많이 있을 것으로 짐작하고, 막부로부터 포교를 금지당한 신부들이 외국에서 군사적 지원을 받아 도요토미 측으로 향하는 것은 아닐까 하고 의심하였을 가능성이 충분히 있다. 한편 도쿠가와 측은 네덜란드와 영국 상관원에게서 군사 물자를 사들였다. 그야말로 구교 가톨릭과 신교 프로테스탄트와의 격돌이라고도 할 수 있다.

4. 「오가타 료사이 상신서」에 나타난
기독교도에 대한 탄압

이상 도요토미 히데요시의 '신부 추방령(伴天連追放令)'에서부터 도쿠가와 이에야스의 '신부 추방문(伴天連追放文)'에 이르는 금교 과정을 고찰해왔다. 이 시대의 기독교 순교나 배교에 주목하여 아쿠타가와 류노스케는 기독교소설(기리시탄모노)의 하나인 「오가타 료사이 상신서(尾形了

斎覚え書)」를 쓰고 있다. 본 작품은 도쿠가와 막부 초기의 박해 시대를 배경으로 하고 있다.

「오가타 료사이 상신서」는 1917(大正6)년 1월 1일 발행된 잡지『신초(新潮)』제26권 제1호에 발표된 작품이다. 원전에 대해 히라오카 도시오(平岡敏夫)는 신무라 이즈루(新村出)의『남만기(南蛮記)』수록 중「기리시탄판 4종(切支丹版四種)」의「4 참회록懺悔録」18)에, 아들의 병을 고치기 위해 이교도의 의견에 따라 수도자에게 기도 받은 이야기를 들고 있고, 모리 오가이(森鷗外)의 작품「오키쓰 야고에몬의 유서(興津弥五右衛門の遺書)」의 영향도 지적하고 있다.19)

「오가타 료사이 상신서」는「담배와 악마(煙草と悪魔)」에 이은 아쿠타가와 류노스케의 '기독교소설(기리시탄모노)' 제2작이다. 아쿠타가와 자신은 에구치 간(江口渙) 앞으로 쓴 서간(1917년 3월 8일) 속에서, "실제로 미러클은 좀 더 길게 쓸 생각이었지만 여러 가지 일에 방해를 받아 시간이 없어져서 그런 식으로 압착돼 버린 것입니다. 그것도 측필(仄筆)의 죄입니다."20)라고 이야기하고 있다. 이에 대해서 사토 야스마사(佐藤泰正)는 "그러나 역으로 주제의 확산은 피할 수 있어서, 오히려 작가가 선택한 문체는 시노(篠) 자신이 배교하는 고통을 숨겨진 진짜 주제로서 부각시키고 있다."21)고 말하고 있다. 게다가 간 사토코(菅聡子)는「오가타 료사이 상신서」의 미러클 이야기에 대해『내정외교충돌사(内政外教衝突史)』22)와의 관련을 느끼게 한다고 지적하고 있다.23)『내정외교충돌사』는 현존하는 기독교 사료에 대해서, "그 재료를 전교도사(伝教道師)의 통신(通信)에서 취하는 것은 대단히 기괴하다. 즉 사람의 난병을 치유하고, 맹아폐질을 치유하고, 사자(死者)를 소생시키는 것을 싣는 적이 많다."라고 쓰고 있는 부분을 간(菅)은 들고 있다. 아쿠타가와의 노트 「貝多羅葉 2」에 "신부(伴天連) 신고자 은 이백 냥/ 수사(修士) 신고자 은 백 냥/ 기독교인 (기리시탄) 신고자 은 오십 냥/ 위와 같이 신고한 사람들은 비록 같은 종문(宗門)이라 하더라도 배교를 신청하면 그 죄를 용서하고 위에서 포상금을 제시한 대로 수여한다."라는, 시마바라(島原)의 난(乱) 이후에 행해진 「기독교 고소인의 금지사항(切支丹訴人の制札)」(1638)을 모사하고 있다. 「貝多羅葉 2」에 「일본서교사(日本西教史)」, 『내정외교충돌사』, 『山口公教史』에서 메모 한 것에 대해서는 이시와리 토오루(石割透)가 이미 지적하고 있다.24)

이상에서 볼 때 아쿠타가와가 기독교의 미러클에 관심을 가지고 「오가타 료사이 상신서」를 쓰고 있다는 것은 부정할 수 없다. 또 하나 생각할 수 있는 것은 순교자와 배교자(棄教者)의 심리를 그리고 있다는 것이다. 절필로 생각하고 쓴 「서방의 사람」 속에서 아쿠타가와는 "나는 그럭저럭 10년 전쯤에 예술적으로 기독교를—특별히 가톨릭교를 사랑하고 있었다", "그로부터 또 다시 몇 년인가 전에는 기독교를 위해 순사(殉死)한 기독교도들에게 어떤 흥미를 느끼고 있었다. 순교자의 심리가 나에게는 모든 광신자의 심리처럼 병적인 흥미를 준 것이다."라고 쓰고 있다. 이에 따르면 「오가타 료사이 상신서」는 '예술적으로 기독교'를 사랑하고 있던 시기의 작품에 들어가지만, 첫 부분의 문장과 일치하지 않는다. 오히려 「오가타 료사이 상신서」에서는 '순교자의 심리'에 흥미를 느끼고 있는 아쿠타가와를 느낄 수 있다.

「오가타 료사이 상신서」에는, 이요(伊予)국 우와(宇和) 군의 의사인 오가타 료사이에 의한 보고서 형식으로, 기독교라는 '사법(邪法)'에 의해 열병으로 죽은 시노의 딸 사토(里)가 소생한 일이 보고되고 있다. 왜 이요국 우와군인가에 대해서는 세키구치 야스요시(関口安義)에 의해 후지오카 조로쿠(藤岡蔵六)와의 관련성이 제기되고 있다.[25] 후지오카 조로쿠의 조부는 이요(伊予 : 지금의 愛知県)로 이주해 살면서 한방으로 2대째 의사가 되었고, 아버지는 구 에도 의학교(도쿄제국대학 의과대학의 전신)에서 수학하여 고향인 이와부치 무라(岩淵村)에서 개업의가 되었다. 조로쿠는 일고(一高)에서 이카와 쿄(井川恭)와 함께 아쿠타가와의 친구였기 때문에, 세키구치의 지적대로 조로쿠에게서 이요국 이와 군의 기독교에 대해서 전해지는 이야기를 들었을 가능성은 충분하다. 마쓰다 키이치(松田毅一)에 의하면, 시코쿠(四国) 최초의 신도는 1564년 선교사 루이스 프로이스(Luís Fróis)와 알메이다(Matías Almeyda)의 보고서에 보이는 '이요 사람'이라고 지적하고 있다.[26]

「오가타 료사이 상신서」가 '공의(公儀)'에 보고된 시기는, '신년(申年) 3월 26일'로 되어있다. '무라카타(村方)',[27] '향촌사(村郷士)'[28]라는 용어를 볼 때 에도 시대라는 것은 명백하다. 에도의 '신년'이라는 것은 1608년, 1620년과 같이 12년마다 돌아오는데, 「오가타 료사이 상신서」에서의 '신년'은 1608년이라고 추정된다. 1620년은 겐나(元和) 6년으로, 로드리게와 수사인 이루만이 당당하게 시노의 집으로 가서 병을 치료해주는 미사와 같은 행사를 할 수 없는, 극심하게 기독교를 탄압하던 시대였기 때문이다. 1614년 정월 선교사의 '대추방'이 있었고, 1619(元和5)년 1월에는 선교사를 적발하는 수단으로서 나가사키 부교(長崎奉行) 타니가와 사에몬(谷川左兵衛)에 의해 '고소인 포상제'가 채택되어, 선교사를 고발하는 사람에게 은 30장을 주겠다고 광고하고 있다.

「오가타 료사이 상신서」는 아쿠타가와의 '기독교소설(기리시탄모노)' 중 제2작이지만, 시대 배경으로서는 겐나(1615～1623)와 간에이(1624～1643) 시대의 탄압에 들어가기 전이다. 그러나 1922(大正11)년 9월경에 집필한 것으로 보이는 「오긴(おぎん)」에 이르면, 겐나 아니면 간에이의 박해 시대가 배경이 되어 탄압의 강도를 더욱 높여 화형이 준비되어 있었다. 두 작품 모두 배교를 하게 되는 원인은 '육친의 정애(情愛)', 즉 어머니의 사랑, 부모에 대한 효도 때문이다. 지금까지 아쿠타가와의 기독교소설 중에서, '육친의 정애(情愛)'에 의한 배교(棄敎)를 소재로 하여 쓴 것은 「오긴(おぎん)」이지만, 「오가타 료사이 상신서」에서 이미 '육친의 정애(情愛)' 때문에 배교를 하게 되는 어머니의 사랑, 어머니의 마음이 그려져 있다.

또한 로드리게(Rodrigues) 신부의 모델인데, 이름만으로 본다면 히데요시와 이에야스의 통역으로 활약했고 1610년 마카오로 추방된 조안 로드리게스(João Rodrigues)에게서 빌려왔을 가능성을 생각할 수 있을 것이다.

5. 배교하는 어머니의 마음

시노(篠)는 농부의 셋째 딸로 태어나 10년 전에 요사쿠(与作)와 결혼하여 사토(里)를 낳았지만, 남편이 먼저 세상을 뜨고 베를 짜거나 하면서 아홉 살짜리 딸 사토와 그날그날 살아가고 있었다. 요사쿠의 병사 후 기독교 종문(宗門)에 귀의하여, 아침저녁으로 오직 딸 사토와 함께 십자가가 걸려있는 예수 그리스도를 예배하고 남편 요사쿠의 성묘마저도 소홀히

하였기 때문에 친척들과도 인연이 끊어졌다. 사토가 큰 병에 걸려 의사인 료사이(了斎)에게 진맥을 부탁했지만 거절당하여서 시노는 울면서 집으로 돌아갔다. 료사이가 진맥을 거절한 것은 시노가 "사법(邪法)을 행하고 사람의 눈을 현혹"하며, "기독교 종문의 신도"이면서 "처음 마을 사람들이 신불(神仏)을 섬기는 것을 악마의 외도에 홀린 소행이라고 때때로 비방했다고 들어 알고 있기" 때문이었다. 다음 날 다시 료사이에게 찾아와 "평생 은혜를 잊지 않을 터이니 제발 진맥해 주십시오", "의사의 역할은 사람의 병을 치료하는 것인데" 등으로 말하며 사토(里)를 진맥해 줄 것을 애원하였지만 그것도 거절당하여 시노는 집으로 돌아갔다. 죽을 지경에 있는 환자를 내버려두고 의사로서의 양심마저 마비시켜 버리는 무서운 종교의 차이에 대해 아쿠타가와는 그리고 있다.

다음날 시노는 폭우 속에서 우산도 쓰지 않고 '물에 빠진 생쥐'처럼 되어 진맥을 부탁하러 찾아온다. 거기서 의사 료사이가 "딸의 생명인지 데우스여래(泥烏須如来)인지 양자 중 하나를 버리라고 하자 시노는 이르신 말씀 천 번 만 번 지당하십니다. 하지만 기독교 종문의 가르침에는 한번 배교하면 혼과 몸이 모두 영원히 멸망한다고 합니다. 부디 저의 심정을 불쌍히 여기셔서 이것만은 용서해 주시길 바랍니다." 하고 말하면서 "광기 있는 모습"으로 시끄럽게 설득하여 목이 메었다. 시노는 기독교인이라는 이유로 집안에서 내쫓긴데다가 딸 사토의 진맥도 거절당했다. 그럼에도 불구하고 시노는 기독교인의 길을 선택했다. 하나뿐인 딸이 죽게 되는 것도 각오한 것이었다.

그런데 배교를 하면 영혼과 몸의 '멸망'으로 이어지는 것을 잘 알고 있는 시노가 "갑자기 눈물을 줄줄 흘리며", 료사이의 "발밑에 손을 짚고",

모기만한 목소리로 배교하겠다고 말했다. 그 증명을 해 보이라고 하자, 품속에서 '십자가'를 꺼내서 가만히 세 번 밟았다. 이때 시노는 "눈물도 이미 말라"버린 열병 환자처럼 보였다. 여기에는 딸의 목숨을 살리기 위해 배교를 하는 어머니, 시노의 심적 고통이 충분히 표현되어 있다. 기타가와 요시오(北川伊男)는 "시노에게 배교를 결단하게 한 것은 모성애에서 나온 진심"이고, "시노의 그런 진심에서 우러나오는 아름다움은 신앙을 우선으로 하는 모성애에서 나온다."라고 말하고 있는데, 공감할 수 있는 지적이다.29)

그러나 의사 료사이가 진맥하러 갔을 때 사토는 이미 손을 쓸 수 없는 상태였다. 이를 들은 시노는 미친 사람과 같이 되어, "제가 배교한 이유는 여식의 목숨을 건지기 위한 일념 때문이었습니다." 하고 료사이와 하인 앞에 엎드려 애원했다. 탕약 세 첩을 놓아두고 료사이가 돌아가려고 했을 때, "결국에는 제가 사려 깊지 못해서 여식의 목숨과 데우스여래(泥烏須如来) 둘을 다 잃어버리게 되었습니다."라고 말하며 "하염없이 울었"다. 시노는 딸 사토의 생명을 구하기 위해 '십자가'를 세 번이나 밟았는데, 이에 대해 자신의 마음이 사려 깊지 못했다고 고백하고 있다.

딸 사토(里)가 죽은 후, 시노는 "이미 정신이 나가서 딸의 시체를 끌어안고, 큰 소리로 무언가 만음(滿音: 스페인어나 포르투갈어)으로 된 경문을 암송"했다. 그러나 기독교에서는 '발광'한 사람이 성서를 읊는 일은 우선 있을 수 없다. 따라서 신불(神仏)에 대한 신앙을 가지고 기독교를 사법(邪法)이라 여겨서 탄압하고 있는 화자, 의사 료사이에게 「이토조 각서」에서 경위를 설명하게 하고 있기 때문에, 시노의 '발광'을 말 그대로 받아들일 수는 없다. 1908, 1909(明治41, 42)년, 아쿠타가와가 부립(府

立)3중 4, 5학년 경에 집필한 것으로 보이는 미발표 원고 「노광인(老狂人)」에서도, 아이들이 볼 때 '히데 바보(秀馬鹿)'가 '주기도문'을 반복해서 암송하고 있는 것이 광인으로 보인 것과 닮은 점이 있다. 기독교인이 아닌 의사 료사이에게는 남만의 경문을 암송하고 참회하며 예수 그리스도에게 기도하고 있는 시노의 모습이 '발광'한 것처럼 보였을 가능성도 충분히 있다. 그러나 작가 아쿠타가와(芥川)는 십자가를 3번 밟긴 했지만 시노의 마음속 깊은 곳에서는 배교하지 않았다는 것을 화자에게 말하게 하고 있는 것으로 보인다.

다음 날, 료사이가 말을 타고 어느 곳으로 진맥을 하러가는 도중에 시노의 집 안을 들여다보았다가 다음과 같은 광경을 목격한다.

시노의 집 문이 열려있는 안쪽에, 홍모인 한 명과 일본인 세 명이 각각 법의로 보이는 검은 옷을 입고, 저마다 손에 십자가 내지는 향로와 같은 것을 들고, 이구동성으로 할렐루야, 할렐루야를 외치고 있었습니다. 더군다나 오른쪽 홍모인의 발밑에는 시노가 머리를 풀어헤친 채로 딸 사토(里)를 끌어안고 실신한 듯 웅크려 앉아있었습니다. 특히 저를 놀라게 한 것은, 사토(里)가 양손으로 힘주어 시노의 목덜미를 감싸 안고 어머니의 이름과 할렐루야를 번갈아가며 천진난만한 목소리로 외치고 있었다는 사실입니다.

료사이는 "먼발치에서 보는 것이라 확실하게 알 수는 없었지만", 자신의 눈에 사토의 혈색이 고아 보였다고 고백하고 있다. 사토의 신앙에 대해서 곱게 느끼고 있는 료사이의 마음을 읽을 수 있다. 료사이는 말에서 내려 사토의 소생에 대해서 마을 사람들에게 자세하게 물었다. 서양인(紅

毛人) 신부(伴天連) 로드리게가 아침에 수사(神弟)들과 함께 이웃 마을에서 시노의 집으로 건너와 시노의 '참회'를 듣고, "모두가 종문(宗門)의 부처(佛)에게 기도를 드리거나, 혹은 향을 피우거나 혹은 신수(神水)를 뿌리거나" 하고 있었는데, 시노의 '발광'이 저절로 잠잠해지고, 사토도 이윽고 소생했다고 하였다.

료사이는 "주독(酒毒)에 빠졌거나, 장기(瘴気: 열병을 일으키는 산천의 독기)로 인해 열병에 걸렸다거나 하는 자뿐으로, 사토처럼 상한(傷寒)으로 죽은 자가 혼이 되돌아온 예는 아직까지 들어보지 못하였다."라고 하며, 다음과 같이 역설적으로 말한다.

기독교 종문이 사법(邪法)이라고 하는 사실은 이 사건만으로도 분명하며, 특히 신부(伴天連)가 이 마을에 왔을 때 봄 우뢰가 계속해서 친 것도 하늘이 그를 증오하셨기 때문으로 사료되옵니다.

독자들에게 기독교의 기적으로 느껴지게 화자인 료사이에게 말하게 하고 있지만, 있을 수 없는 기적이기 때문에야말로 기독교 종문은 '사법(邪法)'이라고 하는 것이다.[30] 「오가타 료사이 상신서」의 무대가 1608년으로 추정되는 점으로 볼 때, 이는 도요토미 정권이 '삼교일치'에 의해 기독교를 '사법'으로서 탄압하고 있던 때의 이야기이다. 기독교를 '사법'으로 규정하였기 때문에, 죽은 사람이 되살아 난 것조차도 '사법'의 증거로 삼고 있다.

시노가 기독교인이라고 하는 이유 때문에 의사로서의 본분을 다하지 않은 료사이였다. 시노가 배교하자 사토(里)를 치료하기 위해 진맥을 하러 가긴 했지만 이미 치료하기에는 늦어버렸던 료사이는 사토의 소생을 기독교 종문(宗門)이 '사법'인 증거라고 단정해버리기에는 빨랐다. 종교의 차이에서 오는 비정함을 그리고 있다고 볼 수 있다.

그날 시노와 사토는 신부(伴天連) 로드리게와 함께 이웃 마을로 옮겨갔고, 살고 있던 집은 지겐지(慈元寺)의 주지 닛칸도노(日寬殿)의 조처로 불타버렸다. 기독교에 대한 격한 반발감을 느끼게 하는 장면이다. 이에 대해 이시준(李市俊)은 기독교에 대한 불교 측의 보복이라고 말하고 있다.31)

그뿐만 아니라 기독교와 불교와의 갈등 속에서 승려로서의 자비심마저도 사라져버린 것이 그려져 있다. 종교가 다르다는 것만으로 시노의 진맥을 거절하고 기독교에 대한 탄압을 멈추지 않는 오가타 료사이의 비정함과 함께, 종교 간의 갈등이 얼마나 무서운 것인가를 독자들에게 던지고 있다고도 할 수 있다.

6. 맺는 말

「오가타 료사이 상신서」는 1608년이 그 배경이라고 추정되는 가운데, 박해 속에서도 기꺼이 고난의 길을 걸어가는 기독교인의 애환이 절절하게 나타나 있다. 「오가타 료사이 상신서」에서는 딸의 생명을 구하기 위해 어쩔 수 없이 배교한 모정에 대해서 그리고 있을 뿐만이 아니라 기독교인들이 기뻐하며 순교를 택했던 순교 시대에, 왜 어떤 기독교인들은 어쩔수 없이 배교(棄敎)해야만 했는가에 대해 아쿠타가와 류노스케는 역사자료

를 근거로 하고 그의 상상력을 동원하여 전하고 있는 것이다. 또한 딸을
살리기 위해 어쩔 수 없이 배교하였지만 실제로 신앙을 버리지는 않은
시노와 같은 어머니는 구원 받을 수 없는지를 묻고 있다. 이 물음에 대해
아쿠타가와는 훌륭한 신앙으로 할렐루야를 외치며 죽은 딸 사토를 소생시
키고 어머니 시노의 정신이 돌아오게 하는 기적으로 답하게 하고 있다.
남편이 죽은 후 기리시탄이라 하여 친척에게도 의절 당하고 마을에서도
쫓아내려고 하며, 겨우 입에 풀칠만 할 정도로 '가난한 자'인 9살 딸 사토
와 어머니 시노와 함께하는 그리스도로 그리고 있다.

【주】

1) 宮崎賢太郎, 『カクレキリシタンの実像』, 吉川弘文館, 2014.2.1, p.28.

2) 松田毅一, 『南蛮のバテレン』, 朝文社, 1999.7.1, p.255.

3) 海老沢有道, 『キリシタンの弾圧と抵抗』, 雄山閣出版, 1981.5.20, p.69.

4) フロイス一五七三年四月二十日付書簡, Cartas 1, ff.342v～343, 『耶蘇会士日本通信·下』, 異国叢書, pp.256～257.

5) 海老沢有道, 『キリシタンの弾圧と抵抗』, 雄山閣出版, 1981.5.20.

6) 「이 나라에서 숭배되고 있는 여러 신들 중에서, 여러 가지 명칭의 기원에 악마를 대표하고 있는 약간의 신을 빼면, 모든 신들은 일본의 국왕이나 영주였습니다. 이것을 모방해서 노부나가는 자기를 숭배하게 하기위해 아즈치야마의 시에 불사 소켄지(摠見寺)를 세우게 했습니다. 太閤(도요토미 히데요시)의 모든 봉공은 그의 사후, 도읍의 교외에 다른 신사(豊国神社: 도요쿠니 신사)를 세워, 또한 太閤(도요토미 히데요시)의 가신이 었던 다수의 영주(大名)들은 太閤를 위해 자신의 영내에 사당은 만들고, 전쟁의 새로운 신 (新八幡)이라고 하는 명칭 아래 그를 숭배하고 있습니다.」(アルバレス·タラドリス 著, 佐久間正氏 訳, 「十六·七世紀の日本における国是とキリシタン迫害」, 『キリシタン研究第十三輯』, 19.)

7) 渡辺世祐, 「徳川氏の姓氏について」, 『史学雑誌』 三〇ノ十一. 1919.

8) 辻善之助, 『日本仏教史·近世篇二』, 岩波書店, 1953, p.111.

9) 하비안은 『妙貞問答』에서 "요시다(吉田)에 의한 신이라면 신은 요시다의 아래이다" 라고 비판하고 있다(海老沢有道, 『キリシタンの弾圧と抵抗』, 69).

10) 에도 막부(江戸幕府)의 주인(朱印)을 찍은 항해허가장(航海許可状).

11) 松田毅一, 『南蛮のバテレン』, 朝文社, 1999.7.1.

12) 당시 일본에서는, 교황 그레고리 13세의 칙서에 의해 예수회 이외의 수도회에는 선교가 허가되지 않았다. 이 소칙서 폐지운동이 스페인 계(系)의 탁발수도회, 특히 프란시스코 회원에 의해 적극적으로 행해졌다. 그들은 소칙서를 무시하고 일본에서 선교활동을 하고 있었다. 필리핀 프란체스코회의 요청으로 유럽에서 소칙서 폐지운동이 활발하게 되어, 예수회는 반발했지만, 교황 클레멘스 8세는 소칙서를 폐지했다.

13) 村井早苗, 「岡本大八事件」, H.チースリク監修·太田淑子編, 『日本史小百科 キリシタン』, 東京堂出版, 1999.9.22.

14) 1608년 아리마 하루노부(有馬晴信)가 인도차이나의 점파(占波)에 파견한 무역선이 일본에 귀항하던 중, 아리마 가(有馬家)의 가신들과 승무원들이 마카오에서 거래를 둘러싸고 포르투갈들과 다투어 60명 정도의 일본인이 살해된 사건이 일어난 다음해인

1609년에 이 사건에 관여한 포르투갈 상선의 사령관 페소아(Andre Pessoa)가 나가사키(長崎)에 입항했다. 아리마 씨(有馬氏)는 나가사키부교(長崎奉行) 하세가와(長谷川左兵衛) 등과 결탁하여 페소아에게 보복하려고 하여, 이에야스(家康)에게 페소아와 상선을 포획할 것을 청원했다. 이에야스는 포르투갈과의 무역단절을 두려워해 주저했지만, 마닐라선박에 승선한 스페인 상인에게 포르투갈 선박에 실은 생사(生糸) 등의 보급을 보증 받았고, 네덜란드 선박의 계속적인 내항(来航)을 기대할 수 있다고 확신하게 되어 무력행사를 허락했다. 페소아를 소환하여 선박을 포획하고자 시도했지만, 페소아는 이에 응하지 않고, 출항 하려고 했기 때문에, 하루노부(晴信)는 나가사키부교(長崎奉行) 하세가와(長谷川左兵衛)들과 데우스호(デウス号)를 포위 공격했다. 4일간에 걸친 전투 끝에 사령관 페소아는 화약고에 불을 붙여 데우스 호(デウス号)를 폭파시킨 후 자살했다(五野井隆史, 『日本キリスト教史』, 吉川弘文館, 2006.5.10, p.199).

15) 아리마 하루노부(有馬晴信)를 파면(改易)시킨 이유 중 하나는, 오카모토 다이하치(岡本大八)가 옥중(獄中)에서 고발한 나가사키부교(長崎奉行) 하세가와(長谷川)의 암살 혐의로, 쇼군(将軍)의 대리인인 부교(奉行)를 살해하려고 하는 것은 쇼군 및 막부(幕府)에 대한 모반(謀叛)에 상당하는 행위라고 간주되었다. 하루노부가 하세가와에게 적의를 품게 된 것은, 하세가와와 다이칸 무라야마(代官村山)에게 협박을 받아서 데우스 호(デウス号)의 포획과 공격에 휘말렸기 때문이라고 말하고 있다.

16) 海老沢有道, 『キリシタンの弾圧と抵抗』, p.69.

17) 五野井隆史, 『日本キリスト教史』, 吉川弘文館, 2006.5.10, pp.139~147, p.206.
세키가하라(関が原) 전투 후, 코니시(小西)·우키타(宇喜田)·오토모(大友)·모리 히데카(毛利(秀包)) 등 개역영주(改易大名)의 가신이었던 다수의 기리시탄 무사들이 낭인(浪人)이 되어 게이한 지방(京阪地方)에 모여, 기독교에 호의를 가지고 있던 오사카(大阪) 지역으로 임관하는 사람들을 많이 볼 수 있었다. 또한 기리시탄의 중심인물로 지목되고 있던 다카야마 우콘(高山右近)이 카가(加賀)의 마에다 씨(前田氏)에게 손님(客将)으로 초대되어 만 5천석의 녹미(扶持)를 받고 점차로 중직을 맡게 되었다는 점에서, 막부는 그의 존재에 주목하고, 금교령 발령(禁教令発令) 후에 우콘(右近)과 나오토 조안(内藤如安) 및 그들의 일족을 교토 쇼시다이(京都所司代)로 인도해야 할 것을 마에다 토시나가(前田利長)에게 명한다. 나아가서는 그들을 마닐라로 추방했다.

18) 新村出, 『南蛮記』, 東亜堂書房, 1915.8.16.

19) 平岡敏夫, 「芥川龍之介 叙情の美学」, 『「南蛮寺」幻想』, 大修館書店, 1982.11.

20) 芥川龍之介, 『芥川龍之介全集18』, 岩波書店, 1977, p.92.

21) 佐藤泰正, 「尾形了斎覚え書」, 『別冊国文学芥川龍之介必携』 2月号, 學燈社, 1975.

22) 渡辺修二郎, 『内政外教衝突史』, 東京民友社出版, 1896.8.29, p.59.

23) 菅総子, 「尾形了斎覚え書」, 『芥川龍之介新辞典』, 翰林書房, 2003.12.18.

24) 石割透, 「芥川龍之介について気付いた二、三のこと」, 『駒沢短期大学研究紀要』, 1999.3.

25) 関口安義, 「「尾形了斎覚え書」論」, 『芥川龍之介研究年誌』, 2008.3.

26) 松田毅一, 『キリシタン研究(四国編)』, 創元社, 1953.11.5.

27) 무라가타산야쿠(村方三役)의 약어. 에도 시대 마을의 관리(村役人)로서, 촌장(庄屋(名主)·조장(組頭)·농민의 장(百姓代)의 총칭.

28) 에도 시대에 무사(武士)이면서, 농촌에 주거하며 농업에 종사한 사람.

29) 北川伊男, 『芥川龍之介の「切支丹物」と西洋』, 名古屋: 金城学院大学, 1993.3.20, p.17.

30) 도요토미(豊臣) 정권에 의한 '신부 추방령(伴天連追放令)'(1587)에는 "일본은 신국(神国)이기 때문에 사법(邪法)을 퍼뜨리는 것은 매우 부적절하다."라고 쓰여 있다.

31) 李市俊, 「芥川龍之介の「尾形了斎覚え書」考」, 『日本思想』 第15, 2008.

초출일람

▶ 『파계』에 나타난 도손의 피차별 인식

　―기독교적 고백과 구원을 중심으로―

　『일본어문학』 67집, 일본어문학회, 2014.

▶ 아쿠타가와가 본 니토베의 '무사도'

　『한일군사문화연구』 제15집, 한일군사문화학회, 2013.4.

▶ 나카하라 주야(中原中也)의 시관(詩觀)

　『인문논총』 28, 서울여자대학교 인문과학연구소, 2014.

▶ 다자이 오사무(太宰治)의 「벚나무 잎과 마술 휘파람(葉桜と魔笛)」론

　―<나>의 기도를 중심으로―

　『キリスト教文芸』 第21輯(일본기독교문학회 관서지부, 2005.3, pp.73~

　90)에 발표한 「太宰治『葉桜と魔笛』論―<私>の祈りを中心に―」

　을 한국어로 번역한 것이다.

▶ 모리 레이코의 『삼채의 여자』론

　―조선 여인 오타 줄리아를 중심으로―

　『日本文化學報』 第54輯, 韓国日本文化學會, 2012.8.

▶ 한국과 일본 종교문학의 특성연구

　―엔도 슈사쿠(遠藤周作)와 이문열, 김동리 문학을 중심으로―

　『日本文化研究』 第50輯, 동아시아일본학회, 2014.

▶ 오오카 쇼헤이의 『들불』과 기독교

　『벚꽃과 그리스도 문학으로 보는 일본기독교의 계보』, 동연, 2012.

pp.185~203.

▶ 아쿠타가와 류노스케의 「오가타 료사이 상신서」에 대한 고찰

『일본연구』 50집, 한국외국어대학교 일본연구소, 2011.12.30.

필자일람

· 최순육(崔順育)

중앙대학교대학원 / 문학박사 / 서울신학대학교 교수

· 하태후(河泰厚)

바이코가쿠인대학대학원 / 문학박사 / 경일대학교 외국어학부 교수

· 김정희(金靜姬)

니가타대학원 박사과정 수료 / 숭실대학교대학원 / 문학박사

/ 숭실대학교 일어일본학과 겸임교수

· 박상도(朴相度)

오사카외국어대학대학원 / 언어문화학 박사 / 서울여자대학교 일어일문학과 조교수

· 홍명희(洪明嬉)

간세이가쿠인(関西学院)대학대학원 / 문학박사 / 울산대학교 일본어일본학과 외래강사

· 박현옥(朴賢玉)

일본 나고야대학대학원 / 문학박사 / 목포대학교 아시아문화연구소 연구원

· 이평춘(李平春)

도쿄 시라유리여자(白百合女子大学)대학대학원 / 문학박사

/ 연세대학교 학부대학 외래교수

· 김승철(金承哲)

스위스 바젤대학 신학부 / 신학박사 / 난잔(南山)대학교 인문학부 기독교학과 교수

· 조사옥(曹紗玉)

니쇼가쿠샤(二松学舍)대학대학원 / 문학박사 / 인천대학교 일어일문학과 교수

한국일본기독교문학연구총서 【No.10】
한국일본기독교문학회 편

일본문학 속의 기독교 X

2015년 05월 11일 발행

편   자   한국일본기독교문학회
발행처   제이앤씨

등록번호 / 제7-220호
132-881 서울특별시 도봉구 우이천로 353 성주빌딩 3F
전화 (02)992-3253 팩시밀리 (02)991-1285
e-mail: jncbook@hanmail.net
URL http://www.jncbook.co.kr

ISBN 978-89-5668-199-3 93830
정가 19,000원